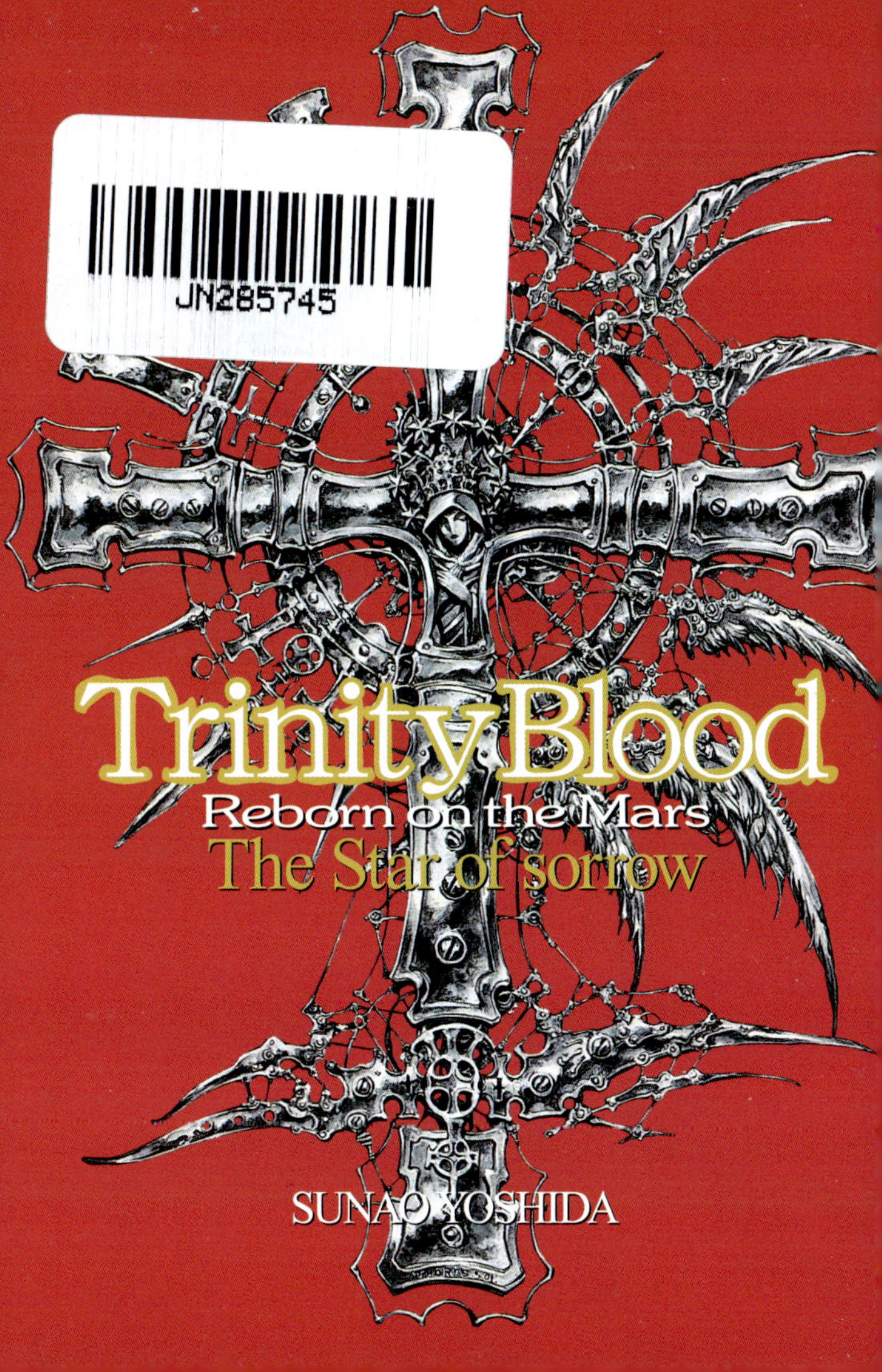

Trinity Blood

Reborn on the Mars
The Star of sorrow

SUNAO YOSHIDA

贖罪の十字を背負いし咎人よ
漆黒《くろ》き翼を背負いし堕天使よ
其の者、断罪の剣を手に持ちて
昏き夜を独り往く――

凍てついた廃都に咲く希望の華。
其の蒼き瞳に映るは、
輝かしき未来か、絶望の終焉か——

トリニティ・ブラッド

Reborn on the Mars《リボーン・オン・ザ・マルス》

嘆きの星

吉田 直

角川文庫 11870

TRINITY BLOOD
Reborn on the Mars
—THE STAR OF SORROW—
by
Sunao Yoshida

First published 2001 in Japan
by
Kadokawa Shoten Publishing Co., Ltd.

CONTENTS

illustration　THORES柴本
design work　design CREST

The Characters in Trinity Blood R.O.M.

ABEL NIGHTROAD
アベル・ナイトロード

ESTHER BLANCHETT
エステル・ブランシェ

GYULA KA´DA´R
ジュラ・カダール

DIETRICH VON LOHENGRIN
ディートリッヒ・フォン・ローエングリューン

CATERINA SFORZA
カテリーナ・スフォルツァ

FRANCHESCO DI MEDICI
フランチェスコ・ディ・メディチ

TRES IQUS
トレス・イクス

GERGEY RADCO´N
ギェルゲイ・ラドカーン

アベル・ナイトロード
ローマから派遣されてきた神父
エステル・ブランシェ
聖マーチャーシュ教会の見習いシスター
ディートリッヒ・フォン・ローエングリューン
イシュトヴァーン人類解放戦線の参謀
カテリーナ・スフォルツァ
枢機卿。教皇庁国務聖省長官
フランチェスコ・ディ・メディチ
枢機卿。教理聖省長官
アレッサンドロXVIII世
教皇

シスター・ケイト
Ax派遣執行官"アイアンメイデン"
ギェルゲイ・ラドカーン
イシュトヴァーン市警軍大佐
トレス・イクス
イシュトヴァーン市警軍少佐
ローラ・ヴィテーズ
聖マーチャーシュ教会司教
イグナーツ
イシュトヴァーン人類解放戦線のメンバー
ジュラ・カダール
ハンガリア侯爵

N
北部諸侯国群
エストニア
ラトビア
リトアニア
絶滅地帯(ダーク・ランド)
ヤゲロー大公国
10
9
ボヘミア公国
真人類帝国
3
13
ハンガリア侯爵領
14
マケドニア侯国
11
15

The World of Trinity Blood

1 ローマ
2 ユーバー・ベルリン
3 ヴィエナ
4 ロンディニウム
5 セビリア
6 バルセロナ
7 マッシリア
8 ルテティウム
9 プラーク
10 クラクフ
11 スコピエ
12 カルタゴ
13 イシュトヴァーン
14 ティミショアラ
15 ビザンチウム

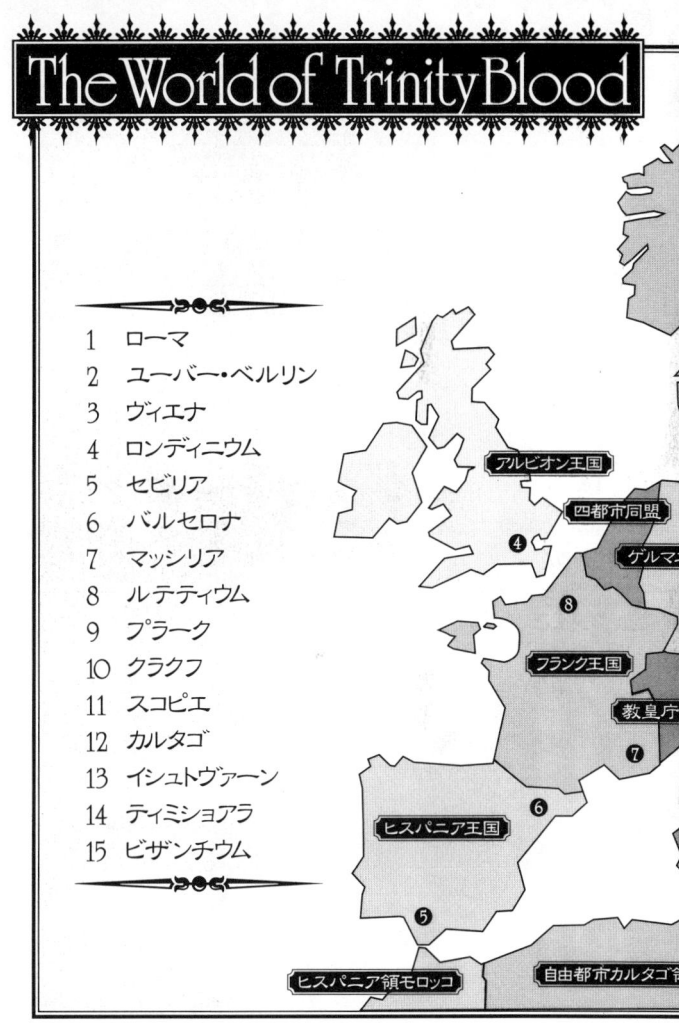

序章：狩人の夜

――汝らの命の血を流す者、必ずや我が討ち果たさん。
（創世記九章五節）

重い扉《とびら》を押《お》し開けた瞬間《しゅんかん》、濃密《のうみつ》な血の香《かお》りが押し寄せてきた。

礼拝堂の奥《おく》から吹《ふ》きつけてくる腥《なまぐさ》い風に顔をしかめながらも、サーシャは手にした銀の燭台《しょくだい》をもう一度握《にぎ》り直すことを忘れなかった。掌《てのひら》の汗《あせ》が、じっとりと気持ち悪い。

頼《たよ》りなく揺《ゆ》れる燭台の炎《ほのお》は、そこかしこにわだかまった邪悪《じゃあく》な闇《やみ》を浮《う》き出させ、濃密な瘴気《しょうき》にも似た影《かげ》は、意思ある者の如《ごと》く、勇敢《ゆうかん》な少女を見下ろしている。

ここは、サーシャにとって、洗礼式からこの十五の年になるまで、毎週のように足を運んでいた場所である。にも拘《かかわ》らず、今夜の礼拝堂は少女が初めて見る顔で闇の中に沈《しず》んでいた。

「聖母さま、お守り下さい。お守り下さい、聖母さま……」

サーシャは、兄を除けば、村一番の勇者だった。

臆病者《おくびょうもの》な村人どもは、〝奴《やつ》ら〟が現れるや全《すべ》てを諦《あきら》めて家に閉じこもってしまった。村長《むらおさ》である父も、ニンニクやサンザシを撒《ま》いた屋敷《やしき》に籠《こも》って息をひそめている。〝奴《やっ》ら〟にさらわれた婚約者《いいなずけ》を奪回《だっかい》しようとする兄に助勢を申し出る者もいなかった。

三日前、〝奴ら〟の居座《いすわ》る教会に乗り込もうとした兄にサーシャも同行しようとしたのだ。だが、兄はそれを静かに拒《こば》んだ。自分の留守中、両親を守るように言い置いて、単身出発し——そして、戻《もど》らなかった。

「主《しゅ》よ、私をお守り下さい。聖母さま、私をお守り下さい……」

礼拝堂の闇《やみ》を慎重《しんちょう》に透《す》かし見ながら、サーシャは一歩一歩足を進めていった。不吉《ふきつ》な想像の中から伸《の》びてきた冷たい手が肩《かた》を叩《たた》く。瞬《まばた》きすることを忘れた目はちかちかと痛む。

床板《ゆかいた》の軋《きし》る音がすぐ側《そば》で聞こえたのは、サーシャがからからに乾《かわ》いた唇《くちびる》を舐《な》めたときだった。

「だ、だれっ……⁉」

突《つ》き付けた燭台《しょくだい》の光にゆらりと浮《う》かび上がった巨大《きょだい》な女の影《かげ》に、サーシャは危《あや》うく腰《こし》を抜《ぬ》かすところだった。思わず三歩後ずさったところで、その女性が腕《うで》に幼子を抱《かか》えていることと、優《やさ》しげな微笑《ほほえ》みを浮かべた顔が白大理石で造られていることをようやく見てとる。

サーシャの口から安堵《あんど》の吐息《といき》が漏《も》れた。

「び、びっくりした……おどかさないでください、聖母さま」

まだ心臓は動悸《どうき》を打っていたが、膝《ひざ》の震《ふる》えはかろうじて抑《おさ》えることに成功して、サーシャは額の冷や汗《あせ》を拭《ぬぐ》った。村の守り神でもある聖母像に軽口叩いてから、ふと背後に向き直る——

今度こそ、サーシャの心臓は止まりそうになった。

ベンチに二つの影が座っていた。

「おや、誰《だれ》かいらっしゃったようよ、ミリス」

「マリス、紛《まぎ》れ込んだは可愛《かわい》い小鳥」

顔を見合わせて微笑んでいたのは、二人の女だった。

女たちは、まったくの同一人物に見えた。雪華石膏《アラバスター》のような白い美貌《びぼう》も腰までもある長い金《きん》髪《ぱつ》もまったく同じ。そろそろ雪が降り始める季節というのに、これまた揃《そろ》いの薄《うす》いシルクのドレスをまとっている。違《ちが》いと言えば、唇に引いたルージュの色が、片方が薄桃色《うすももいろ》であることに対し、もう一方が紺色《こんいろ》であることぐらいだ。

琥珀色《こはくいろ》の瞳《ひとみ》を閃《ひらめ》かせて、薄桃色の唇が囁《ささや》いた。

「ミリス、弱ったわね。せっかくのお客様なのにお茶の準備も出来ていない。サモワールはどこに置いたかしら?」

くすくすと笑いながら、わざとらしく周囲を見回す女に向かって、サーシャはぶんと燭台を振《ふ》り回した。

「あ、あ、兄上をどうした、この化け物ども!」

揺《ゆ》れた蠟燭《ろうそく》の炎《ほのお》にあわせて、三つの影が奇怪《きかい》な生き物のように踊《おど》る。内心、それに怯《おび》えながらも、少女は渾身《こんしん》の力をふるって叫《さけ》んだ。

「わ、私はコナヴリ村郷士《ごうし》カスパレクの娘《むすめ》サーシャ！　兄上の仇討《かたきう》ちに来た！　いざ、尋常《じんじょう》に勝負しろ！」

「兄上？　ひょっとして、この小鳥ちゃんが言ってるのは、あの勇敢《ゆうかん》な雄鶏《おんどり》くんのことなのかしら、マリス？」

蠱惑的《こわくてき》に蠢《うごめ》く薄桃色《うすももいろ》のルージュが囁《ささや》いた。

「ほら、覚えてる？　こないだ私たちに聖書を読んでくれたあの雄鶏くん」

「せ、聖書ならここにもあるぞ！　十字架《じゅうじか》も！」

左手に持った聖典と首にかけたロザリオを示して、サーシャは怒鳴《どな》った。その間も、激しい恐怖《きょうふ》に膝《ひざ》が笑っている——怖《こわ》い。心臓が凍《こお》り付きそうに怖い。

婉然《えんぜん》と微笑《ほほえ》んだまま、謳《うた》うように会話を交わす女たちの姿は闇《やみ》の精霊《せいれい》のように美しかったが、サーシャはその姿に惑《まど》わされなどはしなかった。この美しい女たちは〝奴ら《やつら》〟なのだ。〝大災厄《アルマゲドン》〟後のこの世界に突如出現《とつじょ》した人類の天敵。〝影這《かげは》う者ども〟、〝夜の眷属《けんぞく》〟、〝闇の住人〟等々、数多くの異名《いみょう》をもって呼ばれるおぞましい魔物《まもの》。中でも最も知られた名は——

「吸血鬼《ヴァンパイア》ども！　さあ、覚悟《かくご》して、その首を差し出せ！」

「あなたのお兄さんはとっても美味《おい》しかったわ、小鳥ちゃん」

甘《あま》い声は、直接、両耳の耳朶《じだ》に吹《ふ》き込まれた。

二つの手に両肩《かた》を摑《つか》まれ、サーシャの顔は霜《しも》でも降りたかのように真っ白になった。確かにベンチに座っていた筈《はず》の影が、目の前から消えている。まるで瞬間《しゅんかん》移動でもしたかのように、二人の化け物たちは勇敢な少女の背後に立っていた。

「一生懸命《けんめい》、聖書を読んで……」

「十字架を突《つ》き付け……」

「それから泣いて命乞《いのちご》いして……」

「結局、私たちのご飯になった」

かわるがわる囁かれる声に、サーシャは答えることすらできなかった。凍り付いたように立ち尽《つ》くす少女の手に氷のように冷たい指が巻き付き、銀の燭台《しょくだい》を床《ゆか》に落とす。

「この小鳥ちゃん、兄よりは賢《かしこ》かったわね、ミリス。用意がいい」

「そうね、マリス。忌々《いまいま》しい銀……我ら長生種《メトセラ》は紫外線《しがいせん》の次にこれがお嫌《きら》い」

紺色《こんいろ》のルージュの女は見るのも汚《けが》らわしいといった顔で、落ちた燭台を礼拝堂の隅《すみ》に蹴《け》り飛ばした。床に倒《たお》れた蠟燭《ろうそく》が消え、あたりに闇が戻《もど》ってくる。

「怖がらなくてもいいわ、小鳥ちゃん。あなたも愛《いと》しい兄さまのところに行くのだから」

裂《さ》けた薄桃色の唇《くちびる》から、八重歯《やえば》にしては長過ぎる輝《かがや》きと、ねっとり甘い声がこぼれた。

「さあ、小鳥ちゃん、あなたのお味はどうかしら?」

窓から差し込む微《かす》かな月明かりの中、紺色の唇が、そっと少女の首筋に重なった。白々と光る牙《きば》が、初々《ういうい》しい柔肌《やわはだ》にゆっくりと埋《うず》められる——

氷のような輝《かがや》きが、闇《やみ》を裂《さ》いたのはそのときだった。

深々と突《つ》き立っていたのは、何の変哲《へんてつ》もないロザリオだ。いかなる力で投じられたものか、別段鋭《するど》いとも思えぬ十字架《じゅうじか》が、手の甲《こう》を貫《つらぬ》いて掌《てのひら》まで抜《ぬ》けている。

紺色《こんいろ》のルージュの吸血鬼《ヴァンパイア》が、この世のものとは思えぬ悲鳴とともにのけぞった。その手に

「！」

「ミ、ミリス！」

苦鳴をあげる妹を抱《だ》きかかえながら、薄桃色《うすももいろ》ルージュの吸血鬼――マリスがきっと振《ふ》り返った。瞬《まばた》かない瞳《ひとみ》が、底知れぬ悪意をこめて細められる。

「誰《だれ》、そこにいるのは？　私たちの食事の邪魔《じゃま》をする愚《おろ》か者が、まだこの村にもいたのね……」

天窓の向こうには、青い夜空が見える。その南天から地上を見下ろす二つの月――銀色の真円を描《えが》いた〝一つ目の月〟。そして、血のように赤く歪《いびつ》な姿を浮《う》かべた〝二つ目の月〟の不吉《ふきつ》な光の下、忽然《こつぜん》と佇《たたず》んでいたのは背の高い影《かげ》だ。

「……あいにくと、私は村の人間ではありません」

影の声は静かだった。

「吸血鬼マリス・ザドロフシュカ、同ミリス・ザドロフシュカ……父と子と聖霊《せいれい》の御名《みな》においてあなたたちをコナヴリ村における二十二件の殺人および血液強奪容疑《ごうだつ》で逮捕《たいほ》いたします」

「貴様、その僧衣《カソツク》は――！」

月光の照らしだした影にミリスが牙《きば》を剝《む》いた。影――背の高い男のまとうは黒い僧衣《カソツク》に同色のケープ。そして、その胸に輝いていたのは金色のロザリオだ。

「教皇庁《ヴアチカン》！」

「ああ、申し遅《おく》れました。私、教皇庁国務聖省より派遣《はけん》されて参りました……」

場違《ばちが》いなほど丁寧《ていねい》な自己紹介《じこしようかい》は、何かが肉を穿《うが》つ湿《しめ》った音に遮《さえぎ》られた。

男の背中に深々と突き立っていたのは、最前、吸血鬼の手を貫いたロザリオだ。いつの間に移動したものか、その背後に立っていたミリスが毒々しい怒《いか》りを含《ふく》んで吐《は》き捨てた。

「短生種《テラン》の分際で、よくも私の体に傷を……死んで償《つぐな》え、イヌ！」

ヒグマ以上の怪力《かいりき》を誇《ほこ》る繊手《せんしゅ》が優雅《ゆうが》に動くと、ロザリオは根元まで埋《う》まった。心臓の筋肉が弾《はじ》ける不気味な音が響《ひび》くと同時に、長身の男の膝《ひざ》ががっくりと折れる。青い月光の中に噴《ふ》きあがった血飛沫《ちしぶき》を白い美貌《びぼう》に受け、満足げにミリスは微笑《ほほえ》んだ。

「他愛《たわい》もない……ここの司祭といい、こいつといい、教皇庁の飼い犬どもはどんどん腑《ふ》抜けていくわね、マリス」

「どうでもいいけど、そんなに床《ゆか》を汚《よご》さないで頂戴《ちょうだい》、ミリス。責任取って、そっちの血はあなたが処分するのよ」

復讐《ふくしゅう》と血の香《かお》りに酔《よ》いしれる妹にさりげなく後始末を押《お》し付け、マリスは腕《うで》の中の少女に目を落とした。勇敢《ゆうかん》な小鳥は、目前に展開された惨劇《さんげき》に白目を剝《む》いて失神していた。

「さて、私はこちらの小鳥ちゃんをいただくことにするわ」

白い顔にこぼれた髪《かみ》をそっとかきあげて、マリスは笑った。短生種《テラン》にしてはまああの美形だ。さぞや、血の方も美味だろう。

戸口の方からも、牙《きば》が肉を抉《えぐ》る響《ひび》きに続いて甘美《かんび》な命の水に妹が喉《のど》を鳴らしている音が聞こえてきた。獲物《えもの》の血がよほどに美味だったのか、熱い吐息《といき》さえこぼれてくる。

「半分は私に残しておいて頂戴《ちょうだい》、ミリス」

こちらも少女の首筋から髪を払《はら》いのけながら、マリスは妹に提案した。

「こっちの小鳥の血も半分残しておいてあげる。公平に交換《こうかん》しましょう」

「……いや、それはできませんね」

静かに聞こえてきた声は、妹《ミリス》のものではなかった。

「私は偏食家《へんしょくか》でしてね……その娘《むすめ》さんの血はいただけません」

「!?」

とっさに振《ふ》り返ったとき、マリスの目に飛び込んできたのは、まるで短生種《テラン》のように恐怖《きょうふ》に目を見開いた妹の姿だった。悲鳴をあげる形に開かれた紺色《こんいろ》の唇《くちびる》からはか細い吐息がこぼれ、ただでさえ白い顔は紙のように白《しら》ちゃけてしまっている。だが、吸血鬼《ヴァンパイア》を驚愕《きょうがく》させたのは、妹の姿ではなかった。彼女の喉に覆《おお》い被《かぶ》さった長身の影《かげ》は――

「ば、馬鹿《ばか》な……なんだ、こいつは⁉」

接吻《せっぷん》するかのようにミリスの首筋に重ねられたそいつの唇から、赤い液体が糸を引いていた。

それは、マリスにとってはごくごく見慣れた光景だった。だが、こいつが吸っているのは――

「馬鹿な！　こ、こいつ、血を……我らの血を！」

「……さて、こういうことを考えられたことはありませんか？」

失血と恐怖で力を失ったミリスの体を床《ゆか》におろしながら、それはどこか哀《かな》しげに笑った。だが、三日月形に割れた唇から覗《のぞ》いたのは、紛《まぎ》れもなく鋭《するど》い牙だ。

「牛や鶏《にわとり》を人間が食べる。その人間の血をあなたたちが吸う。だったら、あなたたちを……」

「そうか、噂《うわさ》に聞いたことがある……教皇庁《ヴァチカン》が、我らの敵が、とんでもない化け物を飼っていると。そいつは、よりによって我らの血を……」

恐怖に牙を震《ふる》わせる吸血鬼《ヴァンパイア》に向けて歩み寄りながら、それは少しだけ悲しげな声で名乗った。

「私は………。吸血鬼の血を吸う、吸血鬼《ヴァンパイア》です」

第一章：流血の街

——災いだ、流血の街は。街のすべては偽りに覆われ、
略奪に満ち、人を餌食にすることをやめない。
（ナホム書三章一節）

I

赤い夕陽《ゆうひ》が、ガラス張りの天井《てんじよう》一面から降り注いでいた。

血の色に染まった大気は、魔女《まじよ》の接吻《キス》さながらに硬《かた》く、冷たい。まだ蒸気をあげている列車のタラップから降りながら、アベル・ナイトロードは白いため息をついた。

「……うわ、これはまたすごい寂《さび》しいとこですねえ」

牛乳瓶《びん》の底みたいな丸眼鏡《めがね》を押《お》し上げながら、冬の湖のように青い瞳《ひとみ》が人気《ひとけ》のないホームを見回す。

ガラス張りの温室を思わせる駅舎は宮殿《きゆうでん》のように広かったが、閑散《かんさん》として人気がなかった。

片手で数えられるほどの駅員と大きなトランクを担《かつ》いだ旅人が数名、辛気《しんき》くさい顔でとぼとぼ

と歩いているに過ぎない。駅舎そのものにしても、よく見れば、足下《あしもと》の煉瓦《れんが》タイルは深いひびが入ったまま放《ほう》っておかれているし、天井のガラスもあちこちが割れたままだ。

「なんか、荒《すさ》んでるなあ……はあ、このままローマに帰っちゃうってのは無しですかね？」

「おい、そこののっぽ！」

タラップの前に突《つ》っ立ったまま、なにやらぶつぶつと独りごちていた若者に、いらついたような声がかかった。機関車から顔を出した火夫が、険悪な表情で怒鳴《どな》ったのだ。

「いつまで、そんなとこにいやがる！　どっか行くんならさっさと行け！　危ねえぞ！」

「はあ、すいません。あの、でも、ちょっとうかがいたいんですが……ここって本当に終点なんですか？」

「ああ、そうだ。そこに書いてあんだろうが」

火夫はいらいらと頭上の標示板に顎《あご》をしゃくった。ハンガリア語とローマ公用語で大きく併《へい》記《き》された駅名をダミ声が読み上げる。

「ここはイシュトヴァーン──自由都市イシュトヴァーン中央駅だ」

「むぅ、やっぱりそうでしたか……できれば何かの間違《まちが》いと信じたかったのですが」

おさまりの悪い銀髪《ぎんぱつ》を掻《か》きながら、アベルは暗澹《あんたん》と唸《うな》った。

「やれやれ、〝ドナウの真珠《しんじゅ》〟なんてキャッチフレーズがついてるから、どんな風光明媚《めいび》な保養地かと思ったら……こういうのはただの田舎《いなか》って言うんじゃないですかね？」

「どうでもいいから、早くどいてくれ！　この車輛《しゃりょう》はここで折り返しだ。早いとこ、ヴィエナまで戻《もど》らねえといけねえんだよ！」

「おや？　もう行っちゃうんで？」

たった今到着《とうちゃく》したばかりではないか。蒸気で白く染まった丸眼鏡《めがね》を押《お》し上げながら、アベルはのんびりと続けた。

「あの、運転手さん、もうちょっと待っててくれませんかね？　このまま免職《クビ》覚悟《かくご》でローマに帰っちゃうべきかどうか、私、ちょっと葛藤《かっとう》してるところで……」

「馬鹿、もうすぐ夜になっちまうだろうが！　こんなとこ、一秒だっていられるもんかよ！」

「はあ？　あの、それはどういう……うわちちっ！」

慌《あわ》ててアベルは飛びすさった。甲高《かんだか》い汽笛の音とともに、機関車が蒸気を噴《ふ》き出したのだ。長外套《ロングコート》をひきずって後ずさった若者の目の前で、巨大《きょだい》な車輪が慌ただしく回転を始めた。

「あ、危ないじゃないですか！　あなた、私を蒸し焼きに……」

「じゃあな、兄ちゃん！　命が惜《お》しけりゃ、どっかの宿に閉じこもっとくこった。さもねえと――」

『さもねえと』――何と言おうとしたのだろうか？　火夫のがなり声は、蒸気機関の騒音《そうおん》にかき消されて、アベルの耳には届かなかった。構内を横切った列車は、そのまま切り替《か》え線に入ると、青い闇《やみ》が落ちる平原へと去っていく。その小さくなってゆく尾灯《びとう》の輝《かがや》きを眺《なが》めながら、

「げほげほっ！　う〜、せっかくの一張羅《いっちょうら》がだいなしじゃないですか。ひどいなあ」

抗議《こうぎ》してみたところで、聞く者とてない。諦《あきら》めたように旅行鞄《かばん》を担《かつ》ぎ直すと、アベルは未練がましくコートをはたきながらホームを歩き始めた。既《すで》にあたりの空気は青みがかり始めている。本格的に夜になってしまう前に、今日のねぐらに辿《たど》り着かねば——急ぎ足で歩いていた彼に、柱の陰《かげ》からいきなり走り出てきた人影《ひとかげ》を回避《かいひ》することは不可能だった。

「！」

小さな悲鳴があがったときには、相手は抱《かか》えていた大きな紙袋《かみぶくろ》ごと転倒《てんとう》している。煉瓦《れんが》の上に落ちた袋の中で何かが割れる音が、微《かす》かに聞こえた。

「す、すいません！」

こちらもよろめきながら、アベルは突《つ》き飛ばしてしまった相手に声をかけた。

「すいません！　ぼーっとしてたもので……あの、だいじょうぶですか？」

「あつつっ……」

ホームに尻餅《しりもち》ついたまま腰《こし》をさすっていたのは、一人の男だった。

厚い生地《きじ》のジャンパーにウールのパンツという地味だが暖かそうな格好をしている。目深《まぶか》にかぶった鳥打ち帽《ぼう》と顔の半ばまで上げられたマフラーのせいで人相こそわからなかったが、ずいぶんと小柄《こがら》な若者だ。せいぜい、アベルの胸のあたりまでしかなかったろう。

「すいません、すいません。お怪我《けが》はなかったですか？」

「……さ、触《さわ》るな！」

アベルの差しのべた手を振《ふ》り払《はら》った腕《うで》は少年のように細かった。尻を払いながら、しなやかな動きで立ち上がる。

「ほんとにごめんなさい……そう言えば、荷物、変な音がしましたね。だいじょうぶかな？」

「あ……」

鳥打ち帽の手が伸《の》びるより早く、アベルは床《ゆか》に落ちていた紙袋をすくい上げていた。何が入っているのか、ずいぶんと重い。おまけに、底はじっとりと湿《しめ》っている。

「これ、油か何かですか？　あちゃあ、瓶《びん》が割れちゃったみたいですね」

袋を開けた途端《とたん》に、つんと目が痛くなるような匂《にお》いが漂《ただよ》ってきた。中身は、二本のガラス瓶だ。大きなワインボトルが、それぞれ透明《とうめい》な液体と褐色《かっしょく》の液体で満たされている。その、透明な液体の入った方の瓶に、大きなひびが入っていたのだ。漏《も》れた液体は、袋の隅《すみ》に突《つ》っ込まれていた懐中時計《かいちゅうどけい》をもぐっしょりと浸《ひた》してしまっていた。

「あらら、こっちの時計も壊《こわ》れちゃったみたいですね。中の機械がはみ出しちゃってます。すいません、これも弁償《べんしょう》しますから」

「……あ、いや、いいんだ。時計は元からだから」

なぜか先ほどより弱気な口調で、鳥打ち帽はぼそぼそと答えた。その足は、まるでアベルから逃《に》げようとしているかのように、じりじりと後ずさっている。

「弁償《べんしょう》なんかしなくてもいい。別にたいしたものじゃないんだ……それより返してくれないか、それ？」

「え？　でも、こういうことはきちんとしとかなくちゃいけません」

ごそごそと財布《さいふ》を引っ張り出しながら、アベルは尋《たず》ねた。

「おいくらですか？　二百ディナールもあれば足ります？　ここに私の全財産がですね、ひのふのみと……やや っ、八ディナールしかない！」

薄《うす》い財布を覗《のぞ》き込んだ声が裏返った。相変わらずじりじりと離《はな》れようとしていた鳥打ち帽《ぼう》の手をむんずと掴《つか》むと、

「すいません、持ち合わせがちょっとだけ足りないみたいです。あの、よろしかったら、しばらく待ってもらえませんか？　後日、必ずお支払《しはら》いしますので」

「あ、ああ、別にかまわないけど……」

「よかった！　話のわかる方《かた》で。じゃあ、すいませんけど、ちょっとご住所とお名前を……」

「じゅ、住所？　あ、いや、やっぱりいい。そんなたいしたものじゃないし……」

「いや、そんなことおっしゃらずに！　あ、私ですね、アベル・ナイトロードと申します。今度、ローマからこの町に栄転して参りました。一つよろしくお願いいたします」

「……………」

明らかに焦《あせ》った様子で、鳥打ち帽はこのなれなれしい若者の手から脱出《だっしゅつ》しようとしていた。

青金石《ラピスラズリ》を思わせる光の強い瞳《ひとみ》をせわしなげに動かして、逃《に》げ道を探している。だが、ふと改札口の方を見た瞬間《しゅんかん》、マフラーの下のその表情がぎょっと凍《こお》り付いた。

ちょうど、十名ほどの制服姿の一団が改札口をくぐったところだった。いずれも体格のいい男たちだ。ダークブルーの揃《そろ》いのコートにベレー帽をかぶっていたが、制服を着ていても駅員などではないことは、その腰《こし》にさがった拳銃《けんじゅう》を見れば一目瞭然《いちもくりょうぜん》だった。

「いやあ、イシュトヴァーンってのは静かなとこなんですねえ。私、この街は初めてなんですが、この貧乏《びんぼう》くさい、もとい、閑静《かんせい》な風情《ふぜい》がなんともはや……」

「あ、あの、あたし……いや、俺《おれ》、忙《いそが》しいんだ」

改札口をくぐった制服の一団は、構内をまっすぐこちらに近づいてくる。気づいているのかいないのか、相変わらず軽薄《けいはく》にまくしたてているアベルに、鳥打ち帽は焦ったような声で繰り返した。

「俺、まだ、これから寄らなくちゃいけないとこがあるんだ。だから……」

「おや、そうですか？　じゃあ、名前と住所を教えて下さい。明日にはうかがいますので」

「いや、だからいいって……」

「おい、貴様ら！」

言い争う二人の間に割って入ったのは、ヤニ臭《くさ》いダミ声だった。

「そんなとこで、何をやっとるか？」

熊《くま》のような巨漢《きょかん》が、濁《にご》った目で二人を見下ろしていた。

大きい。アベルより、さらに頭一つは越《こ》していたろう。体の厚みとなると、とてもこれが同じ生物種とは思えない。軍人かなにかだろうか？　制服の腰には、これ見よがしに大型の拳銃《けんじゅう》がぶらさがっている。ベレー帽《ぼう》のバッジの二重十字《ダブルクルス》は、イシュトヴァーンの市章《エンブレム》だった。

「……あの、あなたは？」

「イシュトヴァーン市警軍大佐《たいさ》ギェルゲイ・ラドカーンだ」

小さな目を酷薄《こくはく》そうに輝《かがや》かせて、男は名乗った。その間も、ごつごつと節くれだった手は威《い》圧《あっ》的に腰のホルスターに置かれている。あまり友人の多いタイプには見えないから、背後に控《ひか》えた柄《がら》の悪そうな連中は部下だろう。

「それより貴様ら、この駅は十八時を以《もっ》て立入禁止となったことを知らんのか？　こんなところで何をやっておった？」

「いや、実は、この人の荷物を私が落としてしまいまして……それを弁償《べんしょう》させてくださいってお願いしてたとこなんです。どうも、お騒《さわ》がせしちゃって、すいません」

「…………」

ラドカーンとやらは肉食魚を思わせる顔で二人を見据《みす》えていたが、もみ手しながら頭を下げているアベルの姿に警戒心《けいかいしん》を解いたらしい。蔑《さげす》むように鼻を鳴らすと、関心を失ったように顎《あご》をしゃくった。「とっとと消えろ」

「あ、行ってもよろしいんで？　すいません、すいません。それでわ、失礼をば……わっ⁉」

へこへこと頭を下げて立ち去ろうとしていたアベルが、急に足をもつれさせた。もろに床《ゆか》に顔面を打ち付け、悲鳴をあげる。

「おいおい、気をつけろ……駅に傷をつけるんじゃない」

脚《あし》をひっこめながら、ラドカーンが人の悪い声で笑った。背後の兵士たちも、それに追従《ついしょう》するかのようにどっと湧《わ》く。

「あ、あいたたた……」

真《ま》っ赤《か》になった鼻を押《お》さえながら、アベルはようやく頭をあげた。指の間からは、血がぽたぽたと滴《したた》り落ちていた。

「……おい、あんた大丈夫《だいじょうぶ》か？」

心配げな声とともに跪《ひざまず》いた鳥打ち帽が、小さな手でティッシュを差し出した。

「これ、使っていいぜ。立てるか？」

「あ、どうも……」

差し出されたティッシュをありがたそうに受け取ると、アベルはよろめきながら立ち上がった。鳥打ち帽が、その脇《わき》を抱《だ》きかかえるように支える。

「無理はするな。ゆっくり歩けよ」

「恐《おそ》れ入ります。はは、私、どうにも粗忽者《そこつもの》でして……」

「おい、のっぽ！」

鳥打ち帽《ぼう》の肩《かた》を借りて、ふらふらとその場を立ち去ろうとしていたアベルの背中にダミ声がかかった。振《ふ》り返れば、あからさまに馬鹿《ばか》にしきった目つきで巨漢《きょかん》が二人を睥睨《へいげい》している。

「今度はこけるんじゃねえぜ」

ハイエナのように耳障《みみざわ》りな声で哄笑《こうしょう》すると、これまたおもねるように笑う兵士たちに顎《あご》をしゃくって、ラドカーンは巨体を翻《ひるがえ》した。卑猥《ひわい》な冗談《じょうだん》を口にしながら、ホームをのし歩いてゆく。

「……ゴロツキどもが」

その声は小さかったが、不幸なことに兵士たちの笑い声に紛《まぎ》れるには明晰《めいせき》すぎた。

ぴたりと笑うのをやめた兵士たちが、立ち止まった上官の顔に一斉《いっせい》に視線を送った。

「待て……今、なんつった？」

地鳴りのような唸《うな》り声が聞こえたときには、その太さにも似合わぬ素早《すばや》さで伸《の》びた巨腕《きょわん》が、鳥打ち帽の肩にかかっていた。「ゴロツキどもってのは、ひょっとして俺《おれ》たちのことか？」

「…………」

鳥打ち帽は答えなかった。ただ鬱陶《うっとう》しげに肩を軽く振って、腕《うで》を振り払《はら》おうとしただけだ――しかしその刹那《せつな》、小柄《こがら》な体は吹《ふ》っ飛んでいた。

「！」

三メートルほどの距離《きょり》を飛行し、けたたましい音をたてて床《ゆか》に叩《たた》きつけられる。墜落《ついらく》の瞬間《しゅんかん》、かろうじて受け身をとったのは、武芸かなにかの心得があったのだろうか。しかし、彼が立ち上がるよりも早く、太い腕がその襟首《えりくび》を鷲摑《わしづか》みにしていた。

「市警軍大佐《たいさ》様をゴロツキよばわりたあ、どういう了見《りょうけん》だ、ああっ⁉」

鳥打ち帽を楽々と目線の高さまでさしあげながら、ラドカーンが吠《ほ》えた。袖《そで》から覗《のぞ》く二の腕が灰色に変色しているところから見て、おそらく、素性《すじょう》はフランクかゲルマニクスあたりの強化兵《チューンド》あがりだろう。発掘復元《サルベージ》されたロストテクノロジー――〝大災厄《アルマゲドン》〟前の生体強化技術で、灰色熊《はいいろぐま》にも匹敵《ひってき》するパワーを与《あた》えられた兵士だ。

「あ〜あ、また始まったよ」「短気だねえ、あの人も」「大佐ぁ、腕の一本ぐらいは残してやってくださいよぉ」

上官の発作《ほっさ》は見慣れているのだろう。兵士たちは気のない野次《やじ》を飛ばしただけだ。時ならぬ騒《さわ》ぎに、駅員たちが何事かと顔を覗かせたが、猛《たけ》り狂《くる》う巨漢の姿に、慌《あわ》てて首をひっこめた。

「おら、なんとか言ってみろ！　それとも、声もでねえほどびびってやがんのか？　男のくせにだらしのねえ……」

鳥打ち帽の胸《むな》ぐらを揺《ゆ》すりながら、ラドカーンは厚ぼったい唇《くちびる》を捲《めく》りあげた。

「この俺様をゴロツキ呼ばわりしやがったんだ。それ相応の覚悟《かくご》があるんだろうな？」

「覚悟なんてない……」

マフラーの下から、苦しげだがはっきりした声が聞こえた。

「俺《おれ》は、ただほんとのことを言っただけだ」

「けっ！　いい度胸だ……ん？」

ラドカーンの顔が、ふと顰《しか》められた。鳥打ち帽《ぼう》の下の顔を覗《のぞ》き込むように身をかがめる。

「おめえ、まさか……」

「！」

岩のような拳《こぶし》が鳥打ち帽を弾《はじ》いた。それまで帽子の中に押《お》し込まれていた赤毛がばさりと落ちる。その下の白い顔を目にした途端《とたん》、巨漢《きよかん》のぶ厚い唇《くちびる》は好色げに歪《ゆが》められた。

「驚《おどろ》いたな！　こいつぁ、上玉だ……」

そこにあったのは、年端《としは》もいかぬ少女の青ざめた顔だった。青い瞳《ひとみ》を猫《ねこ》みたいに光らせた顔には化粧《けしよう》っけの欠片《かけら》もなかったが、彫《ほ》りの深い目鼻だちは人目をそばだたせるに十分な美しさだ。上品に整った薄《うす》い唇は、屈辱《くつじよく》と苦痛に耐《た》えるようにきつく嚙《か》みしめられていた。

「おい、見ろよ！　掘《ほ》り出しもんだぜ！」

抗《あらが》う娘《むすめ》を子猫でも扱《あつか》うように弄《もてあそ》びながら、大男は歯を剝《む》いて笑った。

「これで当分は楽しめそうだな、諸君！」

「おいおい、まぁた、ラドカーン大佐《たいさ》の病気が始まったよ」

「かわいそーに、彼女、今晩は家に帰してもらえねえな」

「大佐ぁ、さげてくれるんなら、あんまり壊《こわ》さないうちにしてくださいよぉ」

卑猥《ひわい》な野次《やじ》が飛ぶ中、巨漢は戦利品でも見せびらかすように娘を宙吊《ちゅうづ》りにしていたが、やがてその顔を覗き込むようにしてヤニ臭《くさ》い声を吐《は》きかけた。

「で、お嬢《じょう》ちゃん、名前は?」

「エステル……エステル・ブランシェ」

「よしよし、いい名だ。エステル、今晩は仲良くやろうな……これから、一仕事片づけたら、朝までしっぽりかわいがってやるからよ」

「誰《だれ》が!」

いい音をたててラドカーンの頬《ほお》が鳴った。宙に吊られたままのエステルが、思い切り平手打ちを食らわせたのだ。

「その汚《きたな》い手をお放しなさい、このゴロツキ! 今なら、まだ許してあげます。でも、これ以上の無礼はただじゃすまないわよ!」

真っ向から巨漢を睨《にら》み据《す》えると、斬《き》りつけるように言い放つ。身長で頭三つ、ウェイトで三倍以上の彼我《ひが》の差を考えれば、彼女の気概《きがい》は賛嘆《さんたん》に値《あたい》したかもしれない。だが、その勇気はこの場合、当人の不幸をより深刻にする方向にしか働かなかった。

「気の強《つえ》ぇアマだな……」

兵士たちがにたつきながら見守る中、ラドカーンは微《かす》かに赤くなった頬をさすっていたが、

「ますます、気に入ったぜ」

突如《とつじょ》、唸《うな》りをあげて娘《むすめ》の体が宙に舞《ま》った。激しい勢いで柱にたたきつけられると、今度は受け身もとれぬまま、壊《こわ》れた人形のように背中から墜落《ついらく》する。

「！」

「あ、あふっ……！」

悲鳴にならない空気の塊《かたまり》が、開いた唇《くちびる》から漏《も》れた。

「おいしいものは、仕事の後にとっとこうと思ったが……」

呼吸もままならない少女にのしかかると、ラドカーンはその胸元《むなもと》に太い指をかけた。

「今、ここで食べちまうか！」

「！」

布の裂《さ》ける嫌な音とともに、白い肌《はだ》があらわになった。小さな胸が、ぶ厚い掌《てのひら》の下で無惨《むざん》に歪《ゆが》む。暴れる細い足が、むなしく宙を蹴《け》った。

「や、やめ……っ！」

「おとなしくしときな！　すぐに気持ちよくしてやるからよ！」

恐怖《きようふ》よりもむしろ恥辱《ちじよく》に青ざめた顔を見下ろし、ラドカーンは舌なめずりした。思ったとおり、気の強い娘だ。こういう獲物《えもの》を力ずくで征服《せいふく》するのが、彼のなによりの楽しみである。

「や、やめなさい、この恥《はじ》知らず！」

「いいねぇ。口の減らない娘は好きだぜ」

悲鳴は駅員室や待合室にも聞こえているはずだが、誰《だれ》も助けに現れる気配はない。

この期《ご》におよんでなお戦意を失わないエステルの気丈《きじょう》さに満足しながら、ラドカーンがズボンのジッパーに手を伸《の》ばしたとき。

「あのぉ、ちょっといいですか?」

穏《おだ》やかに間延《まの》びした声が、少女の怒声《どせい》と巨漢《きょかん》の笑い声を遮《さえぎ》った。

「すいません、お取り込み中に……ちょっとお伺《うかが》いしたいことがあるんですが?」

「……なんだ、てめえ、まだいやがったのか」

欲情と怒気で赤黒く染まった顔をあげて、ラドカーンが地鳴りのような声を押《お》し出した。

険悪な視線の先に立っていたのは丸眼鏡《めがね》の若者だった。青い瞳《ひとみ》に困惑《こんわく》しきったような光を湛《たた》えて、巨漢と、巨漢に組み敷《し》かれた娘を見下ろしている。

「はあ、それが……実は、さっきそのお嬢《じょう》さんの荷物を壊してしまったんですよ。それで、その弁償《べんしょう》の話がまだあるんですけど」

「馬鹿、逃《に》げて!」

「おい、この娘を捕《つか》まえてろ……放すんじゃねえぞ」

部下に娘の手足を押さえつけさせておいて、ラドカーンはゆっくり立ちあがった。人肉に味をしめた灰色熊《はいいろぐま》みたいな表情で、アベルを見下ろす。

「……ええっと」

息がかかりそうな距離《きょり》で巨漢《きょかん》と向き合ったアベルは、照れ臭《くさ》げに目をしばたたいていたが、やがて一つこほんと咳払《せきばら》いして、まじめくさった顔になった。

「あのですね、主《しゅ》は仰《おおせ》られました。〝汝《なんじ》、姦淫《かんいん》するなかれ〟——」

「ふん！」

短い気合いに鈍《にぶ》い音が重なった。岩のような拳《こぶし》を側頭部に受けた若者の体が大きくよろめいたのだ。きりもみしながら、床に這《は》い蹲《つくば》る。

「……俺《おれ》は女をよがらせるのが大好きだが、男に悲鳴をあげさせるのも嫌《きら》いじゃやなくてな」

ラドカーンの唇《くちびる》は、嗜虐《しぎゃく》的な笑《え》みに歪《ゆが》んでいた。床で咳込んでいる背中に足を踏《ふ》みおろし、おさまりの悪い銀髪《ぎんぱつ》を鷲摑《わしづか》みにする。

「…………！」

「や、やめなさい！」

アベルの喉《のど》からくぐもった苦鳴が、エステルの口から甲高《かんだか》い悲鳴がこぼれた。ラドカーンが、銀髪を摑んだ腕《うで》をゆっくり上げ始めたのだ。踏みつけられたままの背中が、だんだんエビ反《ぞ》りにのけぞってゆく。脊椎《せきつい》が軋《きし》む嫌《いや》な音が微《かす》かに聞こえ始めた。

「やめて！　その人は、関係ないじゃない！」

「さあて、どこまでもつかなあ？」

悪魔《あくま》的な笑みを浮《う》かべるラドカーンの足下で、いまや蒼白《そうはく》になったアベルの眼球が白目を剝《む》き始めた。

「やめてってば！　その人、死んじゃうわ！」

「安心しな。背骨が折れるだけだから、一生まともに動けなくなるだけだ」

気の利《き》いたジョークでも口にしたつもりか、ラドカーンは唇を捲《めく》った。背骨の軋む感触《かんしょく》を爪《つま》先《さき》に楽しみながら、二の腕《うで》に最後の力を込《こ》める。

「そぉら、これで終わり――」

「……そこまでにしておくことを推奨《すいしょう》する、ラドカーン大佐《たいさ》」

およそ抑揚《よくよう》というものを欠いた平板な声が、大男の背中にかかった。と同時に、手袋《てぶくろ》に包まれた手が横合いから巨腕《きょわん》に置かれている。

「大佐、貴官が持ち場を離《はな》れて、既《すで》に四百七十八秒が経過した。至急、任務に戻《もど》ることを要請《ようせい》する」

「んだとぉ……」

憤然《ふんぜん》と振《ふ》り返ったラドカーンだったが、背後の顔を見るや忌々《いまいま》しげな唸《うな》り声をあげた。

「てっ、てめえ、トレス・イクス！」

無表情に巨漢の顔を見上げていたのは小柄《こがら》な男だった。おそらくはまだ二十《はたち》前後ぐらいだろう。一分《いちぶ》の隙《すき》なく着こまれた軍服の襟《えり》には、少佐の階級章が輝《かがや》いている。

「イクス少佐！　貴様、上官の邪魔《じゃま》しやがるつもりか!?」

「否定《ネガテイヴ》──貴官のレクリエーションに干渉《かんしょう》するつもりはない」

相変わらず抑揚《よくよう》を欠いた声で、だが、いささかの乱れもなく、若い士官は言葉を継《つ》いだ。

「しかし、現在は任務中だ。個人的な娯楽《ごらく》は後回しにすることを要求する。警護の準備がまだ終わっていないのは、一八二七《ヒトハチフタナナ》現在、貴官の担当区域だけだ」

「イクス、貴様、新参者の分際で俺《おれ》を馬鹿《ばか》にしやがんのか？　ジュラ様のお気に入りだからって、でかい顔《ツラ》してんじゃねえぞ、こら」

仮面でも着けているような顔をにらみつけ、ラドカーンは吠《ほ》えた。

「ジュラ様のご到着《とうちゃく》まで、あと一時間以上ある。三十分もあれば、お出迎《でむか》えの準備はできらぁ──てめえはすっこんでろ！」

「たった今、連絡《れんらく》が入った。ダイヤの変更《へんこう》で、特別列車の到着が三十分早まったそうだ」

「なに⁉」

激しくひきつった魚顔に向けて、淡々《たんたん》と声が紡《つむ》がれた。

「ジュラ卿《きょう》の到着推定時刻は一九〇〇《ヒトキユウマルマル》──すでに二千秒を切っている。大佐、早急に警備態勢をとることを勧告《かんこく》する」

「……ちっ！」

太い指から力が抜《ぬ》けた。苦鳴とともに、銀色の頭が床《ゆか》に落ちる。その脇腹《わきばら》に一つ蹴《け》りをくれ、ラドカーンは巨体《きょたい》を翻《ひるがえ》した。

「おい、てめえら何やってる！　行くぞ！」

血走った目で冷静そのものの若い少佐を一睨《ひとにら》みしてから、部下を怒鳴《どな》りつける。そのまま地響《じひび》きをたてて歩み去りかけたところで、ふと思い出したように振《ふ》り返った。

「おっと、忘れるところだったぜ……てめえら、そののっぽのクソったれをひっぱってこい！　お出迎えが済み次第《しだい》、〝血の丘《ヴェールヘジエン》〟送りだ。俺様がじっくりと取り調べてやる」

「そんな……その人は、何も悪いことはしていないじゃないですか！」

ようやく着衣を整えて立ちあがったエステルが叫《さけ》んだ。最前レイプされかけたときでさえ取り乱さなかった顔に、今は紛《まぎ》れもない恐怖《きょうふ》と狼狽《ろうばい》の色が浮《う》かんでいる。

「〝血の丘《ヴェールヘジエン》〟送りなんて、あんまりだわ！　この人がなにをしたっていうんですか！」

「黙《だま》れ！　ぐだぐだヌかすと、貴様も引っ張るぞ！　市警軍士官に対する暴行、公務執行妨害《しっこうぼうがい》、器物破損……罪状はたっぷりあるんだ。そうそうスパイ容疑も加えておかんとなあ。イクス少佐、てめえも文句ねえな？」

「……肯定《ポジティヴ》。貴官の好きにすればいい」

「よし、決まりだ」

さも愉快《ゆかい》げに高笑いすると、ラドカーンはこれまた邪悪《じゃあく》に笑う部下どもに顎《あご》をしゃくった。

「連れてけ！」

II

日没からしばしの時間が経《た》つとは言え、最終列車までの時間はまだあるはずだった。本来なら、出発する旅人や、到着《とうちゃく》した遠来の客たちで構内が賑《にぎ》わっていてもいい時間だ。

しかし、悪魔《あくま》が夜気に爪《つめ》をたてているようなブレーキ音をあげて、その窓のない列車がホームに入ってきたとき、駅の構内からは、旅人はおろか駅員の姿すら一切《いっさい》消えていた。代わって、ホームにずらりと整列していたのは、小銃《ライフル》を肩《かた》に載《の》せたダークブルーの軍服の群れだ。軍帽《ぐんぼう》の下の顔は微動《びどう》だにせず、人間というより人形を思わせる。ただ、注意深い者なら、車輛《しゃりょう》が完全に停車した一瞬《いっしゅん》、兵士たちの間に恐怖《きょうふ》にも似た空気が過《よ》ぎるのを見てとったかもしれない。

「捧《ささ》げ銃《つつ》！」

号令にあわせて、小銃が高く掲《かか》げられた。ガス灯の光が、銃剣《じゅうけん》に鋭《するど》く反射する。先頭の機関車が噴《ふ》き上げる蒸気の帳《とばり》の中、夜気に白い息を吐《は》く兵士たちの影《かげ》が、長くホームに落ちた。

「お帰りなさいませ」

タラップから降りた唯《ただ》一人の乗客に一礼した巨体《きょたい》に、最前までの不遜《ふそん》さは片鱗《へんりん》も見られない。深々と腰《こし》を折ったラドカーンの軍帽は床《ゆか》に触《ふ》れんばかりだった。

「長旅、お疲《つか》れさまでございました、ジュラ様」

「出迎《でむか》えご苦労、大佐《たいさ》」

巨漢をねぎらったのは、美しい若者だった。

黒髪《くろかみ》に縁取《ふちど》られた白皙《はくせき》の美貌《びぼう》は、インバネスを羽織《はお》った均整のとれた長身とあいまって、この灰色の街にふさわしい憂愁《ゆうしゅう》をたたえている。ただ、ある種の狼犬《おおかみけん》を彷彿《ほうふつ》とさせるその瞳《ひとみ》――色素の薄《うす》い灰色の虹彩《こうさい》の中の暗い瞳孔《どうこう》だけは、なぜかこの夜よりなお昏《くら》く輝《かがや》き、見る者を不安にさせる。それはその目がまったく瞬《まばた》くということをしなかったせいかもしれない。

インバネスの襟《えり》を立てると、貴公子は上質のコニャックを思わせる芳醇《ほうじゅん》な声で尋《たず》ねた。

「私の留守中、イシュトヴァーンは変わりなかったかね」

「は、多少、パルチザンどもが悪さをしましたが、すでに鎮圧《ちんあつ》いたしました。主だった首謀者《しゅぼうしゃ》は、既《すで》に〝血の丘《ヴェールヘジエン》〟に収監《しゅうかん》しておりますのでご安心を」

忠実な家臣――というより、飼い犬のような巨漢の態度だった。だが、卑屈《ひくつ》なまでに恭《うやうや》しい返答に軽く頷《うなず》いただけで、若者はしなやかな歩調でホームを歩き始めた。その周囲に、兵士たちが肉の壁《かべ》を作る。

「ところで、〝帝国《ていこく》〟はいかがでございましたか、ジュラ様？」

「相変わらず頑《かたく》なものだ。どうあっても、我らの決起を支援《しえん》するつもりはないらしい。女帝陛下《アウグスタ》にもお会いできなかったしな……だが、あれの力を目にすれば、彼らの反応も変わるだろうよ」

まっすぐ正面を見つめながら、貴公子は微《かす》かに唇《くちびる》を歪《ゆが》めた。そんな顔をすると、ひどく酷薄《こくはく》な空気が美貌《びぼう》に漂《ただよ》う。いやそれは、唇の端《はし》からこぼれた八重歯《やえば》のせいだろうか？

「施設《ハードウェア》はほぼ修復できた。あとはソフトのチェックが終われば試射まで持っていけるだろう……ところで、あれはなにかね？」

久しぶりに帰った屋敷《やしき》に見慣れないペットが居着いているのを見つけたような顔で、ジュラはホームの一角に顎《あご》をしゃくった。兵士らに挟《はさ》まれて悄然《しょうぜん》と立っていたのは、がんじがらめに縛《しば》られた銀髪《ぎんぱつ》の男だ。

「は、先ほど構内で拘束《こうそく》いたしました不審者《ふしんしゃ》であります。市警軍に対する敵対的な言動が見られましたので、これから本部に連行いたしまして取り調べをと」

「ふむ……」

そのまま行き過ぎかけて、ジュラはふと足を止めた。身を翻《ひるがえ》して銀髪の男の方へ歩み寄る。

「失礼。君の名前は？」

「アベル……アベル・ナイトロード」

相当小突《こづ》かれたものか、顔のあちこちに青痣《あおあざ》ができている。切れた唇を弱々しく動かして、男は答えた。

「ローマから来ました。この街に今日付《きょうづけ》で赴任《ふにん》するよう、ヴァ……」

「余計なことをしゃべるな！」

アベルとやらの外套《がいとう》のボタンが音をあげて弾《はじ》けた。ラドカーンの巨腕《きょわん》が襟首《えりくび》を摑《つか》んだのだ。

「貴様は、尋《たず》ねられたことだけ答えればよい！」

「待ちたまえ、大佐《たいさ》」

相手を食い殺しかねまじき勢いで怒鳴《どな》っていたラドカーンを、ジュラはやんわり制した。若者の破れかけたコートの襟元から、その下に着ていた着衣が覗《のぞ》いたのだ。胸で輝《かがや》いている十字架《じゅうじか》も。

「僧衣《カソック》にロザリオ……君は神父か？」

「え、ええ……このたび、このイシュトヴァーンの聖マーチャーシュ教会に配属されました司祭です」

襟首を摑まれたまま、アベルとやらは苦しげに顔を歪めた。

「あの、私は別に何もして……」

「黙《だま》れと言っているだろうが！」

「黙るのは君だ、大佐……その手を神父様から放したまえ」

「で、ですが、閣下《かっか》！」

「私は放せと言ったのだ——聞こえなかったかね？」

大きな口を開いた巨漢を一瞥《いちべつ》して、ジュラは囁《ささや》いた。けっして強い調子ではない。だが、色鮮《あざ》やかに変わったラドカーンの顔を見据《みす》える視線は、ドライアイスの温度を帯びていた。

「君が同胞をいかに食い物にしようと、私は関知せぬ。いや、興味を持てないと言うべきか……だが、私は躾《しつけ》のなってない飼い犬には我慢《がまん》できぬ性格《タチ》でね。わかるだろう？」

「も、申し訳ございませんッ！」

巨体《きょたい》を縮めて低頭するラドカーンはそれきり無視して、ジュラはアベルの方へ向き直った。痛そうに首をさすっている神父に対し、慇懃《いんぎん》に一礼する。

「失礼しました。私はジュラ・カダール。市内で事業など営んでいる者です。申し訳ない、彼らがとんだ勘違《かんちが》いをしてしまったようだ。イシュトヴァーン市民を代表してお詫《わ》び申し上げます」

「あ、これはご丁寧《ていねい》にどうも……」

銀髪《ぎんぱつ》の神父は、恐縮《きょうしゅく》したようにぺこんと頭を下げた。背はやたらと高いし、銀髪碧眼《へきがん》の顔だちもそれなりに整っているが、表情はどこにでも転がっていそうな若者のそれだ。だが、その顔を礼を失しない程度に観察しながら、ジュラは内心にひっかかるものを感じていた——この男を、自分はどこかで見たことがなかったろうか？

「失礼ですが神父様、どこかでお会いしたことがありましたか？」

「いえ、初対面だと思います。だいたい、私、この街は初めてで……」

「そうですか……まあ、ローマと比べれば退屈《たいくつ》な田舎《いなか》ですが、のんびりとされていってください」

上品に笑って、貴公子は握手《あくしゅ》を求めた。どうやらただの神父らしい。礼を失しない程度にそっけなく手を握《にぎ》ると、あたりさわりない社交辞令で締《し》める。

「イシュトヴァーンへようこそ、ナイトロード神父——歓迎《かんげい》しますよ」

「はあ、ありがとうございます」

相変わらずのほほんと答えながら神父は握手に応じていたが、ジュラの顔を見返したその表情がさっと青ざめた。

強く握りすぎたか？

ジュラは一瞬《いっしゅん》そう思ったが、相手の視線が自分の背後に注がれていることにふと気づく。そしてそのときには、神父の細い腕《うで》には似合わぬ膂力《りょりょく》で貴公子は押《お》し倒《たお》されていた。

「な、なにをするか、不埒者《ふらちもの》!!」

ラドカーンの怒声《どせい》が響《ひび》いた。倒れた主人と主人を押し倒している神父に駆《か》け寄ろうとする。だがその鼻先を、おぞましい音をあげる何かが夜気を切り裂《さ》いた。

「…………!?」

一瞬前までジュラの頭のあった空間を通りすぎたそれは、甲高《かんだか》い金属音をたてて、列車の車体に突《つ》き立っていた。小さな羽根を備えた、指ほどの太さの鋼鉄の棒——

「こ、これは太矢《クオレル》……がっ!?」

警告を発しようとした兵士が、同じ物を生やした肩《かた》を押さえてもんどり打った。さらにその隣《となり》では、銃《じゅう》を掲《かか》げようとした別の兵士が腹を撃《う》ち抜《ぬ》かれて倒《たお》れている。

そして、次の瞬間《しゅんかん》——夜が割れた。

線路の下で、あるいは乗客のいない待合室から、銃声とともに不吉《ふきつ》な閃光《せんこう》がほとばしり始めたのだ。黄金色の火線が容赦《ようしゃ》なくホームに集中したかと思うと、兵士の幾人《いくにん》かは、自分の身に何が起こったかを覚《さと》る間もなく倒れている。

「て、敵襲《てきしゅう》……パルチザンだあああっ！」

いったいどこに潜《ひそ》んでいたのか？　そこかしこから現れたのは、目出し帽《ぼう》やマスクで顔を隠《かく》した男たちだった。仮装大会などでないのは、彼らの手にした火器が忙《いそが》しく炎《ほのお》を吐《は》きだしていることでも明らかだ。

「さ、散開！　散開して各自反撃《はんげき》！」

とっさに吠《ほ》えたラドカーンの声もむなしく響《ひび》く。明らかに統制されたペースで銃弾《じゅうだん》は撃ちこまれてきていた。黄金色の放物線を描《えが》いて飛来した火炎瓶《かえんびん》が割れたかと思うと、飛び散ったガソリンがまたたく間に燃え広がる——踊《おど》り狂《くる》う炎の中、ホームはまるで劇場の舞台《ぶたい》のように明々《あかあか》と照らしだされた。

「みんな、雑魚《ざこ》にはかまうな！　ジュラだ！　ジュラを倒せ！」

甲高《かんだか》い声が、闇《やみ》の向こうから聞こえてきた。同じ方角から飛来したのは、先ほどの太矢《クオレル》だ。呆然《ぼうぜん》と立ち尽《つ》くしていたアベルの頬《ほお》をかすめた凶器《きょうき》は、その背後の柱に根元まで沈《しず》んだ。直後、胸の悪くなるような悪臭《あくしゆう》が漂《ただよ》ったのは、矢柄《やがら》に酸か何かを仕込んであったものらしい。

「わ、わ、わっ！　そ、そうだ、鉄砲《てっぽー》！　私、どこかに鉄砲《てっぽー》をしまって……」

「伏《ふ》せていてください、神父様」

この期《ご》におよんで、ポケットだの懐《ふところ》だのを探り始めた神父の頭を押《お》し下げると、ジュラはインバネスを脱《ぬ》いだ。闘牛士《とうぎゆうし》のようにうち振《ふ》ったそれで、次々と飛来してくる太矢《クオレル》を片端《かたはし》から叩《たた》き落としてのけたのは、驚《おどろ》くべき手並みだ。だが、これほど正確に狙撃《そげき》してくる敵射手の技量も尋常《じんじよう》ではない。

太矢《クオレル》の飛んでくる方向——向かいのホームに停《と》まっている列車の最後尾《さいこうび》を見やって、ジュラは薄《うす》い笑《え》みを浮《う》かべた。

「いい腕《うで》だ。だが……大佐《たいさ》！」

「はっ！」

腐《くさ》っても軍隊である。最初の混乱がおさまった市警軍の兵士たちは、それぞれ遮蔽物《しやへいぶつ》の陰《かげ》に隠れては撃ち返し始めている。襲撃者《しゆうげきしや》たちもまた、盛んに狙撃を続けてはいたが、もはや奇襲《きしゆう》直後ほどの効果は見られない。たまに投じられる火炎瓶さえ空中で撃ち落とされ、かえって隠れ潜む自らの影《かげ》を照らしだしてしまう始末だ。

「どうやら敵は少数のようだ。十人ほど左翼《さよく》に迂回《うかい》させて、包囲したまえ」

「はっ……イクス少佐！　左翼迂回、包囲だ！」

「了解《ポジティヴ》」

無表情に頷《うなず》いた若い士官は、兵士とともにホームを移動し始めた。敵にも、その気配は伝わったらしい。火線が一時的に弱まる。

「逃《に》がさんぞ、パルチザンども！」

舌なめずりしたラドカーンが、大型拳銃《けんじゅう》をかまえた。退却《たいきゃく》を始めた仲間を掩護《えんご》しようというつもりか、石弓の射手は相変わらずの勢いで太矢《クオレル》を撃《う》ちこんできている。そちらに向けて、魚顔の巨漢《きょかん》は狙《ねら》いも定めず乱射した。

「…………！」

小さな悲鳴があがった。速射用の槓桿装塡式石弓《レバーアクション・クロスボウ》を手にした小柄《こがら》な影《かげ》が、肩《かた》を押《お》さえてうずくまっている。それを見たパルチザンの一人が叫《さけ》んだ。

「大丈夫《だいじょうぶ》か、〝星《ツイラーグ》〟！」

手製の短機関銃《サブマシンガン》片手に、パルチザンは石弓の射手のもとに駆《か》けつけたが、それ以上の戦闘《せんとう》続行は無理と判断したらしい。早口に怒《ど》鳴《な》る。

「作戦は失敗だ。ここは俺《おれ》が防ぐから、お前は逃げろ、〝星〟！」

目出し帽《ぼう》で顔を隠《かく》した小柄な影は、なにか言い返しているようだったが、そこかしこに反《はん》響《きょう》する銃声のせいでよく聞こえない。パルチザンは再度怒鳴った。

「馬鹿！　リーダーが死んでどうする！　ここは俺がくい止める。お前は仲間たちを連れて逃げろ！」

「…………」

その間にも、市警軍の火力は増大している。駅の外に待機していた別班が、異状に気づいて応援《おうえん》に駆けつけてきたのだ。

〝星《ツイラーグ》〟と呼ばれた石弓の射手はしばし沈黙《ちんもく》していたが、重ねて男が怒鳴ると、何かを振《ふ》り切るように頷《うなず》いた。勢いよく指笛が吹《ふ》かれる。それを合図に、襲撃者《しゆうげきしや》たちは一斉《いつせい》に闇《やみ》の中に後退を始めた。

「けっ！　逃がすかよ、テロリストどもが！」

ラドカーンの銃口が小柄な背中に向けられた。巨漢は獲物《えもの》を見つけたハイエナのように目を細めると、慎重《しんちよう》に狙点《そてん》を定めた。

「くたばれッ！」

「あ、あったあ！」

間抜《まぬ》けな歓声《かんせい》があがったのはそのときだった。

最前から何やらもぞもぞしていた神父が、懐《ふところ》から、やたらと古めかしい旧式回転拳銃《パーカッション・リボルバー》を引っ張り出したのだ。ちきりと撃鉄をあげると、あぶなっかしい手付きで引き金を絞《しぼ》る。

「はっはっは、これさえあれば百人力！　逃がしませんよ、テロリストの皆《みな》さん……あれ？」

もふっと間の抜けた音とともに、盛大な白煙《はくえん》があがった。

旧式回転拳銃《パーカッション・リボルバー》は、金属薬莢《カートリッジ》を使わず、回転弾倉《シリンダー》内に直接封入《ふうにゅう》した火薬に点火して弾丸《だんがん》を発射する機構を備えた回転拳銃《けんじゅう》だ。それがどうも、弾倉内の火薬が湿《しけ》っていたものらしい。もうもうとあたりに立ちこめた煙《けむり》が、一瞬《いっしゅん》にして視界を遮《さえぎ》った。

「げほげほっ！　な、なんだ、こりゃ⁉」

「すっ、すいませんすいませんすいませ〜ん！」

「てめえの仕業《しわざ》か、このクソ坊主《ぼうず》！」

「待て、〝星《ツイラーグ》〟が逃《に》げるぞ！」

一瞬の混乱に乗じて身を翻《ひるがえ》した〝星〟の背中は、掩護《えんご》の火線の向こうに消えている。数人の兵士が発砲《はっぽう》したが、これは煙と闇《やみ》に遮られ、虚《むな》しく夜気を穿《うが》つに留《とど》まった。

……だがその頃《ころ》には、戦いはほぼ終結しつつあった。

あちこちには死者や負傷者が転がり、駅の内外から散発的に聞こえてくる銃声も、いつの間にか市警軍のものばかりになっている。

「被害《ひがい》を確認しろ！」「負傷者の後送を急げ！」「捕虜《ほりよ》は殺すな。拘束《こうそく》して尋問《じんもん》する！」

「……だいじょうぶでしたか、神父様？」

もはや、この夜のゲームは終わりに近づきつつあるようだ。兵士たちが叫《さけ》び交わす中、ジュラは涙目《なみだめ》で咳込《せきこ》んでいる神父に手を差しのべた。

「あなたには礼を言わねばなりませんね。命の恩人だ」

「いえ、そんな……それより、今の人たちはなんです？　パルチザンとかなんとかおっしゃってましたけど？」

「この街に棲息《せいそく》する凶悪《きょうあく》なテロリストどもだ！」

大魚を逃がしたラドカーンが、忌々《いまいま》しげに顔を歪《ゆが》めた。

「あの〝星《ツイラーグ》〟とやらいう男に率いられて、ＶＩＰの暗殺やら、公共施設《しせつ》の破壊《はかい》工作やら……とにかく、ありとあらゆる悪事に手を染めているクソったれな屑《くず》どもだ！」

「おらっ、きりきり歩け！」

両手を頭の上で組まされ、乱暴に兵士たちに突《つ》き飛ばされながらホームを連行されてきたのは、負傷したパルチザンだった。先ほど、リーダーを逃がそうとしていた機関銃手《きかんじゆうしゆ》だ。

「やあ、こんばんは、テロリスト君」

血と泥《どろ》に汚《よご》れた顔に穏《おだ》やかな声をかけたのはジュラだ。足下《あしもと》に引き据《す》えられた男を優《やさ》しい笑《え》顔《がお》で見下ろすと、

「さっそくのお出迎《でむか》え痛み入るよ。相変わらず元気そうでなによりだ」

「化け物め！」

テロリストの声は、どこかの地獄《じごく》から響《ひび》いてきたかのようだった。無残に腫《は》れ上がった唇《くちびる》で憎《にく》しみと怒《いか》りを音声化する彼の目には、ジュラの美しい顔しか映っていない。

「俺《おれ》たちの町に巣くう怪物《かいぶつ》め！　貴様のせいで、この町は……ぐぶっ！」

「控《ひか》えろ、慮外者《りょがいもの》！」

ラドカーンの蹴《け》りを鳩尾《みぞおち》に受け、テロリストは苦悶《くもん》に顔を歪《ゆが》めた。口から溢《あふ》れた赤と黄色の液体が、コンクリートに水溜《みずたま》りを作る。

「ジュラ様に、なんという無礼な！」

「やめておきたまえ、大佐《たいさ》。相手は怪我人《けがにん》だ」

銀髪《ぎんぱつ》の神父が口を出そうとするより早く、巨漢《きょかん》を制止するジュラの声が飛んだ。

「それ以上運動させると、いろいろと喋《しゃべ》ってもらえなくなる……それより、誰《だれ》か、神父様をお送りする手配を。あまり遅《おそ》くなる前に、教会までお連れして差し上げろ」

「あ、あの、そんなお手数は……」

かくかくと首を振《ふ》るアベルの前に手を立てると、ジュラは断固としてその意思を無視した。

「ご遠慮は聞きません。あなたは私の命の恩人ですからね……イクス少佐、君でいい。お車を手配して差し上げたまえ」

「了解《ポジティヴ》。こちらだ、ナイトロード神父」

「は、はあ……あの、どうもすいません」

無表情に先に立った士官に従って、神父はホームを立ち去ろうとした。その背中に向けて、

「ああそうだ、神父様」

黒髪《くろかみ》の若者は、思い出したように声をかけた。

「一つ聞きたいんですが……ここに転任される前には、ローマでどんなお仕事を？」

「はあ、下町の教会で司祭をやってたんですが、一昨日《おととい》、いきなり転属の命令が出ましてね。私もよくわからないままここに……はあ、何が悪かったんでしょうねえ。やっぱりあれかな？　酔《よ》っぱらって看板相手に説教してたのを上司に見られたのがいけなかったかなあ」

「……なるほど」

答えが返されるまで、僅《わず》かな間があったことに誰が気づいたろうか？　相変わらず穏《おだ》やかに頷《うなず》くと、ジュラは非礼を詫《わ》びるように会釈《えしやく》した。

「いや、初対面の方に不躾《ぶしつけ》なことを伺《うかが》いました。教会までお送りいたしますので、どうか、今夜はゆっくり休まれて下さい」

「はい、失礼いたします」

……丁寧《ていねい》な会釈《えしやく》を残して神父が立ち去ってからもなお、ジュラはホームに立ちつくしていた。背の高い背中が遠ざかってゆくのをじっと見送る。それがふと、足もとに這《は》い蹲《つくば》ったままのパルチザンに目を落としたのは、アベルの姿が駅舎の向こうに完全に消えてしまってからのことだ。

「ああ、そう言えばまだ、君の話を聞いてあげてなかったな」

「…………!?」

男には口を開く暇《ひま》も与《あた》えられなかった。

すいと伸《の》びた優美な手が、彼の顎《あご》を鷲摑《わしづか》みにすると、そのまま宙に差し上げたのだ。

「さっきは何を言ってくれようとしたのかな？　確か、私のことを化け物とかなんとか……」

「あ、あ、あ、あ……」

すさまじい腕力《わんりょく》だった。片腕《かたうで》一本で人一人持ち上げて見せたそのパワーは、まさしく人間離《ばな》れしている。しかし大きく瞠《みは》られた男の瞳《ひとみ》に浮《う》かんだのは、驚愕《きょうがく》ではなく、紛《まぎ》れもない恐怖《きょうふ》の色だった。これからどうなるのか知っている、死刑囚《しけいしゅう》の目だ。

彼を差し上げた貴公子の口がゆっくりと裂《さ》けた。薄《うす》い唇《くちびる》の間からこぼれたのは、やや尖《とが》り気味の舌と、八重歯《やえば》というには長すぎる犬歯の輝《かがや》きだ。ジュラはそのまま、ワインのテイスティングでも楽しむかのように、そっと男の首筋に顔を寄せた。

「や、やめ……！」

男の悲鳴が、断《た》ち切られたように途絶《とだ》えた。

じゃくりと胸の悪くなる音がしたかと思うと、彼の体はあたかも電気でも通されたかの如《ごと》く四肢《しし》を突《つ》っ張った。硬直《こうちょく》した手足が激しい痙攣《けいれん》を重ねるその間も、ジュラは男の首筋に顔を重ねたままだ。ただ、白い喉《のど》は妖《あや》しく動き、その唇の端《はし》から落ちる雫《しずく》はホームに赤い水溜《みずたま》りを作っていた。

「……ふう」

赤く満ち足りた息を吐《は》いて貴公子が顔をあげたとき、男の眼球は眼窩《がんか》をほとんど飛び出していた。生石灰《きせっかい》を思わせる白《しら》ちゃけた顔には生気の一片たりとも残ってはいない。事実、ジュラが指を緩《ゆる》めるや、まるで紙人形のように地面に頽《くずお》れ、それきり動かなかった。

「確かに血の気は多いが、味の方は今ひとつだったね…… 〝星《ツイラーグ》〟はどうなのかな？ 今度、飲み比べてみることとしようか」

自らの作った血溜りでかすかに痙攣を続ける男に、ジュラは優《やさ》しく囁《ささや》きかけたが、無論、答える声はなかった。

「ふん、下賤《げせん》な短生種《テラン》め。何が〝俺《おれ》たちの町〟だ、笑わせる。ここは〝私の町〟だ……大《たい》佐《さ》！」

「は、はっ！」

兵士たちは顔面にびっしりと汗《あせ》を掻《か》き、恐懼《きょうく》の色を隠《かく》せない。その間からあたふたと進み出た巨漢《きょかん》に、ジュラは口元を拭《ぬぐ》いながら命じた。

「情報提供者に言って、あの神父のことをすぐに調べさせろ。あの男、どうにも気になる」

「か、かしこまりました！」

ラドカーンは何やら物言いたげだったが、恭《うやうや》しく一礼して表情を隠した。その後ろでは、兵士たちが地面に転がった死体を片づけている。その顔に浮《う》かぶ恐怖と嫌悪《けんお》を一顧《いっこ》だにせず身を翻《ひるがえ》すと、ジュラはホームを大股《おおまた》に歩き始めた。

（教皇庁《ヴァチカン》め、何か感づいたか……？）

市内にある唯一《ゆいいつ》の教会——聖マーチャーシュ教会に欠員が出ているという話は聞いていない。それもよりによって、あれの準備が整ったところに新任司祭がやってくるというのはあまりに出来過ぎている。

「奴《やつ》らごときに、この俺《おれ》は止められん……とは言え、不安要素は可能な限り取り除いておくべきだろうな」

情報提供者にも、一応知らせておいた方がいいだろう。もし、あの神父がヴァチカンのイヌであるならば……

（まあ、それならそれでもかまわんか）

旨そうな男ではあった。

貴公子の唇《くちびる》が薄《うす》く割れると、尖《とが》った舌がちろりと覗《のぞ》いた。

III

「イシュトヴァーンへようこそ、ナイトロード神父。私、当教会を預かります、司教のローラ・ヴィテーズと申します」

「はあ、どうも」

三十路《みそじ》にしては若々しい女司教の微笑《びしょう》に、机の前に突《つ》っ立ったアベルは少し口元をひきつらせて笑《え》み返した。ほの明るいランプの照らす壁《かべ》をまるごと占領《せんりよう》して、ずらりと聖典を並べた書棚《しよだな》が、そんなのっぽの神父を見下ろしている。

「駅で何かありましたとか？　着任早々、大変でしたわね。でも大丈夫《だいじようぶ》。この教会にいる限り、主《しゆ》が守って下さいます」

恭《うやうや》しく十字を切ったヴィテーズに対し、アベルは慎《つつ》ましく口元をひきつらせるにとどめた。

この聖マーチャーシュ教会は、周囲に高い塀《へい》を巡《めぐ》らせた風格溢《あふ》れるゴシック寺院だ。元々は川向こうの西街区に建っていたのを、〝大災厄《アルマゲドン》〟後の復興期に川のこちら側に移築して修復したという実に由緒《ゆいしよ》ある建物なのだが、あの銃撃戦《じゆうげきせん》を目《ま》の当たりにした直後では、いささかも心安らがない。こんな物騒《ぶつそう》な街で心穏《おだ》やかに暮らしてゆくためには、神の御加護《ごかご》よりもアルコールの助けの方が必要な気がする。

「どうしたんですの、ナイトロード神父？　あまり顔色がすぐれませんわね」

「あ、す、すいません。安心しちゃったんですかね？　ちょっと疲《つか》れが……」

「あらまあ、気が利《き》かなくてごめんなさい。さっそく僧房《そうぼう》に案内させますから、今夜はゆっくりお休みになるとよろしいわ……いますか、シスター・エステル？」

「はい、司教さま」

爽《さわ》やかなベルの音《おと》に劣らず涼《すず》しげな声が、アベルの背後から答えた。軽い足音がきびきびと院長室に入ってくる。

「お呼びですか？」

「ナイトロード神父を僧房《そうぼう》に案内して差し上げなさい。それが終わったら、貴女《あなた》も今夜は休んでかまいませんよ」

「かしこまりました……ではこちらにどうぞ、ナイトロード神父。僧房にご案内します」

「あ、ども。おそれいりま……え？」

振《ふ》り返った神父の眉《まゆ》が、ハの字に開いた。

燭台《しょくだい》を捧《ささ》げ持っていたのは、まだ十代とおぼしき小柄《こがら》な尼僧《にそう》だった。だが、アベルを驚《おどろ》かせたのはその顔——青い頭巾《コイフ》から垂れた紅茶色の髪《かみ》と、その下の、白く整った笑顔《えがお》である。

「あ、あなた、駅の！」

「またお会いしましたね、神父さま……夕方はいろいろお世話になりました」

にっこり笑って手を差し出したのは、紛《まぎ》れもなく、あの鳥打ち帽《ぼう》の少女だ。もっとも、今は鳥打ち帽をかぶってはいないし、少年のような格好もしていない。青地に白い縁《ふち》取《ど》りのされた尼僧服は修練女——見習いシスターの証《あかし》である。

「あら、ナイトロード神父を知ってるのですか、エステル？」

「ええ、実は夕方、町におつかいに出たときにお会いしてるんです。市警軍に絡《から》まれているところを助けていただいて……その節はありがとうございました、ナイトロード神父。私、修練女のシスター・エステル・ブランシェです」

「あ、どうも……これは奇遇《きぐう》ですねえ。シスターさんでいらっしゃいましたか」

差し出された手を握《にぎ》り返しながら、鳩《はと》が豆鉄砲《まめでっぽう》でも喰《く》らったような表情でアベルは少女――エステルの顔をまじまじと覗《のぞ》き込んだ。

夕刻出会ったときは容姿に注意を払《はら》うどころではなかったが、改めて見ると随分《ずいぶん》と美しい少女だ。黒髪黒瞳《くろかみこくどう》・扁平《へんぺい》な容貌《ようぼう》の多いこの街にあっては、珍《めずら》しく彫《ほ》り深い顔の中で、青金石《ラピスラズリ》を思わせる瞳《ひとみ》が賢《かしこ》そうな輝《かがや》きを放っている。通った鼻の下に小さくまとまった唇《くちびる》には貴族的な品の良さが備わっているが、名前からしてどこか他国――たぶんアルビオンあたり――の出自だろうか？

「あの……私の顔に何か？」

「あ？　い、いえ！　なんでもありません！」

不思議そうに尋《たず》ねられ、アベルは直立不動でぶんぶんと首を振った。見習いシスターは、そんな神父を一瞬《いっしゅん》、何か不思議な生き物でも見るような目で見つめたが、

「じゃあ、さっそくお部屋《へや》にご案内いたしますね……あ、お荷物はお持ちしますから」

「やっ、どうもお手数おかけします……では司教さま、失礼いたします」

「ごゆっくりおやすみなさい、ナイトロード神父」

「はい、おやすみなさい……いやあ、こんなかわいい娘《むすめ》さんと同じ屋根の下になれてラッキーですねえ」

先ほどのトラブルも腹が減っているのも廊下《ろうか》が暗いのもすっかり忘れた顔で、アベルは少女の後ろに従った。まあ、今夜はいろいろあったが、明日からは楽しくなりそうだ。上司は優《やさ》しそうだし、空気はきれいだし、女の子はかわいいし……

イシュトヴァーン——いい町だ。

「着きました。ここが神父さまのお部屋《へや》です」

「やっ、これはいい部屋……ですねぇ」

穴の空《あ》いた風船みたいに、アベルの声がしぼんだ。

燭台《しょくだい》の光に浮《う》かび上がったのは棺桶《かんおけ》みたいな小部屋だった。家具と言えば、膝《ひざ》を曲げてから首を直角に折ればちょうどいいサイズのベッドと、手提《てさ》げ鞄《かばん》みたいなクローゼットが一つあるきり。天井《てんじょう》はやたらと低く、あの何だかよくわからない黒い染《し》みは人の顔にも見える。窓には薄手《うすで》の雑巾《ぞうきん》が一枚かかっていたが、あれがカーテンである可能性もあながち否定できない。

「あ、あのですね、ひょっとして、部屋を間違《まちが》えましたとかいうご冗談《じょうだん》は……」

「いい部屋でしょう？　ローマからエリート司祭さまがいらっしゃるってことで、わざわざみんなで準備したんです。お好きなように使ってください。どうか、ご遠慮《えんりょ》無く」

「……ありがとうございます」

顔面神経痛患者《かんじゃ》みたいな顔で、新任司祭は微笑《ほほえ》んだ。『郷《ごう》に入《い》らば、郷に従え』というではないか。このぐらいの常識のズレでへこんではいけない。

レは、我慢《がまん》すべきだ……無論、新手《あらて》のいじめである可能性も否《いな》めないが。

「起床《きしょう》は四時。朝課は四時半からですので、遅《おく》れないように礼拝堂へ集まってください。洗濯《せんたく》物《もの》は浴場にある名前を書いた籠《かご》の中。ええっと、他《ほか》に言っとくことは……」

「あの、エステルさん、ちょっとうかがってもいいですか？」

「はい、なんでしょう？」

ベッドの上にしょんぼり腰《こし》をおろした神父に向けて、エステルは小首を傾《かし》げた。上品にいれた紅茶色の髪《かみ》が、蠟燭《ろうそく》の光に淡《あわ》く光っている。

「夕方、駅でお会いしたときですが……なんでまた、あんな格好を？」

「あんな格好って……ああ、男装のことですね？　町では、あれが一番安全なんですよ」

「安全？」

「はい。最近、町はなにかと物騒《ぶっそう》で……女性の一人歩きはとても危険なんです。ですから、一応の用心でね」

「なるほどなるほど、わかります」

アベルは腕組《うでぐ》みすると、うんうんと頷《うなず》いた。

「いやあ、私も駅でパルチザンとかいう人たちとの銃撃《じゅうげき》戦に巻き込まれちゃいましてねえ。あれは怖《こわ》かった。特に、あの〝星《ツイラーグ》〟とかいうボスがバンバン撃《う》ってきまして、私も一歩間違《まちが》えたら殺されてました」

「まあ、パルチザンが？　でも、不幸中の幸いでしたね、お怪我《けが》もなくて」

「はあ、怪我はなかったけど、とってもとっても怖かったです」

「…………」

相槌《あいづち》を探しあぐねて沈黙《ちんもく》している少女は置き去りにして、アベルはなおもぶちぶちと呟《つぶや》いている。

「ああ、とんでもないところに来ちゃったかもしれない。周りは田舎《いなか》だし、市内は物騒だし……くそぅ、人事と上司に騙《だま》された。人生のボタンの掛《か》け違《ちが》いってよくありますよね？」

「は、はあ、よくあるんですか？」

「よくあるんです。私の場合。特にローマで上役だった人、これがまた冷酷《れいこく》非情、冷徹《れいてつ》無比、慇懃《いんぎん》無礼で情け知らずな鬼《おに》上司でしてねえ。私もさんざん泣かされたもんです……ま、こちらの上司は優《やさ》しそうな方なんで安心しましたが」

「ヴィテーズ司教さま？　ええ、とてもお優しい方ですよ」

胸のロザリオをまさぐりながら、エステルは深く頷いた。いつの間にか、母親でも自慢《じまん》するような顔になっている。

「幼い頃《ころ》から、あたしには本当の母親みたいに優しくしてくださいました」

「幼い頃から？」

「ええ、あたしはこの教会で育てられたんです」

つまり、捨て子か何かだろうか？

一瞬《いっしゅん》、アベルの目にいたましげな光が走ったが、口に出しては何も言わなかった。

「あ、いけない！　もうこんな時間だ！」

窓の向こうに聳《そび》えた時計台《とけいだい》を見て、エステルは慌《あわ》てたように立ち上がった。午後九時という時間は世間ではまだ宵《よい》の口だが、朝が異様に早い教会においては、既《すで》に就寝《しゅうしん》時刻である。

「また、明日の朝起こしに参ります。風邪《かぜ》などひかないよう、しっかり毛布をかけてお休みになってください」

「はい、どうもありがとう」

部屋《へや》を出ていこうとしたエステルを送って、アベルがベッドを立ち上がりかけたとき。

「あの、ナイトロード神父？　ちょっとよろしいかしら？」

控《ひか》えめなノックの音がした。扉《とびら》の間から覗《のぞ》いたのはヴィテーズの顔だ。

「やあ、司教様。どうされました？」

「すいません、お休みになられるところを。実は……」

「邪魔《じゃま》だぜ、司教さんよ」

荒々《あらあら》しくヴィテーズを突《つ》き飛ばした影《かげ》が戸口に立った。天井《てんじょう》を摩《ま》するほどの巨体《きょたい》に、エステルの息を呑《の》む音が微《かす》かに聞こえた。

「あ、あなた、市警軍の⁉」

「よぅ、また会ったな、お嬢《じょう》ちゃん」

ぶ厚い唇《くちびる》を好色そうに歪《ゆが》めて、巨漢――ラドカーン大佐《たいさ》は笑った。夕方の忌《い》まわしい記憶《きおく》が甦《よみがえ》ったのか、一歩後ずさったエステルを、小さな目が無遠慮《ぶえんりよ》に見つめている。

「な、なにしに来たんですか！　ここは……」

「おっと、今夜のとこは、お嬢ちゃんには用はねえ。用があるのは、神父さん、あんただ」

「へっ？　私ですか？」

目をしばたたいた神父に、ラドカーンは頷《うなず》いた。

「ジュラ様が、お会いになりたいとよ。すぐに支度《したく》しな。お屋敷《やしき》で晩餐《ばんさん》を一緒《いっしょ》にされたいそうだ」

「ジュラさんが？　こんな時間に？　さっき別れてきたばかりなのに？　また、急な話ですねえ……何かあったんですか？」

「知るか。とにかく、外に車を待たしてある。急げ」

「はあ……」

「あ、あの！」

会話に割って入ったのはエステルだった。なぜか、焦《あせ》ったような早口で、腰《こし》を浮《う》かしかけていた神父にまくしたてる。

「もうこんな遅《おそ》い時間ですし、その、できれば外出は控えられた方が……」

「いいや、それはナシだ」

歯並びの悪い前歯を見せて首を振《ふ》ったのは、ラドカーンだ。

「この町の人間である限り、〝血の丘《ヴェールヘジエン》〟からの招待は断れねえことになってる。絶対にな」

「そんな決まりなんてないわ！　それにそもそも、神父さまはこの町についたばかりで、まだ町の人間じゃありません！」

「いずれにせよ、決めるのはお嬢《じょう》ちゃんじゃねえ、そこの神父だ……どうするかね？」

「もし断ったら、私、どうにかされちゃうんでしょうか？」

「いいや。どうもしやしねえさ」

さも大げさに、ラドカーンはのけぞってみせた。「俺《おれ》も紳士《しんし》だからな。ただ、明日から、この教会の人間がちぃーっとマズいことになるかもしんねえ」

「はあ。マズいこと、とおっしゃいますと？」

「最近はなにかと物騒《ぶっそう》でな。窓を割られたり、物を盗《ぬす》まれたり、買い物に行く途中《とちゅう》の尼《あま》さんが路地裏に連れ込まれたり……」

「神父さま、だいじょうぶです。あたしたちはだいじょうぶですから、あなたは……」

「あ、私、行きます」

エステルが庇《かば》う暇《ひま》もない。相変わらずのほほんとした顔で、アベルは頷《うなず》いていた。「せっかくのご招待を断るのは失礼ですからね。私行きます」

「神父さま!」

「そうこなくちゃな。話のわかる坊主《ぼうず》だ」

ほとんど悲鳴のような声でエステルが呻《うめ》くのを横目に、ラドカーンは満足げに頷いた。それまで黙《だま》って廊下《ろうか》に控《ひか》えていた兵士たちが、左右からアベルの腕《うで》を取る。

「ま、そういうことだ。乳繰《ちちく》りあってるときに悪《わり》ぃが、こっちの兄ちゃんはちょぃと借りてくぜ……お嬢ちゃんの相手は、近いうちにこの俺がしっかりしてやる。そんときゃ、腰《こし》がヌけるまで、ふか〜くつきあってやるから、期待してな」

巨漢《きょかん》は尼僧服《にそうふく》の腰のあたりをねとつくような視線で一撫《ひとな》ですると、下卑《げび》た笑い声をあげて身を翻《ひるがえ》した。その後ろに、のっぽの神父の肩《かた》をがっしり押《お》さえたままの兵士たちが続く。

「……だいじょうぶですよ、エステルさん」

まるで連行される犯罪者のように左右を固められつつも、アベルは長い首を捻《ひね》って、立ちすくむ少女に声をかけた。

「別に取って喰《く》われるわけじゃなし。明日までには、帰ってきますから。あ、朝食の方は、ちゃんと確保しといて下さいね……それじゃ、司教様、ちょっと行って参ります」

「じゃあな、司教様。ここの教会は美人ぞろいだ。また、是非《ぜひ》とも寄らせてもらうぜ」

——ふわりと微笑《ほほえ》んだアベルの背中と下品に笑うラドカーンの巨体が廊下の向こうに消えてからも、エステルはしばしその場を動かなかった。ヴィテーズをはじめとする聖職者たちが、不安げな顔を見合わせながら寝室《しんしつ》に引き取ってもなお、彼女だけは下唇《したくちびる》を固く嚙《か》んだまま窓の外を見つめていた。

「ったく、なにが〝別に取って喰《く》われるわけじゃなし〟よ……〝取って、喰わ、喰われる〟かもしれないから、人が心配してあげたのに！」

忌々《いまいま》しさ半分、気遣《きづか》い半分の吐息《といき》とともに、エステルは素早《すばや》く身を翻《ひるがえ》した。

IV

〝奴《やつ》ら〟がどこから来たのか、説明できる人間はどこにもいない。

ある者は、〝奴ら〟を太古の闇《やみ》の中から甦《よみがえ》った恐《おそ》るべき種族であると主張する。

またある者は、辺境に流行《はや》った疫病《えきびょう》の患者《かんじゃ》が〝奴ら〟に突然《とつぜん》変異したのだと語る。

教皇庁《ヴァチカン》から異端《いたん》と認定された学説の中には、〝奴ら〟は〝大災厄《アルマゲドン》〟の後、突如《とつじょ》として南の空に輝《かがや》き始めた〝二つ目の月〟からやってきた、この世界とは異なる世界の住民だとまことしやかに唱えるものさえある。

確かなことは、誰《だれ》にもわからない。

だが、〝大災厄《アルマゲドン》〟――核《かく》と細菌《さいきん》兵器の洗礼により、危《あや》うく人類が絶滅《ぜつめつ》しかけたあの大いなる災《わざわ》い。数百年の歳月《さいげつ》を経ても消えぬ穢《けが》れが、この惑星《わくせい》から高度な科学文明と大半の土地を奪《うば》い去った、かの忌《い》まわしい事件の後、〝奴ら〟はこの世界に忽然《こつぜん》と出現した。そして、いずこから か持ち来たった優《すぐ》れた技術と文字通り怪物《かいぶつ》じみた力に、衰退《すいたい》していた人類は当初、抵抗《ていこう》する術《すべ》すら持たなかった。

もしこのとき、ローマを本拠地《ほんきよち》とする汎《はん》国家機関――教皇庁《ヴァチカン》が生き残った人々を結集し得なかったら、あるいは、神の加護としか説明できぬ数多くの不可思議な奇跡《きせき》が人々を護《まも》っていなかったら、おそらく今なお人類は、〝奴ら〟に支配されたままだったろう。しかし周知の如《ごと》く、人類と〝奴ら〟――相対する二つの種族の争いを最後に制したのは、他《ほか》ならぬ人類であった。数百年に及《およ》ぶ長い戦いの末に、〝奴ら〟は彼らを生み出した闇の中へと惨《みじ》めに叩《たた》き返され、人類は〝大災厄《アルマゲドン》〟とその後の大暗黒時代からの復興の道のりを穏《おだ》やかに歩み始めたのである。

〝穏やかに〟？

だが――果たしてそうだろうか。

確かに、〝奴ら〟が文明社会の表舞台《ぶたい》から駆逐《くちく》されて既《すで》に五百有余年が経《た》つ。だが、ときおり闇の向こうに跋扈《ばつこ》する不吉《ふきつ》な影《かげ》が、人々の安らかな眠《ねむ》りを妨《さまた》げるのはなぜだろう？　東方に存在すると噂《うわさ》される〝奴ら〟の国への十字軍が、法王宮殿《きゆうでん》の会議室で今も熱心に提唱されているのはいかなるわけか？

この時代、人類と〝奴ら〟との戦いは、依然《いぜん》、続いている。

〝大災厄《アルマゲドン》〟後の世界に突如現れたこの異種知性体を、人々は太古からの伝承になぞらえ、こう呼んだ——吸血鬼《ヴァンパイア》と。

「自由都市イシュトヴァーン——地理的には、この聖都《ローマ》の東方、東部辺境地帯と〝帝国《ていこく》〟との境界に位置する独立都市国家です」

甘《あま》やかな声とともに薄闇《うすやみ》に浮《う》かび上がったその街は、精緻《せいち》な真珠細工《しんじゆざいく》を思わせた。

無数のドームと尖塔《せんとう》からなる、どこか異国的な街並み。街を貫流《かんりゆう》する巨大《きよだい》な河上に、西街区《ブダ》と東街区《ペスト》を繋《つな》いで架《か》かる美しい橋梁《きようりよう》は、大昔に〝ドナウの真珠〟と称《しよう》された繁栄《はんえい》の残照を色濃《こ》くとどめている。

「政治的には、独自の市議会によって、市政が運営されているという建前《たてまえ》になっています。しかしながら、お集まりの諸卿《しよきよう》もご存じのごとく、その実態がハンガリア侯《こう》——〝奴《やつ》ら〟の傀儡《かいらい》政権であることは周知の事実であり……」

「もういい、カテリーナ。我らは、ここに地政学を学ぶために集《つど》ったわけではない」

鍛《きた》えられた鋼《はがね》にも似た声と同時に、闇はにわかに光に満ちた。

そこは、広壮《こうそう》な広間だった。

光の源は、頭上に広がる壮麗《そうれい》なステンドグラスだ。十字架《じゆうじか》を掲《かか》げた騎士《きし》たちが、武器をふるって無数の悪鬼《あつき》を駆逐《くちく》している。騎士たちの先頭に立ち、三匹《びき》の悪霊《あくりよう》の王と剣《けん》を交えるのは背中に大きな翼《つばさ》を備えた美しい女だ。

ローマ、聖天使城《カステル・サンタンジエロ》内、黒聖女の間《ナイア・サンクタま》。

広間の中央、立体映像《ホログラム》を蜃気楼《しんきろう》のように戴《いただ》く巨大な円卓《えんたく》を、緋《ひ》と紫《し》の法衣《ほうえ》が群れ囲んでいる。教皇官房室官房長官《かんぼう》、聖宝認定局局長《にんてい》、広報聖省長官、安全保障問題担当司祭……いずれも、教皇庁《ヴァチカン》の中枢《ちゅうすう》を担《にな》う高位聖職者ばかりだ。その円卓の上座《かみざ》から、

「カテリーナ、結論を言え。先日、東部辺境地域において哨戒《しょうかい》中の我が辺境守備隊が正体不明の武装勢力に発砲《はっぽう》を受けた一件――件《くだん》の発砲はイシュトヴァーン市警軍によるものと見て相違《そうい》ないのだな？」

そう言って、軍刀色《サーベルいろ》の瞳《ひとみ》を閃《ひらめ》かせたのは、一人の壮漢だった。筋肉質の体軀《たいく》に枢機卿《すうききょう》位を示す緋色の法衣を羽織《はお》ってこそいるが、溢《あふ》れるような精気と触《ふ》れただけでも撥《は》ね返されそうな闘《とう》気《き》は生粋《きっすい》の軍人、それも常に最前線に立つ猛将《もうしょう》のそれだ。

フィレンツェ公フランチェスコ・ディ・メディチ枢機卿――前教皇の庶子《しょし》にして現教皇の異母兄。教皇庁《ヴァチカン》にあって、教理聖省長官・異端審問局《いたんしんもん》局長・教皇庁軍総司令官の要職を司《つかさど》る偉丈《いじょう》夫《ふ》である。

聖職者にしておくには惜《お》しいほどぶ厚い胸を反らすと、フランチェスコは吼《ほ》えた。

「問題の場所は極めて国境に接近していたとは言え、明らかに教皇庁領内だ。自領内にいる我が軍が攻撃《こうげき》を受けたとあっては、これは由々《ゆゆ》しき事態。イシュトヴァーンの罪を鳴らし、かの町に巣くう吸血鬼《ヴァンパイア》めに正義の鉄槌《てっつい》を下すべきと考えるが、諸卿《しょきょう》の考えはいかがか？」

「お待ちを、異母兄上《あにうえ》」

闘志《とうし》に満ちた言葉をやんわりと遮《さえぎ》ったのは、甘《あま》やかな女の声だった。先ほどから起立したまだった女が、軽く挙手して発言を求めたのだ。

「私《わたくし》は問題の武装勢力をイシュトヴァーン市警軍であると断言した覚えはありません。その可能性が高い、と申し上げただけですわ」

こちらは、フランチェスコとは対照的に匂《にお》いたつような美貌《びぼう》の持ち主だった。年の頃《ころ》はまだ二十代の半ばほどだろうか。片眼鏡《モノクル》の下の成熟した美貌は、憂《うれ》いとも倦怠《けんたい》ともつかぬ微妙《びみょう》な表情を刻み、気怠《けだる》げに見えるほど雅《みやび》やかな挙措《きょそ》は、生まれながらの貴族のそれだ。しかし、その纏《まと》う緋色《ひいろ》の法衣《ほうえ》とそこに縫《ぬ》い取られた黄金色の十字架《じゅうじか》は、彼女もまた、枢機卿《すうききょう》――教皇庁《ヴァチカン》を統《す》べる最高権力者の一人であることを示している。

剃刀色《かみそりいろ》の瞳《ひとみ》を片眼鏡《モノクル》の奥《おく》に光らせた麗人《れいじん》――国務聖省長官・ミラノ公カテリーナ・スフォルツァ枢機卿は甘い声で自らの発言を補足した。

「さらに申し上げれば、これまでのところ、イシュトヴァーンの吸血鬼《ヴァンパイア》――ハンガリア侯《こう》は常に市議会を前面に押《お》し立て、自らはその陰《かげ》に隠《かく》れております。それを公式な調査もなしに一方的に糾弾《きゅうだん》したところで、世論は納得《なっとく》いたしませんでしょう。ここはしばし静観し、その間に動かぬ証拠《しょうこ》を摑《つか》むことが肝要《かんよう》ではないかと」

「ふむ、スフォルツァ枢機卿のおっしゃること、正論ですな」

円卓《えんたく》を囲む法衣の間から、美女に賛同する声があがった。枢機卿の中でも、年輩《ねんぱい》の一団が深く頷《うなず》いて賛意を示したのだ。

「さようさよう。もはや、昔とは違《ちが》う。恩を知らぬ世俗の輩《やから》は、なにかというと我らの粗《あら》を探そうとしておる」

「イシュトヴァーンの吸血鬼ごとき、叩《たた》き潰《つぶ》そうと思えばいつでも潰せる。じゃが、名分無くして我らが軍を動かせば、世俗諸侯《せぞくしょこう》どもの反感を買うは必至《ひっし》」

「ハンガリア侯とて正面きって教皇庁と争うほど馬鹿《ばか》ではありますまい。奴《やつ》が市議会を傀儡《かいらい》に立てている限り、我らとて迂闊《うかつ》に手出しは――」

「世俗の目を気にして聖戦を怯《ひる》むとは、汝《なんじ》らはそれでも教皇庁《ヴァチカン》――神意の地上代行者か！」

枢機卿たちのざわめきは、鋭《するど》い声に遮られた。

円卓を叩《たた》いたフランチェスコが、激しい勢いで席を立ったのだ。

「いかなる理由があろうと、吸血鬼が一つの町を支配しているのを黙認《もくにん》してきたこれまでが、そもそも異常だったのだ！　思い出せ、我らが何であるのかを――我らは教皇庁《ヴァチカン》。神の地上代理人であるぞ！」

「さよう、メディチ枢機卿の仰《おお》せられる通りだ！」

「我らは神の地上代理人――世俗の目を気にして退《ひ》くなどあってよいことではない！」

追随《ついずい》するように声を上げたのは、枢機卿でも年若い者たちだ。若々しい顔を興奮《こうふん》の色に染め、拳《こぶし》を突《つ》き上げて叫《さけ》ぶ。その声に支えられるように、フランチェスコはさらに獅子吼《ししく》した。

「参集の諸卿《しょきょう》、よく考えられよ！　ここで我らが論じるべきは、イシュトヴァーンの吸血鬼《ヴァンパイア》の敵対的行動にどう報《むく》いをくれてやるかということだ！　我々が諸悪の根源さえ叩《たた》き潰《つぶ》せば、世俗諸侯《せぞくしょこう》どもも文句などつけられるまい！」

「さて、諸悪の根源を叩き潰すとメディチ枢機卿《すうききょう》はおっしゃるが……」

あでやかに口元をほころばせながら——だが、その剃刀色《かみそりいろ》の瞳《ひとみ》だけは冷え冷えとした光を湛《たた》えたまま、カテリーナは異母兄に反問した。

「具体的にはどのように？　よろしければ、お聞かせ願えませんこと？」

「知れたこと——」

異母妹の敵意に感応したのか、焼灼《しょうしゃく》された烈気《れっき》が偉丈夫《いじょうふ》の声《バリトン》にこもった。

「イシュトヴァーンに軍を派遣《はけん》し、これを軍事的に併合《へいごう》する。しかる後、かの街に巣くう吸血鬼《ヴァンパイア》を探しだし、公開で火焙《ひあぶ》りにしてくれん。さればこそ、神意の地上代行機関たる我らの存在意義も宣揚《せんよう》されようというものだ……さように思われませぬか、法王聖下《せいか》？」

最後の言葉だけは、列席する一同に向けられたものではない。代わって、驚《おどろ》いたように顔を上げたのは、フランチェスコとカテリーナの間で沈黙《ちんもく》を守っていた一人の人物だった。

「え、え、えっと、へ、併合……？」

聞き取り辛《づら》い吃声《きっせい》を絞《しぼ》りだしたのは、まだ十代の少年だった。左右を挟《はさ》む男女とは対照的に、実に凡庸《ぼんよう》な外見《おしだし》の持ち主である。痩《や》せた体には逞《たくま》しさの欠片《かけら》もなく、そばかすだらけの扁平《へんぺい》な顔はおよそ威厳《いげん》や魅力《みりよく》からは縁遠《えんどお》いものだ。だが、その身に纏《まと》うは純白の法衣《ほうえ》とケープ——見《み》間違《まちが》えようもない。世界最大の権力者にして神の地上代理人、そして教皇庁《ヴァチカン》の主《あるじ》の証《あかし》だった。

「つ、つまり、それって、あの……せ、戦争になるってことですか、兄上？　姉上？」

強い吃音《きつおん》で、かろうじてそれだけを口にすると、少年——第三百九十九代教皇アレッサンドロ十八世は、今にも泣きだしそうな顔で、カテリーナの方へ視線を泳がせた。

「ぼ、ぼ、僕《ぼく》たち、イ、イシュトヴァーンに戦争を仕掛《しか》けるんですか？」

「ええ……しかも最悪、イシュトヴァーンだけが相手ではすまないかもしれないわ」

カテリーナは、円卓上《えんたくじょう》の立体映像《ホログラム》を枢機卿杖《すうききょうじょう》で指し示した。異母弟のために、可能な限り優《やさ》しい声で解説を加えてやる。

「地理を考えてごらんなさい、アレク。イシュトヴァーン市は、南を我ら教皇庁《ヴァチカン》、北と西をゲルマニクス王国をはじめとする人類世俗諸侯《せぞくしょこう》、そして、東を〝帝国《ていこく》〟に囲まれています。我らがこの街を併合《へいごう》したとき、他勢力がどう思うか……出兵には、彼らの異議を封《ふう》じるだけの名目が必要でしょうね」

「な、な、なるほど。兄上、姉上はこうおっしゃってるし、出兵は、そ、そのできれば……」

「カテリーナ！　貴様、何を腑《ふ》抜《ぬ》けたことを聖下《せいか》に吹《ふ》きこむか！」

「……ひっ！」

烈風《れっぷう》のごとく叩《たた》きつけられた声に、少年教皇は今にも気死せんばかりな顔になった。無意識のうちに異母姉の陰《かげ》に隠《かく》れようとする。フランチェスコが再び椅子《いす》を蹴《け》ったのだ。

「我ら、神の地上代理人たる教皇庁《ヴァチカン》が、かような弱気でなんとする！　そもそも、最初に喧嘩《けんか》を売ってきたのは彼奴《きゃつ》めらだ。その罪を鳴らすに、なんの不都合やある！」

「証拠《しょうこ》がありませんわ。そもそも、仮に一連の事件の糸をイシュトヴァーンの吸血鬼《ヴァンパイア》が引いているとして、その理由がわかりません。何故《なぜ》、今、この時期に我らを挑発《ちょうはつ》するような真似《まね》をするのか……」

「それを探るのが、カテリーナ、国務聖省を預かる汝《なんじ》の職務ではないか！」

「兄上に言われずとも動いております……ですが、時間を頂きたい。十分な調査を行わずしての懲罰《ちょうばつ》的活動は、国務聖省長官の職責において、私《わたくし》は賛成いたしかねます」

軍刀色《サーベルいろ》の眼《め》と剃刀色《かみそりいろ》の瞳《ひとみ》――異母兄妹の間で敵意の籠《こも》った視線が交錯《こうさく》した。互《たが》いに一歩も譲《ゆず》らない構えで正面から向き合う。

「……汝がそこまで言うなら、仕方あるまい」

だが最初に折れたのは、見えない火花から首をすくめる一同の予測に反して、フランチェスコの方だった。

「一週間、時間をくれてやろう。その間に、汝の言う調査とやらをやるがよい」

「ありがとうございます」

THORES '01

「その代わり！」

フランチェスコの声音《こわね》が俄《にわか》に変わった。頭からねじ伏《ふ》せるように、居丈高《いたけだか》に妹を見下ろすと、

「一週間以内に汝《なんじ》の調査の進展なくば、我が教皇庁《ヴァチカン》はイシュトヴァーン市に対し、強制審問《しんもん》宣言を発し、軍事行動に踏《ふ》み切る！　異存あるまいな？」

自分の執務室《しつむ》に引き取ると、カテリーナは忌々《いまいま》しげに舌を打った。

「一週間の猶予《ゆうよ》……要するに、その間に出兵準備をしようというわけか！　なかなかどうして、兄上もたいした狸《たぬき》だこと」

彼女とても、出兵案そのものには決して反対ではない。教皇庁《ヴァチカン》を舐《な》めるとどういうことになるか、世間に示しておく必要は確かにある。

ただ、問題はその口実だった。イシュトヴァーンの反教皇庁《ヴァチカン》活動を国際社会にわかりやすく示してみせる必要があるのだ。

あの忌《い》まわしい〝大災厄《アルマゲドン》〟から既《すで》に千年。人類の復興を主導してきた教皇庁《ヴァチカン》の権威《けんい》が下り坂にさしかかった一方で、世《せ》俗諸侯《ぞくしょこう》は日増しに勢力を伸《の》ばしている。異母兄《フランチェスコ》を筆頭とする若手の枢機卿《すうききょう》たちは、依然《いぜん》、かつての強力な教皇庁《ヴァチカン》の幻影《げんえい》を信じているようだが、状況《じょうきょう》は彼らが楽観するほど甘《あま》いものではない。今の時点でイシュトヴァーンに出兵などすれば、世俗諸侯たちは待ってましたとばかりに教皇庁《ヴァチカン》を非難し始めるだろう。それになによりも〝帝国《ていこく》〟――あの世

界唯一《ゆいいつ》の非人類種族国家を下手《へた》に刺激《しげき》するのは、なんとしても避《さ》けたい。

（そのためには、よほどに強力な口実がこちらにないと……）

尖《とが》った顎《あご》の下で細い指を組み替《か》えながら、カテリーナは何か考え込んでいた。が、ほどなく剃刀色《かみそりいろ》の瞳《ひとみ》をあげると、誰《だれ》もいない空間に小さく囁《ささや》きかける。

「……いますか、シスター・ケイト？」

〈はい、猊下《げいか》〉

カテリーナの傍《かたわ》ら、控《ひか》えめな声とともに浮《う》かび上がったのは、一人の修道女の立体映像《ホログラム》だった。やや垂れ気味の目に穏《おだ》やかな光をともした、たおやかな印象の女性だ。

〈ケイトはこれに……なにか緊急《きんきゅう》の御用《ごよう》でしょうか、カテリーナ様？〉

「〝アイアンメイデンII〟の状況は？　すぐに動けそうですか？」

〈万全です。いつでも離陸《りりく》できますわ〉

「けっこう。では、すぐにイシュトヴァーンまで飛んでもらいましょう」

恭《うやうや》しく一礼した尼僧《にそう》の立体映像に向け、カテリーナは強い口調で命じた。

「潜入中《せんにゅう》の派遣執行官《はけんしっこうかん》〝クルースニク〟および〝ガンスリンガー〟に与《あた》えた命令を一部変更《へんこう》します。彼らに探《ほ》って欲しいことが出てきました」

第二章：暗がりの宴

――あなたを殺しに来る者がある。
夜、あなたを殺しにやって来る。
（ネヘミヤ記六章十節）

I

街には灰色の夜気が澱《おり》のように沈殿《ちんでん》していた。

とは言え、車窓を流れてゆく町並みが、他の大都市に劣《おと》っていたわけではない。昼間の雪を綿帽子《わたぼうし》のようにかぶった街路樹の並木は目に優《やさ》しく、石畳《いしだたみ》の敷《し》かれた大通りでは、優婉《ゆうえん》な曲線を描《えが》く街灯が華《はな》やかに妍《けん》を競《きそ》っている。その繊細《せんさい》な景観は、聖都《ローマ》にはさすがに及《およ》ばぬとしても、ロンディニウムやヴィエナといった世界一級の大都市にも劣るものではない。

だが、ひとたび夜闇に目を凝《こ》らしたとき、あたりを色濃《こ》く覆《おお》った荒廃《こうはい》の気配を看《み》て取るのは困難ではなかったはずだ。否《いな》、気づかぬ方こそ難しかったろう。

街灯の半分は割れたまま放置され、歩道に敷かれた煉瓦《れんが》には醜《みにく》いひび割れが走っていた。まだ宵《よい》の口にも拘《かかわ》らず道を行く人影《ひとかげ》もなく、家々の窓は息を潜《ひそ》めるかのように堅《かた》く閉《と》ざされたままだ。その代わり、百メートルとおかず設置された市警軍の詰所《つめしょ》には煌々《こうこう》と明かりが灯《とも》され、路上にはものものしく武装した兵士たちの影がしきりと動いている。

貧困と荒廃——ここに、かつて〝ドナウの真珠《しんじゅ》〟と呼ばれた麗《うるわ》しの不夜城の面影《おもかげ》はもはや見られない。

「いやはや、なんか凄《すさ》まじく荒《あ》れてますねえ……まるで、街全体がスラムみたいだ」

「例の反政府テロリスト集団——パルチザンの仕業《しわざ》だ」

後部座席の窓に顔をくっつけてしきりに慨嘆《がいたん》している神父に対し、ぶ厚い上唇《うわくちびる》を捩《ね》じってみせたのはその隣《となり》で足を組んだ巨漢《きょかん》だった。相手の無知を小馬鹿《こばか》にしているように、あるいは憐《あわ》れむかのように薄笑《うすわら》いながら、

「奴《やつ》らは、街のあちこちで破壊《はかい》活動をやりまくってる。配給用の食糧《しょくりょう》を奪《うば》ったり、ガスや水道を破壊したりしてな……お陰《かげ》で、街は寂《さび》れる一方だ。市民だってもう何人殺《や》られたことか」

「ははあ、悪い人たちなんですねえ」

車窓の外をもう一度見やって、アベルは小さくため息をついた。暗い街に青白い屍衣《しい》のような光を投げかけているのは、雪雲の間から覗《のぞ》く二つの月だけだ。街灯は墓標のように立ち尽《つ》くしたままで、火がいれられた形跡《けいせき》はない。

「あの、市警軍ってことは、大佐《たいさ》さんたちが警察も兼《か》ねていらっしゃるわけですよね？　そう

いう悪いことをする人たちを捕《つか》まえちゃったりはできないんで?」

「もちろんやってるさ。だが、奴《やつ》らのシンパは市民の中に大勢隠《かく》れてる。ぶち殺してもぶち殺しても、ゴキブリみたいにうじゃうじゃ湧《わ》いてきやがってな」

「はあ、それはご苦労様で……ややっ、あ、あれはなんです?」

大通りが一旦《いったん》終わり、街を南北に貫《つらぬ》くドナウ川の川縁《かわべり》に出たところで、アベルは大きな息を吐《は》いた。川面《かわも》の上に現れた巨大《きよだい》な光の塊《かたまり》が、車の影《かげ》を鮮《あざ》やかに照らし出したのだ。

「鎖橋《ランツヒード》——西街区《ブダ》と東街区《ペスト》を繋《つな》ぐ、この町で唯一《ゆいいつ》の橋だ」

光の塊は華麗《かれい》にライトアップされた巨大な橋のイルミネーションだった。小ぶりなビルほどもある橋脚《きようきやく》は様々な彫刻《ちようこく》に飾《かざ》られ、それを照らし出す照明の一つ一つがあたかも橋梁《きようりよう》を吊《つる》した鎖《くさり》の連なりに見える。その光が川面に落ちて瞬《また》く様《さま》は、見る者に冬の寒さを忘れさせた。

「停《と》まれ!」

橋の渡《わた》り口の前で、車はブレーキをかけた。機関銃《きかんじゆう》や投光器をものものしく突《つ》き出した監視《かんし》塔《とう》から、厳重に武装した市警軍の下士官が現れたのだ。

「ラドカーンだ。〝血の丘《ヴェールヘジエン》〟にお客人をお連れした」

「伺《うかが》っております。ご苦労様です、大佐《たいさ》!」

恭《うやうや》しい敬礼とともにその曹長《そうちよう》が監視塔に合図すると、車止めの遮断機《しやだんき》が油圧器の軋《きし》む音をたててあがった。それきり何事もなかったように、車は再び橋の上を走り始める。

「……また、えらくものものしい警備ですね」

通り過ぎた監視塔を振《ふ》り返って、アベルは半分呆《あき》れたように首を振った。あれではまるで要《よう》塞《さい》だ。塔の陰《かげ》に見える鋼鉄の塊など、装甲車《そうこうしゃ》ではないか。あれだけのものを買い込む金も馬鹿《ばか》にはなるまい。

「あれって確か、ゲルマニクスの新型装甲車ですよね？　ああいうのって高いんじゃないんですか？」

「いや、そうでもなかった。確か、五十万ディナールで払《はら》い下げられたとか言ってたな」

「ご、ごじゅうまん⁉」

神父の声が裏返った。

五十万もあれば、マーチャーシュ教会を全部建て替《か》えてもお釣《つ》りがくる。

「私の全財産の何万倍……あ、いや、そんなことより」

思わず指を繰《く》って何か計算しかけたところで、アベルは頭を振って我に返った。

「あの、私思うんですけど、要するに、街が貧しいからテロリストが湧いてくるわけでしょ？　だったら、あんなもの買うお金を街に還元《かんげん》しちゃった方が、よっぽどパルチザン対策になるんじゃありませんか？」

「………」

神父の提案は、鼻で笑われただけだった。

会話の間にも、車は小高い丘《おか》の斜面《しやめん》にさしかかっていた。小さな山ほどはあるその丘陵《きゆうりよう》の各所には、ガス灯より眩《まばゆ》いサーチライトが夜闇を切り裂《さ》き、まるで真昼のような明るさだ。

「へえ、この丘が〝血の丘《ヴエールヘジエン》〟なんですか？　それでジュラさんのお屋敷《やしき》ってのはどの辺で？」

「何を言っとるんだ、お前は」

さっきから動物園の猿《さる》のようにぴったり窓に顔を押《お》しつけている神父に、ラドカーンは蔑《さげす》むような眼《め》を向けた。

「鎖橋《ランツヒード》からこっちは、全部ジュラ様の私有地だ……お前はずっとあの方のお屋敷の中を走ってるんだぜ」

「は!?　じゃ、じゃあ、この丘も!?」

「丘だけじゃねえ。西街区《ブダ》全部がそうだ……おう、着いた」

「え、着いたって……こ、これは!?」

丘の頂上に聳《そび》える白亜《はくあ》の巨影《きよえい》を見上げたアベルの口から、呻《うめ》くような声がこぼれた。

バロック様式の丸屋根を戴《いただ》くその建物は、まさに〝宮殿《きゆうでん》〟だった。途方《とほう》もなく広大な敷地を、優婉《ゆうえん》に張り出した両翼《りようよく》が抱きかかえている。数多くの噴水《ふんすい》やあずまやを配した前庭は現実のものというよりはむしろ、お伽話《とぎばなし》に出《だ》てくる城のようだ。これまで通ってきた、あの暗く陰鬱《いんうつ》な東街区《ペスト》とは、これが同じ町の中とは思えぬ豪奢《ごうしや》さである。

「いやはや、お金ってのは、ある所にはあるもんなんですねえ……」

その正面の車溜《くるまだま》りに停車した自動車から降り立ち、アベルはため息をついた。

「アベル・ナイトロード神父をお連れした。ジュラ様にお伝えいただきたい」

「オ待チ申シ上ゲテオリマシタ。コチラニドウゾ、ないとろーど神父」

ラドカーンの声に機械的な声と表情で応じたのは、入り口近くに控《ひか》えていた一人のメイドだった。青い髪《かみ》の下の顔は美しいが、一片の生気も感じられない。〝大災厄《アルマゲドン》〟前のロストテクノロジーをふんだんに投入した疑似自律式《ノンAI》サーバント——自動人形《オートマタ》だ。ローマの高位聖職者か、よほどに裕福《ゆうふく》な王侯《おうこう》貴族の屋敷でなければ滅多《めった》にお目に掛《か》かれない代物《しろもの》である。この壮麗《そうれい》な宮殿といい市警軍を私兵のように顎《あご》で動かしていることといい、カダール家というのはよほどな有力者らしい。川向こうの町とは、またえらい違《ちが》いである。

「じゃあな。俺《おれ》はここまでだ、神父さん」

案内されるままに宮殿に足を踏《ふ》み入れかけていたアベルの背に、ラドカーンの声がかかった。振《ふ》り返れば、片頰《かたほお》をひきつらせた、憐憫《れんびん》とも嘲弄《ちょうろう》ともつかぬ例の表情が神父を見送っている。

「ま、いろいろ心残りはあるだろうが、後のことは気にすんな。特に、あのシスター……ありゃあ、つっぱっちゃいるがかなりの上玉だ。俺がしっかりモノにして、あんたの分までかわいがってやっからよ」

「……せっかくのお気遣《きづか》いですが、私、すぐに帰りますから」

相変わらずのほほんとアベルは笑った。

「もう遅《おそ》いですしね。食事が済んだら、すぐに失礼させていただきます」

「〝すぐに帰る〟？　聞いたか、〝すぐに帰る〟だと！」

何が面白《おもしろ》かったのか、大男は自動車のルーフを叩《たた》きながら爆笑《ばくしょう》した。運転手役の兵士も同様に笑っているが、何故《なぜ》かこちらの笑顔は微妙《びみょう》にひきつっていた。

「生憎《あいにく》だが、神父さんよ、ジュラ様は客をそれはそれは大切にされる方でな……なかなか帰しちゃもらえねえと思うぜ。ま、せいぜいきばるこった」

げひゃげひゃと無遠慮《ぶえんりょ》に笑う巨漢《きょかん》を再び乗せると、車はまるで逃《に》げるように元来た坂道をUターンしてゆく。真《ま》っ赤《か》なテールランプが次第《しだい》に遠ざかってゆくのを、アベルはケープの襟《えり》をたてたまま、うそ寒げに見送っていたが、

「コチラデゴザイマス、ないとろーど神父様」

促《うなが》すような自動人形《オートマタ》の声に応《こた》えて、身を翻《ひるがえ》した。足が沈《しず》みそうな絨毯《じゅうたん》を踏《ふ》みしめながら、宮《きゅう》殿《でん》の中へと導かれてゆく神父の背後で、音を立てて扉《とびら》が閉じた。


カットグラスのシャンデリアに火は入っていなかった。だから、中庭から差し込む月光以外に照明と言えるものはなかったが、それでも、そのホールが小さな家ほどはありそうな広さであることは容易に看《み》て取れた。教会のアベルの居室と比較《ひかく》すれば、ゆうに五十倍ぐらいのスペースはあったろう。奥《おく》は、観音開《かんのんびら》きのガラス扉になっており、扉の向こうは中庭に向けてテラ

スがせり出している。右手には大きな階段があり、上方で左右にわかれて図書室やチェス室へと繋《つな》がっていた。そして左手には……

「やあ、美人さんですねえ」

左の壁《かべ》に掲《かか》げられた肖像画《しょうぞうが》を見上げて、アベルはうっとりため息をついた。

そこに描《えが》かれていたのは、波打つ黒髪《くろかみ》をたなびかせた貴婦人の肖像だった。ネックラインを肩下《かたした》まで下げたデコルタージュ・ドレスの、うら若い女性だ。微《かす》かに微笑《ほほえ》んだ青い瞳《ひとみ》は優《やさ》しくアベルを見返している。

「随分《ずいぶん》と古い絵ですが、はて、どなたでしょう？」

「私の妻ですよ……随分と以前《まえ》に亡《な》くなりましたが」

いつの間《ま》に？

慌《あわ》てて振《ふ》り返ったアベルを、階段の上から若い貴公子が見下ろしていた。周囲の闇《やみ》を映したような漆黒《しっこく》のスーツにズボン、そして濃紺《のうこん》のヴェストと青絹のネクタイが強烈《きょうれつ》なコントラストで主《あるじ》の存在を主張している。

生まれながらの貴族特有の風格に、闇すらその場を譲《ゆず》るかのようだ。頽廃《たいはい》的で傲慢《ごうまん》で、そしてこの上なく高貴な歩調で階段を降りてきながら、ジュラは優美に会釈《えしゃく》した。

「先ほどは失礼しました、ナイトロード神父。急な招待に驚《おどろ》かれたのではありませんか？」

「あ、い、いいえ！　その、お招きに与《あずか》り恐縮《きょうしゅく》です、はい」

「結構……まずはお座り下さい。再会、というには早すぎるかもしれませんが、一つ乾杯《かんぱい》といきましょう」

微笑《ほほえ》みは絶やさぬままに、ジュラは一つ指を鳴らした。錬鉄《れんてつ》の大燭台《しょくだい》を捧《ささ》げ持った執事《しつじ》を先頭に、ワゴンを押《お》す給仕たちがホールに入ってくる。そのいずれも、玄関《げんかん》で神父を出迎《でむか》えたメイド同様、おそろしく無表情に沈黙《ちんもく》している。

「すごい数の自動人形《オートマタ》ですね」

「人間嫌《ぎら》いというやつでね。身の回りの世話は全《すべ》て彼らにやらせています。なんといっても、静かなのがいい」

傍《かたわ》らに立つメイドから白磁のゴブレットを受け取りながら、ジュラは答えた。ゴブレットを満たした陰鬱《いんうつ》なまでに赤い液体をテイスティングし終え、満足げに目を細める。

「ああ、なかなかの味だ……お客人にお注《つ》ぎして差し上げろ」

赤ワインは芳醇《ほうじゅん》でコクがあるものだった。糖分も酸度も申し分ない。

「やっ、おいしいですね！　なんて銘柄《めいがら》なんですか？」

「〝雄牛の血《エグリ・ヴィカヴェール》〟……私の経営する醸造場《ワイナリー》で造っています。評判もなかなかいい。葡萄《ぶどう》に与《あた》えた肥料がよかったのかもしれませんね」

「肥料といいますと？」

意地汚《いじきたな》くも、早くも二杯《はい》目に口をつけている神父を、闇《やみ》の向こうから灰色の目がじっと見据《みす》

えた。ふと悪戯《いたずら》っぽく笑うと、

「血ですよ……人の血をたっぷりと与えたんです」

「…………!?」

口の中のワインを危《あや》うく噴《ふ》き出しかけて、アベルはかろうじて踏《ふ》み止《とど》まった。しかし、飲み下すこともできず、口の中でもごもごとさせている。

「――冗談《じょうだん》ですよ、神父様。ご安心下さい、血と言っても人間の血なんかじゃない。牛です。捌《さば》いた牛の血をちょっとだけ垂らしたんですよ」

「あ〜、びっくりしたあ」

ようやくアルコールを飲み下して、アベルは呻《うめ》いた。目が涙《なみだ》で潤《うる》んでいる。

「おどかさないで下さいよ、ジュラさん。危なく吐《は》いちゃうところだったじゃないですか」

「いや、申し訳ない。そんなに驚《おどろ》かれるとは思わなかったものでね」

客の醜態《しゅうたい》がよほどにおかしかったのか、主人は闇の中でくつくつと笑い声をたてた。こちらもグラスに口をつけながら、

「しかし、奇妙《きみょう》なものですね」

「何がです?」

「いえ、さっきの貴方《あなた》の態度ですよ。鴨《かも》の血のソース、血詰《ちづ》めのソーセージ……血を使った料理はたくさんあるじゃありませんか。たかが肥料ぐらい、どうということはないでしょう?」

「それはだって、家畜《かちく》の血ですから……人間の血とは全然違《ちが》います」

「なるほどね。そう言えば聖書にもありましたね、〝もし血を食す者あらば、我、その者を滅《ほろ》ぼさん〟――しかし、家畜の血ならば抵抗《ていこう》はないわけだ」

低く含《ふく》み笑って、ジュラは自分の杯《さかずき》に口をつけた。その瞳《ひとみ》を取りまく灰色の虹彩《こうさい》は生きて蠢《うごめ》くようであり、夜の川面《かわも》を漂《ただよ》う霧《きり》を思わせる。その、知的だが冷たい悪意のようなものを含んだ視線に射すくめられたまま、アベルは居心地《いごこち》悪げにもじもじとしていたが、やがて、意を決したように口を開いた。

「ところでジュラさん、一つ伺《うかが》ってもよろしいですか？」

「どうぞ」

「途中《とちゅう》、川向こうの東街区《ペスト》を見てきました。聞きしに優《まさ》る荒《あ》れ具合に、私、驚《おどろ》きました。ところが、あなただけはこんなに豪華《ごうか》な生活をしておられる……もう少し、街の皆《みな》さんのために何かなさろうという気にはなられませんか？」

「街の連中のために？」

何か拙劣《せつれつ》な冗談《じょうだん》でも聞かされたかのように、ジュラは乾《かわ》いた声で笑った。灰色の瞳に、今度は明らかな悪意が籠《こも》っている。

「連中ごときのために、何かしてやる必要がどこにあります？　彼らはただの家畜――生かしてやっているだけでも、ありがたいと思うべきでしょう」

「家畜？　あの、同じ人間に対して、それはあんまりな言い方なんじゃあ……」

「同じ人間？　同じ人間だと!?」

薄闇《うすやみ》の向こうから聞こえてきた声は、限りなく昏《くら》い。はっとあげた神父の目に、狼《おおかみ》のように底光りする瞳が飛び込んできた。

「あんな連中と俺《おれ》を同じにするな、神父」薄く裂《さ》けた唇《くちびる》が、底知れぬ憎悪《ぞうお》を吐《は》き出した。「あんな下等な連中と俺を一緒《いっしょ》にするな！」

「す、すいません……」

貴公子の豹変《ひょうへん》ぶりにアベルはひきつった顔をかくかくと振《ふ》った。広間の空気さえ、主《あるじ》の怒《いか》りに同調したのか、心臓を鷲掴《わしづか》みにしそうな冷気に変わっている。

「……失敬。少し興奮《こうふん》してしまったようです」

客の恐怖《きようふ》に気づいたのだろうか？　一つ咳払《せきばら》いして、ジュラは顔色を元に戻《もど》した。作った笑《え》顔《がお》で、背後の壁《かべ》にかかった肖像画《しょうぞうが》を見上げると、

「私の妻もあなたと同じことを言ってましたよ。〝彼らも同じ人間なのよ〟――妻は、街の連中のことを可愛《かわい》がっていました。こんな月の明るい夜には、街に出かけて、連中に菓子《かし》や薬を振る舞《ま》ったものです……私はやめろと言ったのですがね」

妻の姿を見上げたジュラの目は、限りなく大切な思い出を語る者独特のまなざしだった。だが、再びアベルに向けられたときには、そこには残忍《ざんにん》な悪意が霜《しも》のように張っている。

「ある夏、この地方でペストが流行《はや》ったことがありましてね。街の者はばたばたと倒《たお》れたものです。妻は彼らを心配して、薬を配りに降りていった。そして、そのまま帰りませんでした……殺されたのです」

「殺された？」

「そう、殺されました……街の者の手によってね！」

ゴブレットを一息にあおると、貴公子は荒《あら》い息をついた。その唇《くちびる》の周囲が真《ま》っ赤《か》に染まっている。彼の側《そば》に置かれたデカンタが先ほどまでのものとは違《ちが》うことに、アベルは気がついたろうか？　その中を満たしている液体が、奇妙《きみよう》に濁《にご》った赤色を呈《てい》していることにも。

「奴《やつ》らは野獣《けだもの》……それも、危険な野獣《けだもの》だ。それから、私は私たちの身を守らねばならない。たとえどんな手を使ってもね」

ちりん、と鈴《すず》が振《ふ》られ、メイドたちが盆《ぼん》を持って入ってきた。贅《ぜい》をこらした郷土料理が、芳《ほう》香《こう》を放ちながらテーブルに並べられる。アベルの前にも、大きな蓋《ふた》を伏《ふ》せた皿が置かれた。

「あのですね、ジュラさん、私は思うんですが……」

何の気なしに、蓋に手をかけながら、アベルは対面の貴公子に語りかけた。訥々《とつとつ》とだが、真《しん》剣《けん》そのものに言葉を紡《つむ》ぐ。

「確かに、奥様《おくさま》のことはお気の毒でした。ですが、街の人間全《すべ》てを憎《にく》むというのはですね……あれ？」

蓋を持ち上げたアベルの声が詰《つ》まった。皿の上にのっていた丸い何かに、目をしばたたく。

ごわごわと毛の生えた、歪《いびつ》な形の球体――

それは、血まみれの人間の生首だった。

「うっ、うわあああああっ！」

のけぞった神父が床《ゆか》に倒れる音に、皿の砕《くだ》ける甲高《かんだか》い響《ひび》きが連続した。

「うわっ、うわっ、うわあああああっ！」

「おや、お気に召《め》しませんでしたか？」

腰《こし》が抜《ぬ》けたのか、カーペットの上を必死に這《は》いずって後退しようとするアベルを、残忍《ざんにん》に輝《かがや》く瞳《ひとみ》が見つめた。

「駅で私を襲《おそ》ったパルチザンですよ……短生種《テラン》の分際で我ら長生種《メトセラ》に逆らう愚《おろ》か者だ」

アベルの顔が強張《こわば》った。

「〝短生種《テラン》〟!? 〝長生種《メトセラ》〟!?」

それは確か、〝奴ら〟が人間と〝奴ら〟自身をそれぞれ指して使う言葉ではなかったか。

そして目の前の貴公子は町の人間を指して〝家畜《かちく》〟と呼んだ。それが、比喩《ひゆ》などではなく、そのものずばりを指しているのだとしたら……

「ジュ、ジュラさん、あ、あなた、まさか……」

歯の鳴る音を隠《かく》せぬまま、アベルは呻《うめ》いた。

「その呼び名は気に入りませんね」

声は、神父のすぐ後ろからかかった。慌《あわ》てて振《ふ》り返れば、最前まで確かに対面に座っていたはずの貴公子がすぐ後ろに立っている。

「確かに我々はあなたたちの血を吸う。しかし、だからと言って化け物呼ばわりされるのはいささか心外ですね……が、よしとしましょう」

肩《かた》を摑《つか》まれたアベルの口から、身も世もない悲鳴がこぼれた。血の臭《にお》いのする吐息《といき》が首筋にかかったのだ。

「私は神父が嫌《きら》いだ……口には愛を唱えながら、平気で我らを狩《か》る。自分たちと違《ちが》う種族というだけで、女子どもまで根絶やしにしようとする。私の妻を焼き殺したのも、ナイトロード神父、君と同じ、教皇庁《ヴァチカン》から派遣《はけん》されてきた狂信者《きょうしんしゃ》だったよ」

三日月形に裂《さ》けた唇《くちびる》から、鋭《するど》い牙《きば》がこぼれた。底知れぬ悪意と飢《う》えに瞳《ひとみ》を輝《かがや》かせ、ジュラは腕《うで》に力をこめた。

「ひ、ひっ！」

抗《あらが》いともない。優雅《ゆうが》とすら言える挙措《きょそ》でわななく神父を引き寄せると、ジュラはその首筋に唇を寄せた。割れた唇から覗《のぞ》いた牙が、白い肌《はだ》に優雅に埋《うず》められる——

鼓膜《こまく》が押《お》し潰《つぶ》れそうになるほどの轟音《ごうおん》とともに、広間が揺《ゆ》れたのはそのときだった。

「なんだ⁉」

全面弾《はじ》け飛んだ窓ガラスが、床《ゆか》一面に新雪のように散らばったのは、さらにそれから半拍子《びょうし》置いてのことだ。窓際に佇立《ちょりつ》していた自動人形《オートマタ》の一体が、全身を透明《とうめい》な槍《やり》に貫《つらぬ》かれて吹《ふ》っ飛ぶ。

とっさにアベルの首筋から離《はな》した顔をテラスに向けて、ジュラは呻《うめ》いた。細い瞳に、赤々と立ち上る火柱が映っている。宮殿《きゅうでん》の一角に、巨大《きょだい》な爆炎《ばくえん》が上がっているのだ。

「あれは、火薬庫か……⁉」

事故だろうか？　だが、爆発の近くで細い火花が散り始めている。あれはなんだ？　ときならぬ銃声《じゅうせい》と叫《さけ》び交わされる怒声《どせい》に、思わずアベルの首筋から口を離したジュラが、窓際へと歩み寄ったとき――

廊下《ろうか》への扉《とびら》が優雅さとはほど遠い荒々《あらあら》しさで蹴《け》り開けられた。八の字に開いた扉の向こうに立っていたのは目出し帽《ぼう》やマスクで顔を隠《かく》した大勢の男たちだ。こちらに向けられた銃口《じゅうこう》を覗《のぞ》きこみながら、ジュラは叫《さけ》んだ。

「パルチザン！」

「撃《う》て！」

鋭《するど》い声にあわせて、乱入者たちの手元から炎《ほのお》が迸《ほとばし》った。ジュラの一番近くに位置していた自動人形《オートマタ》が、全身を蜂《はち》の巣のように穿《うが》たれて吹き飛ぶ。男たちの中央で石弓を構えたひときわ小柄《こがら》なパルチザンが、鋭い声をあげた。

「ジュラだ！　雑魚《ざこ》にはかまわず、ジュラを倒《たお》せ！」

「汝《なんじ》は〝星《ツイラーグ》〟か！」

牙《きば》を剝《む》いた貴公子に向けて、弦鳴《つるな》りが鳴った。小柄《こがら》なパルチザンが手にした石弓の引き金を絞《しぼ》ったのだ。奥歯《おくば》の軋《きし》むような音をあげて、解放された太矢《クオレル》が獲物《えもの》の心臓に飛来する。

「なめるなよ、短生種《テラン》！」

ジュラの姿が陽炎《かげろう》のようにかすんだ。

〝加速《ヘイスト》〟――全身の神経系を一時的に異常興奮《こうふん》させることで、常態の数十倍の反応速度を得る夜の種族の特殊《とくしゅ》能力だ。飛来した十数発の弾丸《だんがん》は空《むな》しく貴公子の影《かげ》をかすめ、その背後の彫刻《ちょうこく》を石くれの山と変えた。一方の太矢《クオレル》は、素早《すばや》く伸《の》びた指の間に摑《つか》み取られている。

「そら、返すぞ！」

揶揄《やゆ》するようなジュラの声に獣《けもの》のような叫喚《きょうかん》が重なった。パルチザンの一人の胸に、太矢《クオレル》が生えていた。肉の溶《と》け落ちる悪臭《あくしゅう》とともに煙《けむり》が上ったのは、矢柄《やがら》の中に仕込まれていた硝酸銀《しょうさんぎん》の反応だ。床《ゆか》に頽《くずお》れたときには、激しい痙攣《けいれん》が始まっている。

「ラ、ラヨシュさん！」

〝星〟がとっさに仲間の所に駆《か》け寄ろうとする。それを制したのは、細身の機関拳銃《マシンピストル》をかまえた鳶色《とびいろ》の眼《め》の若者だった。フルオートで銃弾《じゅうだん》を広間にばらまきながら、叫《さけ》ぶ。

「駄目《だめ》だ、〝星〟！　彼はもう助からない。放《ほう》っておくんだ！　それより、早く神父を！」

「だ、だけど、ディートリッヒ……」

「急げ！」

無慈悲《むじひ》とも思える仲間の言葉に、小柄な影は唇《くちびる》を噛《か》んで立ちすくんだ。だが、決断まで心臓が一つ拍《う》つほどの時間もかからなかったろう。頭上に上げていたガスマスクを槍《やり》試合に臨《のぞ》む騎《き》士《し》のように面前におろして叫ぶ。

「みんな、掩護《えんご》を！」

疾風《はやて》のような素早《すばや》さで、〝星〟は走り始めていた。吸血鬼《ヴァンパイア》の待ち受ける広間へと走り込みながら、素早く石弓の下のレバーを上下させる。スプリングと梃子《てこ》の力で張られた弦《ガット》は、ジュラの心臓に向けて勢いよく太矢《クオレル》を吐《は》き出した。

「〝星〟！　むざむざ殺されに来たか！」

宙で受け止めた太矢《クオレル》を指の間で圧《へ》し折りながら、ジュラは吠《ほ》えた。たった二十人やそこらの短生種《テラン》ごとき、長生種《メトセラ》一人の戦闘力《せんとうりょく》にも及《およ》ばない。そんなことはわかりきったことだ——わかりきったことだからこそ、貴公子は自らの手で摑《つか》み取った凶器《きょうき》にさほどの注意を払《はら》わなかった。その奇妙《きみょう》に膨《ふく》らんだ鏃《やじり》が、火花を散らしていたことにも。

爆発《ばくはつ》が起きた。

「……なに!?」

ジュラの受けた衝撃《しょうげき》そのものはさしたるものではなかった。指が数本弾《はじ》け飛んだ程度の、ごく小規模な爆発《ばくはつ》だ。原生動物なみの回復力と高等動物の免疫力《めんえきりょく》を誇《ほこ》る長生種《メトセラ》であれば、今晩中には再生し終えている程度のダメージに過ぎない。だが、爆裂《ばくれつ》の小ささに反して、広間に充満《じゅうまん》した白煙《はくえん》の量は半端《はんぱ》ではなかった。

「しまった、煙幕か……！」

いかに長生種《メトセラ》の反射神経とは言え、さすがにこれは避《さ》けようがない。目の前が真っ白に染まり、鼻腔《びこう》の奥《おく》に激痛が走る。どうやらただの煙幕ではなく、催涙《さいりゅう》ガスが混じっていたようだ。ホオジロザメをも凌《しの》ぐ長生種《メトセラ》の嗅覚《きゅうかく》が、このときはかえって仇《あだ》となった。

「くそっ、小癪《こしゃく》な真似《まね》を……許さんぞ、〝星《ツイラーグ》〟！」

〝加速《ヘイスト》〟を解き、反射的にめぐらせた視界の中、ジュラは背の高い影《かげ》に駆《か》け寄る小柄《こがら》な影を確認した。神父の手をひきずるように、テラスの方へ走り寄っている。

「ナイトロード神父、こっちへ！　外に早く！」

「げ、げほげほっ！　な、なにが……わわっ！」

わが身に何が起こったかわからぬままの神父を窓の外に蹴《け》り出すと、その後を追って〝星《ツイラーグ》〟も飛び出した。火薬庫の爆発で、中庭はほの明るい。

「こっちだ、〝星〟！」

中庭の一角、涸《か》れ井戸《いど》のあるあたりで誰《だれ》かがランタンを振《ふ》って合図している。芝生《しばふ》にへたり込んでいたアベルを引きずりあげるように立たせながら、〝星〟は早口に囁《ささや》いた。

「あそこまで走れるか、ナイトロード神父？」

「はあ、なんとか……それよりエステルさん、なぜ、あなたがこんなことを？」

「………………」

〝星〟はしばしの沈黙《ちんもく》の後、乱暴にガスマスクを脱《ぬ》ぎ捨てた。上品にいれた紅茶色の髪《かみ》が夜気に広がる。

青い瞳《ひとみ》を光らせながら、少女は鋭《するど》い口調でアベルに問うた。

「……いつからお気づきに、神父さま？」

「駅の銃撃《じゅうげき》戦の話をしたとき、あなたすぐに〝不幸中の幸いでしたね、お怪我《けが》もなくて〟とおっしゃった。私があそこで怪我しなかったって、どうしてご存じだったのですか？」

「あたしとしたことが、お喋《しゃべ》りが過ぎましたか」

額に落ちてきた赤毛をかきあげながら、エステルは舌を打った。その間にも、警備の市警軍が態勢を立て直し始めたのか、あちこちから叫《さけ》び交わす声が聞こえてくる。

「おい、早くしろ！　他の部隊は撤退《てったい》を始めてる！」

涸れ井戸から身を乗り出している大男が、焦《あせ》ったように怒鳴《どな》った。背後の広間でも、煙幕が次第《しだい》に薄《うす》れつつある。確かに、急いだ方がよさそうだ。

「とにかく、今夜のところはアジトに引き上げます……神父さま、はぐれないようついてきてください！」

II

天井《てんじょう》で揺《ゆ》れるランプの下で、カラフルな民族衣装の男女が、くるくると舞《ま》っている。目が回るほどに激しい旋回《せんかい》は、この地方の民族舞踊《ぶよう》独特のステップだ。

手回しオルガン《ハーディーガーディー》やアコーディオンの陽気で素朴《そぼく》な演奏にあわせて、口笛や手拍子《てびょうし》でリズムをとる男たちの顔は火のように赤い。笑い声や野次《やじ》の間にとっておきの火酒の瓶《びん》が回し飲みにされ、ワインの樽《たる》が次々と抜《ぬ》かれてゆく。市内で一番大きな酒場の地下に掘《ほ》り抜かれたワインセラーだけに、酒と料理は十分にある。

いや、ここにあるのは酒と食料だけではなかった。粗末《そまつ》な輪転機や刷り上がったビラの山、何に使うのかよくわからない工作器具が所狭《ところせま》しと並べられている。旋盤機《せんばんき》の隣《となり》に置かれているのは、手製の短機関銃《サブマシンガン》だ。

「いやはや、パルチザンとかおっしゃるから、てっきりどこかの山の中に住んでいるものと思ってました。町のど真ん中にこんな立派なアジトをお持ちだったとは意外でしたねえ」

「町中だからこそ、かえって見つからないんです。〝木を隠《かく》すなら森の中〟って昔から言うでしょ……はい。神父さま、どうぞ」

踊《おど》りの輪の外で感心したようなため息をついていた神父に、湯気をあげるカップが差し出された。砂糖のたっぷり入ったホットミルクを慎重《しんちょう》な手付きで受け取りながら、アベルは傍《かたわ》らに座った少女に礼を述べた。

「や、ありがとうございます、エステルさん……うん、美味《おい》しいです」

「よかった。お酒はもう見たくないっておっしゃられてたから、台所で慌《あわ》てて作ってもらったんです」

幸せそうに口の周りを白くしている神父を見て、赤毛の尼僧《にそう》は嬉《うれ》しそうに笑った。笑うと目《め》尻《じり》が下がって、十七だという年齢《ねんれい》以上に幼く見える。この屈託《くったく》ない笑顔《えがお》から、彼女の正体を〝星《ツイラーグ》〟——当局にテロリストのリーダーとして手配されている凶悪《きょうあく》な犯罪者と見抜《みぬ》ける者はまずいまい。つい数時間前、彼女自身の手によって救われたアベルでさえ、あどけない笑顔を見ているうちに、あれは何かの冗談《じょうだん》だったのではないかという気がしてくる。

「……どうされました、神父さま？」

「へあっ⁉」

いつの間にかまじまじと相手の顔を覗《のぞ》き込んでいたことに気がついて、慌ててアベルは意識を現実に引き戻《もど》した。青金石《ラピスラズリ》の瞳《ひとみ》が、不思議そうにこちらを見返している。

「あたしの顔に何かついてます？」

「あ、いや、なんでも……なんでもありません、はい」

音がしそうな勢いで首を振《ふ》ると、アベルは慌てて一つ咳払《せきばら》いした。せいぜい神妙《しんみょう》な表情を繕《つくろ》うと、話題を変える。

「えー、ところでシスター・エステル。本当にこのパルチザン——イシュトヴァーン人類解放戦線とおっしゃいましたか？——のリーダーはあなたなんですか？　あなたが彼らを指揮して、市内で反政府活動に従事しておられると？」

「ええ、まあ、そうです。でも、指揮っていうのはちょっと大げさかな？」

適当な言葉を探しあぐねたかのように、エステルは小首を傾《かし》げた。

「実際に私がやってるのはメンバーのとりまとめだけです。補給とか資金調達——だいたいは市民のカンパですけど——なんかは、この酒場の主人のイグナーツさんが面倒《めんどう》みてくださってますし、現場の作戦立案はディートリッヒの仕事です……ディートリッヒ、ちょっと来て」

数人の仲間たちと何事か熱心に話していた若者が、シスターの声に応《こた》えてやってきた。

「なんだい、エステル……やあ、ナイトロード神父、さっきはどうも」

鳶色《とびいろ》の髪《かみ》をかきあげた白い手が、親しげに神父に握手《あくしゅ》を求める。

「今夜は大変でしたね。ディートリッヒ・フォン・ローエングリューンです。初めまして」

「あ、どもども」

エステルを挟《はさ》むようにして座った若者に、アベルは急いで手を差し出した。

恐《おそ》ろしいほどの美形だ。名前からして他国人、おそらくはゲルマニクスあたりからの留学生か何かだろうか。線の細い、典雅《てんが》な顔で見つめられると、男でもぞくっとくるものがある。無《む》

謀《ぼう》にもこれに対抗《たいこう》するべく、アベルもきっと顔を引き締《し》めたが、

「お寒いですか、神父さま？」

心配げに顔を覗《のぞ》き込んだエステルが、毛布をくれた。

「で、エステル、神父様には全部お話ししたの？」

「これからよ……ナイトロード神父も、もうお気付きかと思いますけど、この町を支配しているのは〝奴《やつ》ら〟——吸血鬼《ヴァンパイア》なんです。ハンガリア侯爵家《こうしゃくけ》と呼ばれる古い一族」

〝吸血鬼《ヴァンパイア》〟というその単語を、エステルは可能な限り小さく音声化した。天井《てんじょう》で揺《ゆ》れているランプの下、尼僧《にそう》の顔にはかすかな恐れが浮《う》かんでいる。

「表向き、このイシュトヴァーンは自由都市という建前《たてまえ》になってます。でも、数百年の昔から、ここは彼らの支配下に置かれてたんです。工場も銀行も農園も、めぼしい施設《しせつ》は全部彼らの所有物ですし、議会はただのお飾《かざ》り。市警軍なんて彼らの飼い犬でしかありません」

「そして、町の人間は奴らの食い物」

まぜっ返したディートリッヒも、その表情はにこりともしていない。

「神父さまも街の様子は見られましたよね？　みんなの暮らしももう限界です。ハンガリア侯は街に重税をかけて、それを全部軍備に注《つ》ぎ込んでいます。税金の払《はら》えない人たちは、市警軍に連行されて監獄《かんごく》送りです。帰ってきた者は……いません」

「でも待ってください。街の荒廃《こうはい》の責任はあなたたちにもあるんじゃないですか？　公共施設《しせつ》

を破壊《はかい》したり、人を殺したり食糧《しょくりょう》を盗《ぬす》んだり、人を殺したり……」

「あたしたちが襲《おそ》うのは、市警軍の施設《しせつ》だけです！　不用意な発言に気分を害したのか、エステルの声が微妙《びみょう》に高まった。

「監獄《かんごく》に送られる人を助けたり、市警軍に徴発《ちょうはつ》された食糧を奪《うば》い返したり……確かに、そこでは市警軍と交戦もします。人も死にます。でも、そうしないと……」

「エステル……」

声をつまらせた少女の肩《かた》に、そっと手を回したのはディートリッヒだ。アベルに向けられた視線は、咎《とが》めるように硬《かた》さを増している。

「神父様、あなたは僕《ぼく》らを人殺し呼ばわりなさいますが、戦う以外に、僕たちに何ができるっていうんです？　黙《だま》って、奴らの食い物にされろと？　教会だって、この街を見捨ててるんだ……それなら、残った手段は、自分たちの手を血で汚《よご》すしかないじゃないですか！」

「教会に見捨てられてる？　司教様は何をしてらっしゃるんです？　そんな大規模に吸血鬼《ヴァンパイア》の活動があるのなら、ローマに訴《うった》えて、聖戦《クルセイド》の発動だって……」

「神父様は何もわかってらっしゃらない」

相手の無知を哀《あわ》れむように、ディートリッヒは首を振《ふ》った。

「どうして数百年も、吸血鬼《ヴァンパイア》がこの街を支配していられたと思います？　この街の東、カルパチア山脈の向こうに何があるか、ご存じですか？」

「なるほど、〝帝国《ていこく》〟ですね……」

己《おのれ》の迂闊《うかつ》さに恥《は》じいるかのように、アベルは俯《うつむ》いた。

〝帝国〟——正式には真人類帝国《ツアラ・メトセルート》と名乗るこの国家は、イシュトヴァーンの東に位置する大国である。その領域はカルパチア山脈の東から黒海沿岸まで、つまりこの時代の人類生存可能圏《けん》のほぼ東半分を占《し》め、豊かな国力と多数のロストテクノロジーを駆使《くし》するその技術力は、人類社会の盟主《めいしゅ》である教皇庁《ヴァチカン》に匹敵《ひってき》するとさえ言われている。

だが、それだけの大国であるにも拘《かか》らず、この国の全《すべ》ては深い謎《なぞ》に包まれていた。国家の頂点に位置する皇帝《こうてい》の存在も、また、数多くの貴族たちが何を考えているのかすらも——それもその筈《はず》、真人類帝国《ツアラ・メトセルート》とはこの地上最後にして最大の非人類種族国家、つまり〝奴《やつ》ら〟の興《おこ》した国であり、皇帝以下、全ての貴族は一人の例外もなく吸血鬼《ヴァンパイア》であったからだ。

「この町は、西の教皇庁《ヴァチカン》と東の〝帝国〟の緩衝帯《かんしょうたい》——人類と吸血鬼《ヴァンパイア》の世界の境界《はざま》なんです。もし教皇庁《ヴァチカン》が介入《かいにゅう》したりすれば、人類と吸血鬼《ヴァンパイア》の間に最終戦争が勃発《ぼっぱつ》しかねません。だから、ローマは、この町については腫《は》れ物に触《さわ》るみたいに慎重《しんちょう》なんです。いや、事実上、町の人間は見捨てられていると言ってもいい」

「でも、教皇庁《ヴァチカン》に見捨てられようと見捨てられまいと、ここのみんなは、この地に生まれ、ここで死にます……自分と愛する者を守るためには、戦うしかないんです」

ディートリッヒの言葉を引き取ったエステルの声には揺《ゆ》るぎない決意が籠《こも》っている。その青金色の瞳《ひとみ》に、アベルは彼女がパルチザンの忠誠を集めている理由を見た気がした。

「確かに、今日は奴《やつ》らの敷地《しきち》の中で暴れただけでした。でも、その程度のことだって、あたしたちにとっては、大きな勝利なんです。これで街の人たちも、奴らが無敵じゃないことがわかってくれたはずです。いつかはきっと……」

「ただ、〝嘆《なげ》きの星〟を破壊《はかい》できなかったのは残念だったけどね。あれは何とかしたかった」

「〝嘆きの――〟……なんですって？」

「〝嘆きの星〟――ハンガリア侯《こう》の切り札です」

頭の悪そうな声で問い返したアベルに、ディートリッヒは忍耐《にんたい》強い教師の顔を向けた。

「伝承によれば、〝大災厄《アルマゲドン》〟前のロストテクノロジー――それも〝大災厄《アルマゲドン》〟そのものをもたらした強力な兵器の一つだそうです」

「〝大災厄《アルマゲドン》〟をもたらした？　それってどんな武器なんです？　おっきな鉄砲《てっぽう》とか？」

「残念ながら、それはわかりません。空から大きな炎《ほのお》を呼び寄せる力だとか、巨大《きょだい》な地震《じしん》を起こすとか、いろんな説があります。ですが、それを操れるのはハンガリア侯だけだとか」

「ははあ、それは怖《こわ》いですねえ……ん？　ちょっと待って下さい？　そんな物騒《ぶっそう》なものが本当にあるんなら、どうしてハンガリア侯はそれを使わないんです？　ローマをちょちょいと焼き払《はら》えば、教皇庁《ヴァチカン》なんて目じゃないじゃないですか」

「なんでも、大昔の戦いで破壊されてしまったとか……でも最近、ハンガリア侯がそれを修復しているって噂《うわさ》があるんです。僕《ぼく》らの情報網《もう》にも、最近、彼が他国から用途《ようと》の知れない機械を高額で購入《こうにゅう》してるって話がひっかかってきてます」

「……と、ここまでお話しした以上、神父さまも覚悟《かくご》を決められてください」

咳払《せきばら》いして、エステルがディートリッヒの講義を遮《さえぎ》った。表情をあらためると、知恵熱《ちえねつ》に苦しんでいる神父の顔をひたと見据《みす》える。

「この街にいる限り、ハンガリア侯からは逃《に》げられません。特に今晩みたいなことがあったとなると……神父さまの為《ため》にも、以後は我々と行動をともにして頂きます。よろしいですね？」

「はあ。よろしいですねもなにも、あんなことがあったんじゃ、もう私、教会には戻《もど》れませんしねえ……ううっ、一生、あなたについていくしかないじゃないですか」

「え!?　あ、いや、一生ついてこられても迷惑《めいわく》なんですが……」

「おお主《しゅ》よ、私の人生がなんか袋小路《ふくろこうじ》です……あ、ミルクがない。すいません、おかわりもらってきていいですか？」

「え、ええ、どうぞ。キッチンはそっちの階段を上がったらすぐですから」

えぐえぐと泣きべそかきつつ宴会場《えんかいじょう》を出て行く神父の背中を見送っていたエステルに、ディートリッヒが小声で囁《ささや》いた。

「……あの神父、ほんとにだいじょうぶなのかな？　はっきり言って、かなり足手まといになるんじゃないかい？」

「だからって、どこかに放《ほう》り出すわけにもいかないでしょ？　それは、確かに使えなさそうな方ではいらっしゃるけど……暫《しばら》くはあたしが面倒《めんどう》みます。あなたは心配しないで」

「でもさ……」

なおもディートリッヒは何か言いつのろうとしたが、エステルの表情を見て、それ以上の忠告の無益さを悟《さと》ったらしい。こちらも微苦笑《びくしょう》すると、軽く肩《かた》をすくめた。

「ま、君のそういう甘《あま》いところが、僕《ぼく》は結構好きなんだけどね」


「はあ、なんで私ってこんなについてないかなあ」

人気《ひとけ》のないキッチンで牛乳を温めながら、のっぽの神父はしきりに愚痴《ぐち》っていた。そろそろ夜が明ける時刻なのか、窓の外は微《かす》かに青み始めている。全く長い夜だった。四十時間か五十時間はあったに違《ちが》いない。

「久しぶりに田舎《いなか》でゆっくりできると思ったら、初日からこれですよ。まったく、体がいくつあっても足りやしない……ああ主《しゅ》よ、私の人生がなんだか大変です」

〈大変なのは毎度のことでしょう、アベル神父？〉

突然《とつぜん》、耳元で忍《しの》び笑ったのは穏《おだ》やかな女の声だ。だが、どこから聞こえたのか？　広いキッチンにはアベル以外の人影《ひとかげ》はない。にも拘《かかわ》らず、アベルは別段に驚《おどろ》いた様子もなく、イヤーカフスを弾《はじ》いた。

「こんばんわ、シスター・ケイト……いや、もうおはようございますかな？　いつ、こちらにいらっしゃったんですか？」

〈到着《とうちゃく》したのは、ついさっきですわ。今しがたまで、〝ガンスリンガー〟の報告を受けてたんです。なんでも、近いうちに、大規模な市警軍の作戦行動がありそうだとか……ああ今も、装甲車輌《そうこうしゃりょう》が郊外《こうがい》を移動してますわね。あらあら、あそこに走ってるのは戦車じゃなくて？〉

しかし、酒場の窓から望む町は、背の低い安普請《やすぶしん》の軒《のき》が連なるだけで、道路など見えない。声の主《ぬし》は、いったいどこにいて、何を眺《なが》めているのだろう？

〈まあ、さっきの騒《さわ》ぎの後です。市警軍が騒ぐのも無理はないかもしれません……〝ガンスリンガー〟もお忙《いそが》しくなりそうね。お気の毒様〉

「で、ケイトさん、〝ガンスリンガー〟はなんと報告を？　作戦行動の対象は？」

〈それはまだ不明です。ただ、市内の教会に対し、監視《かんし》が強化されることになったそうですわ〉

イシュトヴァーン市内には、教会は一つしかない。

「ふむ、ではいよいよ圧力をかけてくるつもりかな？」

〈カテリーナ様は、聖職者たちの召還《しょうかん》が望ましいと見ておられるようです。ただ、いま表立ってローマが動けば、かえって相手を刺激《しげき》することになるかもしれませんわね〉

「となると、こっそり市外に脱出《だっしゅつ》させるしかないですね……難しいな」

〈少なくとも、その準備だけは調えておくべきでしょうね〉

沸騰《ふっとう》し始めた鍋《なべ》をかき混ぜながら、アベルは何事か考えているようだったが、やがて決心したように頷《うなず》いた。

「仕方ありません。それはパルチザンのみなさんの力を借りてなんとか手配しましょう。〃ガンスリンガー〃の報告通り、彼らはとても有能なグループです」

〈アベル神父、そのパルチザンのことなんですが……〉

それまで明晰《めいせき》そのものだった声が、わずかに曇《くも》った。

〈実は、一つ問題があります。先ほどの彼らの襲撃《しゅうげき》……襲撃直前、市警軍に奇妙《きみよう》な動きが見られました。火薬庫から、貯蔵されていた武器弾薬《だんやく》のほとんどが搬出《はんしゅつ》されていたそうです。ちょっとタイミングがよろし過ぎますわね〉

「……こちら側《パルチザン》の情報が漏《も》れてた？」

〈おそらくは。くれぐれもお気を付け下さいまし。また連絡《れんらく》しますわ。あたくしはこのまま、ここに待機してますから〉

「了解《りょうかい》……そちらも気をつけて下さいね、〃アイアンメイデン〃」

もう一度イヤーカフスを弾《はじ》いて見えない誰《だれ》かとの会話を打ち切ると、アベルは何か考え込んでいる顔で鍋をかき混ぜた。少し、エステルと話しておく必要があるかもしれない。

III

アンドラーシ通り――通称《つうしょう》〝英雄通り《えいゆう》〟は、イシュトヴァーン東街区《ペスト》をほぼ東西に貫《つらぬ》くメインストリートだ。

歴史も古く、〝大災厄《アルマゲドン》〟をさらに遡《さかのぼ》ること一千年以上昔、まだイシュトヴァーンがこの地方を支配する王国の都だった頃《ころ》から、街の経済の中心だった。街が寂《さび》れ果てた現在でも、通りを歩けば、瀟洒《しょうしゃ》な建物や凝《こ》った外灯など、かつての繁栄《はんえい》の残滓《ざんし》を散見できるし、日曜の午後ともなれば、あちこちに立つ蚤《のみ》の市や古着市、そして近辺の農村から流れてきた食糧《しょくりょう》のヤミ市などに、それなりの人が群れるようになる。どんなに街が寂れようとも、物が流通する所には人が集まるのだ。

「ふうん、これがヤミ市ですか……ヤミ市ってわりにはえらくおおっぴらにやってますね。市警軍の取り締《し》まりとかはないんですか？」

「それは賄賂《わいろ》次第《しだい》でなんとでも。現に、市警軍の関係者が出している店さえありますしね……ほら、あの古着屋なんかそうです。あれは軍需《ぐんじゅ》物資の横流しをやってる店ですね」

人ごみに紛《まぎ》れるように道の隅《すみ》を歩いていた三人組のうち、小声で囁《ささや》いたのは若い神父である。鳶色《とびいろ》の髪《かみ》の、ずいぶんと美しい若者だ。すれ違《ちが》う者の半分ほどが思わず視線を泳がせ、さらに半分はすれ違《ちが》った後、わざわざ振《ふ》り返ってこちらを見ていた。

「しかし、教会に行くんなら、こんな表通りをわざわざ通らなくてもいいんじゃありませんかね、ディートリッヒさん？」

神父の連れの片方、丸眼鏡《めがね》の尼僧《にそう》が何かよからぬ相談でもしているような口調で囁《ささや》いた。

「どうせだったら、もっと裏道を通った方が安全なんじゃ……」

「裏道は市警軍が網《あみ》を張っています。それに、人通りがない分、かえって目立つと思います」

「はは あ、それは目立つでしょうねえ……特に私なんか」

眼鏡の尼僧は情けない顔で頷《うなず》くと、額に落ちていた銀髪《ぎんぱつ》を頭巾《コイフ》の中に押《お》し込めた。また、ずいぶんと背の高い女だ。ゆうに百九十センチはあるのではないだろうか。やたらと高いところにある頭を嘆《なげ》かわしげに振りながら、隣《となり》を歩いていた、これまた対照的に小柄《こがら》な尼僧に愚痴《ぐち》をこぼす。

「ああ、早くローマに帰りたいですよ。まったく、何の因果で私がこんな格好……」

「そんなことおっしゃられても仕方ありませんわ。ナイトロ……シスター・アベリーナの顔と身分は完全に市警軍に割れてますもの。だからと言って、今の時間に民間人が教会に行くのも目立ちますしね」

小柄な尼僧――エステルは囁くような声で、のっぽの『尼僧』の不平を諫《いさ》めた。ただ、声は真面目《まじめ》ながら、なぜか顔だけは必死に笑いを噛《か》み殺しているかのように歪《ゆが》んでいる。

ぷ

「それに、とってもお似合いですわ……ぷ」

「あ、なんですか⁉　今の『ぷ』は⁉」

「しっ！　黙《だま》って！」

ちょうど向こう側から歩いてきたのは、巡邏《じゅんら》中らしい兵士の一群だ。銃《じゅう》を肩《かた》に、ふんぞり返って歩いてくる。慌《あわ》てて尼僧《にそう》たちは顔を俯《うつむ》けたが、兵士たちは何も気づかぬげにその傍《かたわ》らを通り過ぎた。それを確認して、三人組も素早《すばや》く角を折れる。

「気をつけて下さい、シスター・アベ、、、、、リーナ」

悪戯《いたずら》っぽく囁《ささや》いたエステルにアベルが何か言い返そうとしたとき。

「見えました、教会です」

ディートリッヒが低く叫《さけ》んだ。

青い空を突《つ》くように聳《そび》えた尖塔《せんとう》に、三人の歩調は速まった。それでも周囲の確認は怠《おこた》ることなく、できるだけさりげない足取りで門をくぐる。

「……司教さま！」

「まあ、エステル！」

ちょうど、庭の掃除《そうじ》の最中だったらしい。尼僧らとともに箒《ほうき》を握《にぎ》っていたヴィテーズの表情が、駆《か》け寄ってきたエステルの顔を見つけてぱっと明るくなった。

「いったい、どうしたっていうの？　昨日の夜から急に姿が見えなくなって、みんなで心配してたんですよ……」

　司教はエステルを心底嬉《うれ》しげに抱《だ》きしめていたが、ふと視線を動かした瞬間《しゅんかん》、その顔が何か珍妙《ちんみょう》な動物でも発見したかのようにひきつった。

「ひょっとして……ナイトロード神父ですの？」

「はあ、どうも、こんちわ」

　抽象《ちゅうしょう》芸術めいた表情でかくかくと首を振《ふ》っているアベルとその風体《ふうてい》を見たとき、彼女の胸に何が去来したかは推測するしかない。ただ、怪《あや》しいシスターから腕《うで》の中の少女を庇《かば》うように一歩後ずさりながら、ヴィテーズは厳《おごそ》かに告げた。

「とにかく、お入りなさい。話を聞きましょう」


　エステルの告白と警告を聞き終えた後も、ヴィテーズの表情は穏《おだ》やかだった。頭を静かな角度に傾《かし》げたまま、そっとティーカップに注《つ》がれた白湯《さゆ》をすする。

「それで、エステル。あなたは私たちにどうしろと？」

「全員、町を出られて下さい。それもすぐに。ハンガリア侯《こう》は聖職者であるナイトロード神父を襲《おそ》おうとしました。しかも、神父さまの話によれば、彼はひどく聖職者を憎《にく》んでいたとか。次に狙《ねら》ってくるとすれば、それはこの教会です」

「なるほど……でも、これまで、かの吸血鬼《ヴァンパイア》もこの教会だけは手出しを避《さ》けてきました。それが急にどういう風の吹《ふ》き回しなのでしょう？」

「それはわかりません。ですが、状況《じょうきょう》が変わったことだけは確かです。もう、ここは安全ではありません」

エステルの表情は、先ほど自分とパルチザンの関係を告げたとき以上に硬《かた》い。

「明朝、ヴィエナ行きの商隊《キャラバン》が出ますので、司教さまはそれで。商隊の団長とはもう話をつけてあります」

「そう……それで、あなたはどうするの？」

「ナイトロード神父も、司教さまに同行して町を出ます」

「誤魔化《ごまか》しはききませんよ、エステル」

穏《おだ》やかだが、逃《に》げを許さぬ口調で、ヴィテーズは問いを重ねた。

「私が聞いているのはあなた自身のことです。あなたも私たちと一緒《いっしょ》に街を出るのでしょうね？」

「……あたしは残ります。だって、ここにはみんながいるから。あたしだけ、いまさら逃げ出すなんてことはできません」

エステルの声は微《かす》かに震《ふる》えていたが、ぴんと伸《の》ばした背筋は彼女の決意を語って余りあるものがあった。十七年間、姉のように——あるいは母のように——少女と接してきた司教には、もうそれ以上の言葉は無用だったのだろう。傍《かたわ》らにいたアベルが拍子抜《ひょうしぬ》けしたほどあっさりと頷《うなず》いた。

「わかりました。ここはあなたの忠告に従います……でも、これだけは約束してちょうだい」

きつく唇《くちびる》を結んだままのエステルの頭巾《コイフ》に手をのせて、ヴィテーズは青金石《ラピスラズリ》の瞳《ひとみ》を覗《のぞ》き込んだ。

「絶対に無理はしない。全《すべ》てが片づいた後、ちゃんと無事に、私に顔を見せてくれるって……守れますか？」

「……はい、司教さま」

エステルは深く頷くと、神の名において誓《ちか》うかのように十字を切った。

「必ずや」

「よろしい。ではさっそく、夜逃げの準備をせねばなりませんね」

快活に笑うと、ヴィテーズはアベルの方へ視線を遷《うつ》した。

「ええっと、それでシスター・アベリーナ」

「……お願いですから、やめてください」

「わかりました、ナイトロード神父……あなたも当然、ご一緒されるのですよね？」

「はあ、一緒にずらかりたいのはやまやまなんですが」

尼僧《にそう》服の肩《かた》をすぼめて、アベルは深いため息をついた。

「パルチザンの方々に借りを作ってしまいまして……私もここに残ろうかなと」

「そんな、神父さま！」

慌《あわ》てたように、エステルはアベルの顔を見上げた。まさか、この男がこんなことを言い出すとは予想していなかったらしい。

「危険です！　あなたも司教さまたちと一緒《いっしょ》に……」

「昨晩、あなたやディートリッヒさんたちは、危険を冒《おか》して私を助けにきてくれました」

相変わらず飄々《ひょうひょう》とした口調で喋《しゃべ》る神父の顔は、静かだった。

「私はあなたたちに借りがある……貧乏性《びんぼうしょう》のせいか、借金は嫌《きら》いなタチでしてね」

「神父さま、でも……」

意外に頑《かたく》なな相手を何と言って、翻意《ほんい》させるべきか――

エステルが援護《えんご》を求めてちらと傍《かたわ》らのディートリッヒに視線を走らせたとき。

「し、司教様！　司教様、大変です！」

荒々《あらあら》しく扉《とびら》が叩《たた》かれる音がした。

ヴィテーズが席を立つより早く、勝手に開いた扉の向こうから転がりこんできた人影《ひとかげ》がある。

「どうしたというのです、ブラザー・ベーラ？」

無礼をとがめることも忘れている司教に向けて、その頭の薄《うす》くなり始めた中年の修道僧《そう》は喘《あえ》ぐような声を押《お》し出した。

「し、し、市警軍が！」

「！」

　修道僧の短い報告も終わらないうちに、廊下《ろうか》の向こうが騒《さわ》がしくなり始めていた。聞き間違《まちが》えようのない軍靴《ぐんか》の響《ひび》きに、耳障《みみざわ》りな怒声《どせい》とガラスの割れる音が重なる。制止しようとした神父が殴《なぐ》られでもしたらしい。くぐもった悲鳴が聞こえてきた。

「我々は、〝血の丘《ヴェール ヘジエン》〟で破壊《はかい》活動を行ったテロリストを捜索《そうさく》している。アベル・ナイトロード神父――当教会に所属する司祭だ」

　ただならぬ騒音《そうおん》の間に聞こえたのは、抑揚《よくよう》のない平板な声だった。

「彼がこの教会に匿《かくま》われているとの情報が市警軍当局に寄せられた。これより、その捜索を行う。教会関係者は協力せよ。協力なきときは、当局に対するサボタージュとみなし、これを処分する」

「市警軍だわ！」

　なんというタイミングの悪さだろう。鍵穴《かぎあな》から廊下を覗《のぞ》いて、エステルは歯噛《はが》みした。ダークブルーの制服がそこらに溢《あふ》れ返っている。その先頭に立っているのは、仮面のように無表情な若い士官――駅で会った、あのトレス・イクスとかいう少佐だ。

「くっ、よりによって、こんなときに！」

「エステル、こちらです！」

　普段《ふだん》のおっとりした挙措《きょそ》とは対照的な素早《すばや》さで立ち上がったヴィテーズの手が、壁《かべ》に並べられた書棚《しょだな》に伸《の》びた。その一番端《はし》にあった聖典の一冊──古めかしい革装丁《かわそうてい》の本に指をかける。手の幅《はば》ほどもある背表紙が奥《おく》に押《お》されると、籠《こも》ったような音とともに書棚が横に動いた。その後ろの壁《かべ》には、人一人がようやく通れる程度の狭《せま》い穴が空《あ》いており、穴の奥には急勾配《きゅうこうばい》の階段が闇《やみ》に消えていた。

「前の司教様が作られたものです……さ、早く！」

「し、司教さまは⁉」

背中を押す上司に向かって、エステルは悲鳴のような声で問うたが、ヴィテーズは決然と首を振《ふ》った。

「〝自分だけ逃《に》げ出すわけにはいかない〟……あなたの言う通りです。三十人の聖職者の命を預かる者として、私はここに残ります」

「だ、だったら、あたしも……」

「駄目《だめ》です！」

すぐそこまで来ている市警軍をおもんばかってか、司教の声は小さかったが、鋼《はがね》のように鋭《するど》かった。

「あなたはあなたの義務を果たしなさい……ナイトロード神父、この子のことをよろしくお願いいたします」

「…………」

青ざめていながらなお美しいヴィテーズの顔を見つめるアベルの瞳《ひとみ》に、一瞬《いっしゅん》、物言いたげな光が灯《とも》った。だが、すぐにエステルの手を取ると、硬《かた》い声で彼女の背を押す。

「……行きましょう、エステルさん」

「司教さま……」

袖《そで》を引かれながらなお、エステルは悲壮《ひそう》な顔でこの育ての親の顔を見つめていたが、その間にも扉《とびら》の外の騒《さわ》ぎは確実にこちらに近づいてきている。彼女が身を翻《ひるがえ》すのに、さほどの時間はかからなかった。

「必ず……必ず、助けに参ります！」

急な階段を闇へと駆《か》け下りる。周囲は真っ暗で、先頭を走るディートリッヒが掲《かか》げるライターの小さな明かりだけが頼《たよ》りだ。途中《とちゅう》、何度も石段を踏《ふ》み外しかけたが、その度に、隣《となり》ののっぽの神父が素早《すばや》く手を伸ばして少女を支えた。

「お行きなさい、エステル……主《しゅ》よ、我が娘《むすめ》にご加護をたまわらんことを」

闇の中に消えてゆく三人の背中を、ヴィテーズはロザリオをまさぐりながら見送っていたが、やがて、何かを断《た》ち切るように聖典を元の位置へと戻《もど》した。書棚が音を上げて閉じたのは、院長室の扉が蹴《け》り開けられるのとほぼ同時であった。

きっと振り返ったヴィテーズの口から、鋭い声が飛んだ。

「お控《ひか》えなさい！　ここは神の家ですよ！」

「我々は治安活動中だ、ヴィテーズ司教。当該施設《とうがいしせつ》の使用目的など関知するところではない」

乱入してきた男たちの先頭に立つのは、まだ若い士官だった。さして背は高くないが、均整のとれた体に一分の隙《すき》なくダークブルーの軍服が着込まれている。

「俺《おれ》は市警軍第一連隊特務中隊所属トレス・イクス少佐《しょうさ》だ。現在、西街区《ブダ》におけるテロ活動容疑でこの教会のアベル・ナイトロード神父を捜索《そうさく》中だ。被疑者《ひぎしゃ》の所在に心当たりは？」

「ありません……たとえあったとしても、申し上げるわけには参りません」

「ナイトロード神父がこの教会に入るところは、市民に目撃《もくげき》され、密告が寄せられている。隠匿《いんとく》した場合、貴女《あなた》のみならず、教会そのものに問題が発生することになる」

「よろしいも何も……存じ上げないものは存じ上げません」

「…………」

刹那《せつな》、トレスの腕《うで》は白昼夢のようにかき消えている。だが、次の瞬間《しゅんかん》、再び現れた両手に握《にぎ》られていたのは、二挺《ちょう》の巨大《きょだい》な拳銃《けんじゅう》だ。

「もう一度問う」

ジェリコM13〝ディエス・イレ〟——どちらかと言えば小柄《こがら》な士官は、世界最大の戦闘《せんとう》拳銃の銃口を司教の額にポイントしながら再度尋《たず》ねた。

「確かに、被疑者の所在について報告事項《じこう》はないと主張するのだな」

「……はい」

「了承《りょうしょう》した」

大気が砕《くだ》けたかのような銃声が轟《とどろ》いた。

銃声そのものは一つであったにも拘《かかわ》らず、二つの銃口から硝煙《しょうえん》が立ち上っている。直径十三ミリの拳銃弾《だん》の直撃《ちょくげき》に、大きな書棚《しょだな》が芝居《しばい》の書き割りのように弾《はじ》け飛んでしまっていた。その背後にぽっかり口を開けていたのは、言わずもがなの隠《かく》し階段だ。

「……追跡《ついせき》開始」

蒼白《そうはく》のまま眼《め》を固《かた》く閉じている司教は無視して、トレスは兵士たちに顎《あご》をしゃくった。

「可能な限り、生きたまま捕獲《ほかく》しろ……ただし、抵抗《ていこう》した場合は射殺許可が下りている」

「この女はどうするんで、少佐？」

兵士の一人が、ライフルの銃口をヴィテーズに向けたまま問うた。

「公務執行妨害《しっこうぼうがい》の現行犯で逮捕《たいほ》すりゃ、ラドカーン大佐にお褒《ほ》めの言葉をいただけますぜ」

「無用《ネガティヴ》――誰《だれ》が余計なことをしろと言った」

まだ硝煙の上がったままの銃口を件《くだん》の兵士の額に擬《ぎ》しながら、無表情にトレスは応じた。ガラス玉のように無機的な瞳《ひとみ》が、真《ま》っ青《さお》に青ざめた相手の顔をじっと見据《みす》える。

「我々の任務はナイトロードの逮捕だ……下らない配慮《はいりょ》は必要ない。貴官は神父を捕捉《ほそく》することだけを考えていればいい」

「いいや、神父の逮捕《たいほ》はなしだ、イクス少佐《しょうさ》」

いきなり割り込んできたのは野太《のぶと》いダミ声だった。と同時に、肉食魚のような顔がぬっと部《へ》屋《や》に入ってきた。

「神父の逮捕は許可できねえ。すぐに、追っ手を引き上げさせろ」

「俺《おれ》の受領した任務と貴官の命令に齟齬《そご》がある。大佐、説明を要求する」

魔法《まほう》のように拳銃をホルスターに収めたトレスが反問した。声音《こわね》は相変わらず平板だが、いきなりの命令変更《へんこう》に納得《なっとく》しかねたように問い返す。

「俺は件《くだん》の神父を逮捕するように命令された。今から追えば、間違《まちが》いなく捕獲《ほかく》できる」

「神父はそのまま泳がせろ。これはジュラ様のご命令だ」

「ジュラ卿《きょう》のご命令？」

「ナイトロードは大事な駒《こま》だそうだ。暫《しばら》くは泳がせろとよ。それより……」

命令の一言に押《お》し黙《だま》ったトレスはそれきり無視して、ラドカーンはヴィテーズの方へと向き直った。腰《こし》のあたりを中心に好色げな目つきで無遠慮《ぶえんりょ》に撫《な》で回しながら、ヤニ臭《くさ》い言葉を吐《は》き出す。

「ローラ・ヴィテーズ、おまえを公務執行妨害《しっこうぼうがい》ならびにナイトロードの逃亡幇助容疑《とうぼうほうじょ》で逮捕する。イクス少佐は教会内の全聖職者を逮捕、市警軍本部に連行せよ。その後、当教会は焼却《しょうきゃく》処分するものとする——以上だ」

「らどかーん大佐カラ入電デス。聖まーちゃーしゅ教会ノ制圧完了セリ、ト」

自動人形《オートマタ》の機械音声も、広間の壁際《かべぎわ》に佇《たたず》む主の耳には入らなかった。

テラスに面した抗紫外線《こうしがいせん》ガラスの窓からは、川向こうに広がる東市街《ペスト》が一望できる。そのごみごみと立て込んだ街の一角に立ち上った細い煙《けむり》をじっと見つめながら、ジュラは誰《だれ》にともなく呟《つぶや》いた。

「ようやくだ。ようやくここまで来た……」

彼がたった一人の伴侶《はんりよ》を喪《うしな》ってから、いったいどれほどの年月が経《た》っただろう。五十年？いやそれとも、百年だったろうか。三百年以上の寿命《じゆみよう》を誇《ほこ》る長生種《メトセラ》にとっても百年の孤独《こどく》は長かった。

心に餓《う》えがある。

ぽっかりと暗い穴が、一番大切なものをしまっていた筈《はず》の場所に空《あ》いている。永劫《えいごう》に癒《いや》されぬ餓えだ。いかに、血を啜《すす》り、復讐《ふくしゆう》を試みようと、大切なものはもはや戻《もど》ってはこない。

しかしそれでも、復讐を放棄《ほうき》する意思はジュラにはなかった。

〝復讐は何も生み出さない〟──愚《おろ》か者の痴言《しれごと》だ。誰《だれ》も愛したことのない者が口にする戯言《ざれごと》だ。

何かを生み出そうとして復讐する者がどこにいる？　大事な者が帰ってこないことぐらい、全《すべ》ての復讐者が知っている。それでもなお、彼らが手を朱《あけ》に染めるのは、大切な者たちへの己《おのれ》の愛を、仇《あだ》の血と悲鳴と恐怖《きょうふ》でもう一度確認するために過ぎぬ。

「我ガ君、放送ノ用意調イマシテゴザイマス」

もう一度、機械音声に話しかけられて、ジュラはようやくとりとめない思いから現実へ這《は》い上がった。広間には、既《すで》に放送用の機材が自動人形《オートマタ》たちによって運び込まれ、主《あるじ》の言葉を電波に乗せるべく調えられている。

「……始めるか」

最後にもう一度、ジュラは背後の壁を振《ふ》り返った。

絵の中の彼女の微笑《びしょう》は、何故《なぜ》か少しだけ哀《かな》しそうに見えた。


「エステル！　無事だったか！」

「イグナーツさん、みんなを集めて！」

地下室の扉《とびら》を開けるや駆《か》け寄ってきた大男に対し、エステルは息も整えず叫《さけ》んだ。

「緊急事態《きんきゅう》です！　教会が市警軍に襲《おそ》われて……」

「ああ、知ってる！　ちょうど、ラジオで言ってるところだ……だから、君のことを心配してた」

「ラジオで？」

不審《ふしん》げに眉《まゆ》を寄せた少女に頷《うなず》くと、イグナーツは一同が額を寄せているテーブルに顎《あご》をしゃくった。卓上《たくじょう》に置かれたラジオがぼそぼそと何か喋《しゃべ》っている。

〈我……は、これを教皇庁《ヴァチカン》による組織的な破壊《はかい》活動と認定……ンガリア侯《こう》は……で目撃《もくげき》……た神父、アベル・ナイトロードを……〉

地下室はしんと静まっていたが、ラジオから流れる声は小さく、またノイズが混じって聞き取りずらかった。

「おや、なんか私の名前言ってますね」

「よく聞こえないわ」

エステルの声に応《こた》えて、誰《だれ》かがボリュームをあげた。スピーカーの流す音の群れは、最初はただ淡々《たんたん》と紡《つむ》がれる単語の羅列《られつ》としか聞こえなかったが、ほどなくそれらが意識野に沈着《ちんちゃく》した瞬間《しゅんかん》、エステルの眉《まゆ》は勢いよく跳《は》ね上がっていた。

〈……繰《く》り返す。我はジュラ・カダール。イシュトヴァーン第一級施政官《しせいかん》にしてハンガリア侯《こう》爵《しゃく》である。この放送を聞く全《すべ》ての者に我は宣言する。このイシュトヴァーン市ならびに全ての短生種《テラン》は我がハンガリア侯爵家の私的財産である。ゆえに、本日現時刻を以《もっ》て、イシュトヴァーン市の全ては、我の直轄《ちょっかつ》下に置かれることをここに宣言する。この処置に伴《ともな》う無用の混乱を避《さ》けるため、市議会ならびに裁判所はただちに閉鎖《へいさ》するものとする。代わって、無期限の戒厳《かいげん》令《れい》を市全域に布《し》き……〉

「そ、そんな馬鹿な……〝奴《やつ》ら〟が、よりによってこんな堂々と！」

「落ち着いて、エステルさん。まだ続きがあります……敵もどうして、打つ手が早い」

今にも卒倒《そっとう》せんばかりに呻《うめ》いたエステルを制したのは冷静そのものの声だ。見上げれば、のっぽの神父が珍《めずら》しく真面目《まじめ》な顔で眼鏡《めがね》のブリッジに指をあてている。そして、その冷たくさえ見える横顔が指摘《してき》した通り、ラジオは、一呼吸おいてその決定的な数語を吐《は》き出した。

〈また、昨日来の市街地における一連の破壊《はかい》活動の犯人が、市内聖マーチャーシュ教会の司祭、アベル・ナイトロード神父であると確認された。これに伴《ともな》い、イシュトヴァーン市当局は、彼に破壊活動の指示を与《あた》えた教皇庁《ヴァチカン》に対し、厳重な抗議《こうぎ》を行うとともに、聖マーチャーシュ教会の無期限閉鎖《へいさ》と聖職者の拘束《こうそく》を決定した……〉

「……ど、どういうことなんですか、これは⁉」

教会の閉鎖？　聖職者の拘束？

呆然《ぼうぜん》と呟《つぶや》いてはみたものの、問わずとも、エステルにはこの放送の意味するところはわかっていた。ただ、容易に信じられなかっただけだ。

〝奴《やつ》ら〟名義の市政府掌握《しょうあく》、教会の閉鎖、聖職者の拘束、そしてローマを一連のテロ活動の首《しゅ》謀者《ぼうしゃ》として非難する。それはつまり――

「信じられない、こんなことって……」

微《かす》かに震《ふる》える声はディートリッヒのものだったが、このときの一同の耳にはまるで別の宇宙からの声のように響《ひび》いた。

「信じられない……吸血鬼《ヴァンパイア》どもは、ヴァチカンに喧嘩《けんか》を売ったんだ！」

「信じられない……これは、どういうことなの？」

緋色《ひいろ》の法衣《ほうえ》をまとった美女――カテリーナ・スフォルツァ枢機卿《すうききよう》の唇《くちびる》の間から、かすれたような声がこぼれた。

円卓上《えんたくじよう》に浮《う》かぶ東方辺境区の地図上に並んだ赤や白の輝《かがや》き――国境線に配置された、教皇庁《ヴァチカン》軍とイシュトヴァーン市警軍をあらわす光がせわしなく明滅《めいめつ》しながら、さかんに移動しているのだ。

「第十四装甲歩兵大隊《そうこう》〝聖ステファノ騎士《きし》団〟、イシュトヴァーン市警軍のものらしき装甲車《しや》輛《りよう》に攻撃《こうげき》を受けています！　応戦許可を！」

「第四区に向かった哨戒《しようかい》気球からの通信途絶《とぜつ》！　撃墜《げきつい》された模様！」

「国境哨戒中の空中戦艦〝ラミエル〟より入電！　〈ぽいんと二〇九／〇三七ニテ領空侵犯《シンパン》中ノ未確認飛行物体ヲ、いしゅとゔぁーん軍籍《グンセキ》武装飛行船〝龍騎士《しやーるかーにゆ》〟ト確認セリ。交信ヲ求ムモ応答ナシ。指示ヲ請《コ》フ。指示ヲ請フ〉――以上です！」

「……馬鹿《ばか》な！　イシュトヴァーンの吸血鬼《ヴァンパイア》め、我ら相手に戦争を仕掛《しか》けてくるつもりか⁉」

急を告げる侍祭《じさい》たちの報告に、フランチェスコの罵声《ばせい》が混じる。彼の発言は、この深更《しんこう》、聖天使城《カステル・サンタンジエロ》に参集した全《すべ》ての高位聖職者たちを代表していた。

この数百年、常に人類社会、いや、全世界の中心にあり、最高の権威《けんい》と最大の実力をほしいままにしてきたのが教皇庁《ヴァチカン》である。近年こそ、有力世俗諸侯《せぞくしょこう》の増長が目立つとは言え、いまだ正面きってローマに挑戦《ちょうせん》しようなどという勢力は皆無《かいむ》だった。たかだか辺境の一自由都市ごときが、いったい何をとち狂《くる》ったのか⁉　ましてや、『吸血鬼《メトセラ》による人類《テラン》支配』を宣言してのけるとは！

「で、敵の戦力はどの程度だ？」

「通常歩兵が二個連隊から三個連隊――二、三千人といったところでしょう。それにゲルマニクス製戦車と装甲車《そうこうしゃ》を含《ふく》む機械化大隊が一つに、やはりゲルマニクス製動甲冑《スーツ》と機械化歩兵《マシナリー》混成の装甲歩兵中隊が一つ確認されてます。あとは空中艦隊《かんたい》が、駆逐《くちく》艦一にフリゲート二……」

「その規模の戦力なら、十分、国境守備隊で対応できますな。増援《ぞうえん》を送るまでもない」

「ははあ、さてはイシュトヴァーンの吸血鬼《ヴァンパイア》どもめ。追いつめられて、捨て鉢《ばち》になったか」

枢機卿《すうききょう》たちの間で交わされる囁《ささや》きも、緊張《きんちょう》より困惑《こんわく》と苦笑の響《ひび》きが強い。だが、その中にあって唯一《ゆいいつ》、猛々《たけだけ》しい鋭気《えいき》に満ちた咆哮《ほうこう》をあげた男がいる。

「……だとすれば、これは好機だ！」

軍刀色《サーベルいろ》の光を瞳《ひとみ》に閃《ひらめ》かせたフランチェスコが激しい勢いでテーブルを叩《たた》いたのだ。

「奴《やつ》らから仕掛《しか》けてくるとは、願ってもない！　これで武力侵攻《しんこう》の口実ができた。ただちに待機中の騎士《きし》団と空中艦隊を投入せよ！　さすれば、三日でカタがつく！」

「…………」

異母兄の主張とそれに賛同する列席者の声を聞きながら、カテリーナは独り、沈思《ちんし》していた。

どうにも話ができすぎている。まるで教皇庁《ヴァチカン》の軍事行動に大義名分を与《あた》えんばかりではないか。こうも露骨《ろこつ》に挑発《ちょうはつ》されては、カテリーナのような慎重派《しんちょう》ですら、もはや出兵に反対することは不可能だ。下手《へた》に慎重論など唱えた日には、強硬派《きょうこう》に吊《つる》し上げられてしまう。

（ハンガリア侯《こう》は〝帝国《ていこく》〟の支援《しえん》を期待しているのかしら？）

いや、それはありえない。

東方の〝帝国〟――真人類帝国《ツアラ・メトセルート》は、確かに現時点では人類最大の脅威《きょうい》ではあるが、ここ百年以上というもの、彼らは人類との争いを回避《かいひ》し続けている。辺境の一自由都市ごときのために、正面きって教皇庁《ヴァチカン》と戦う意思はないはずだ。

となれば、残る可能性はただ一つ。

派遣《はけん》中のエージェントたちから報告があった例の切り札――

「〝嘆《なげ》きの星〟か……こうなると知っていれば、無理にでも破壊《はかい》させておくのだったわね」

いかなる兵器かは依然《いぜん》不明だが、ハンガリア侯に開戦を決意させるだけの力だ。放置しておくには剣呑《けんのん》すぎる。だが、これから破壊工作を仕掛《しか》けて間に合うか……

「あ、姉上、そ、そ、その……」

すがるような声にふと目を落とせば、不機嫌《ふきげん》げな異母姉の顔を、隣《となり》に座っていた少年が今にも泣き出しそうな目で見上げている。

「あ、あの、僕《ぼく》は、ど、ど、どうすれば、いいんでしょう？　せ、せ、戦争になったら、ぼ、ぼ、僕も行かないと、い、いけないんですか？」

「……だいじょうぶよ、アレク。あなたはこのローマで落ち着いていなさい。堂々とね」

さかんに貧乏揺《びんぼうゆ》すりしながら訴《うった》える教皇《おとうと》のために、カテリーナがややぎこちない微笑《びしょう》を拵《こしら》えてみせたとき。

「イ、イシュトヴァーン市内の聖マーチャーシュ教会が、市警軍と見られる武装勢力に襲撃《しゅうげき》されましたっ！」

「！」

この夜、最大の凶報《きょうほう》が、蒼惶《そうこう》と青ざめた情報局司祭の姿をとって広間に駆《か》け込んできた。いっせいに色を変じた枢機卿《すうききょう》たちの耳に、その禍々《まがまが》しい吐息《といき》を吹《ふ》き込む。

「教会は略奪《りゃくだつ》の上、放火された模様！　ヴィテーズ司教を始め、聖職者三十三名は全員市警軍に拉致《らち》されました……安否は確認されておりません！」

第三章：裏切りの騎士

——彼らの舌は人を殺す矢。その口は欺いて語る。
平和を約束すれども、その心には企みを秘む。
（エレミア記九章七節）

I

異様に甲高《かんだか》い音を引いて、雪曇《ゆきぐも》りの空にオレンジ色の光が流れた。橙光《とうこう》——手製のロケット弾《だん》は宮殿《きゅうでん》の中庭へ落ちるや、雷鳴《らいめい》のような爆発音《ばくはつおん》で明け方の空気を無残に破砕《はさい》した。

「……ディートリッヒが始めたみたいですね」

川向こうに向けた双眼鏡《そうがんきょう》を、エステルは微動《びどう》だにさせなかった。東街区《ペスト》側の川縁《かわべり》に建つこの廃墟《はいきょ》からは、対岸《西街区》の様子が手にとるように望見できる。

宮殿のあちこちに仕掛《しか》けられていた爆弾が、派手《はで》に炸裂《さくれつ》し始めていた。寝《ね》ぼけ眼《まなこ》を擦《こす》りながら警備の兵士たちが駆《か》けだしてくるのが見える。しかし、彼らもまさか、よりによってハンガリア侯爵《こうしゃく》の城が攻撃《こうげき》を受けるとは予期していなかったらしい。ディートリッヒらしい緻密《ちみつ》さで計算された爆発《ばくはつ》の連続に、ただ無意味な右往左往を繰《く》り返すばかりである。陽動作戦としては申し分ない出来だ。

軽い満足と重い緊張《きんちょう》を覚えながら、エステルは双眼鏡《そうがんきょう》を横手に転じた。川のこちら側《ペスト》には、茶紫色の巨大《きょだい》な円蓋《えんがい》を備えた広壮《こうそう》な建物が見える。白骨のような尖塔《せんとう》を周囲に建て巡《めぐ》らせたそのドームは、大昔の国会議事堂——現在は市警軍の本部庁舎として使用されている建物である。国境での教皇庁《ヴァチカン》軍との戦闘《せんとう》に軍の大半は動員されていたが、首都防衛の任にあたる第一連隊だけは指揮官のラドカーン大佐《たいさ》以下、イシュトヴァーン市内に留《とど》まったままだ。市警軍でも最精鋭《さいせいえい》と名高いだけあって、その反応は素早《すばや》かった。最初の爆発が起きて五分としないうちに、第一陣が装甲車《そうこうしゃ》に分乗して西市街に向かおうとしている。

「もう一度、手はずを確認します」

見るべきものは見た。双眼鏡をおろすと、エステルは背後に佇《たたず》む人の群れを振《ふ》り返った。

文字が書けるほどぶ厚く埃《ほこり》の積もった広間で目を光らせていたのは、粗末《そまつ》な武器で武装した男女だ。まだ幼さの残る少年から、真っ白になった髭《ひげ》にパイプをくわえた老人まで、約百名——現在、ディートリッヒ指揮下で陽動作戦中のメンバーを除けば、これがパルチザンの全戦力である。

「今、あたしたちがいるのがここです」

壁《かべ》に貼《は》られた地図の一点をエステルは指差した。

旧応用美術館――〝大災厄《アルマゲドン》〟以前に建設された工芸美術館である。タイルと曲線を多用した生物的なフォルムの美麗《びれい》な建物だが、現在は廃墟《はいきょ》と化して久しい。〝大災厄《アルマゲドン》〟後の復興で、東街区《ストベ》が全体に規模を縮小したため、旧時代には目抜《めぬ》き通りだったこの区域全体が、人の住まぬ無人街区と化してしまったからだ。

ただ、以前からエステルたちは、この壁土も崩《くず》れかけた廃墟を作戦拠点《きょてん》の一つとして使用していた。この地下に眠《ねむ》るかつての地下鉄路線を利用し、市内各所に出没《しゅつぼつ》するためである。

「ここから、この旧地下鉄八番ルートを辿《たど》っていくと、市警軍本部の地下八十メートルに出ます」

「そこに市警軍の地下司令室があるのか？」

班長たちの言葉に、エステルは力強く頷《うなず》いた。

「それに、政治犯収容所もね。今、先発隊が壁に穴を空《あ》けている最中です。掘削《くっさく》作業が終了次第《しゅうりょうしだい》、あたしと一班で司教さまたちを救出します。救出した方たちの避難《ひなん》は、イムレさん、あなたの八班にお任せします。なんとしても、彼らを市外まで脱出《だっしゅつ》させてください」

「まかせておけ」

白髭の老人はパイプを噛《か》んでにやりと笑った。やはり年配の男たちと、年若い少年たちがいっせいに頷く。市外まで出れば、手配した馬車隊が、司教たちを教皇庁軍《ヴァチカン》に送り届ける手筈《てはず》になっている。パルチザンたちにしても、命を張ってヴィテーズらを助けるのは、なにも感傷からではない。教皇庁《ヴァチカン》に対する人質として彼女らが使われることだけは、なんとしても避《さ》けねばならなかった。

「残りの班は本部内で陽動作戦です。なるだけ派手《はで》に騒《さわ》いだら、後はひたすら逃《に》げ回って敵の目をひきつけて下さい」

「なんだ、いつもやってることだな」

おどけたような声に、一同がどっと湧《わ》いた。エステルも、笑いを噛《か》み殺すような顔になったが、すぐに表情を真面目《まじめ》にひきしめた。

「ただし、あまり長い時間動き回っているのは危険です。宮殿《きゅうでん》にひきつけている市警軍が帰ってくるおそれがあります。現在の時刻が六時。突入《とつにゅう》予定時刻が六時三十分ですから……七時には、作戦の成否に拘《かか》わらず、とにかく全員撤収《てっしゅう》すること。よろしいですね？」

「「「おう！」」」

手製の小銃《しょうじゅう》や散弾銃をふりかざして鬨《とき》の声を上げると、パルチザンはいっせいに動き始めた。各班の班長が点呼をとり、あらかじめ定められた順番で地下通路の闇《やみ》の中へ消えてゆく。

「…………」

興奮《こうふん》した声を仲間たちが交わす中、独り、エステルは緊張《きんちょう》とも不安ともとれる複雑な面持《おもも》ちで、闇に呑《の》まれる人の群れを見送っていた。

胸が痛い。

この中の、いったい何人が無事に帰ってこれるのだろう？

いまこの時期に戦わねばならないことは十分承知している。国境では教皇庁《ヴァチカン》軍の侵攻《しんこう》が始まったという。軍事力で圧倒的《あっとうてき》に劣《おと》るハンガリア侯《こう》は、捕虜《ほりょ》にした聖職者たちを肉の盾《たて》とするつもりだろう。そうなれば戦いは長引き、市民の血が流れる。そうさせないための戦い——戦いを終わらせるための戦いなのだ。この戦いは間違《まちが》ってはいない。

だが、痛みは依然《いぜん》、重かった。

今、彼女の指揮に嬉々《きき》として従い、死地に赴《おもむ》く仲間たち——自分は結果として彼らにとっての死の乙女《ワルキューレ》なのではないのか？　彼らを戦いに駆《か》り立て、その命を奪《うば》うのは他《ほか》ならぬ、この自分ではないのか？

「あのぉ、シスター・エステル？」

深刻な懐疑《かいぎ》に捕《と》らわれている少女の耳朶《じだ》を、おもいきり力の抜《ぬ》ける声が打った。

「その市警軍本部ってとこまではどれくらいあるんですか？　あんまり遠いとやだなあ。ほら、私って都会人でしょう？　歩くのは苦手なんですよ」

緊張感の欠片《かけら》もない発言に、エステルの頭は一瞬《いっしゅん》、苦悩《くのう》を忘れた。忘れていた宿題を思い出したような顔で、最前から背後に立っていた男を見上げる。

「……その、できれば神父さまはここに残っていただきたいのですが」

「はあ、私としてもそうしたいのはやまやまなんですが」

のっぽの神父は暗い声で答えた。ややもすれば天井《てんじょう》に擦《こす》りそうな首を心なし傾《かし》げ、今にも泣きだしそうな顔をしている。

「でもそうすると、一件落着してローマに帰った後、出世に響《ひび》くんですよ。ほら、仲間を見捨てたとかなんとか……教皇庁《ヴァチカン》は、意外にそういうのうるさいんですよねぇ」

「でも……言っときますけど、かなり危険ですよ？」

「ええ、ええ、わかってますとも。でも一応、連れていってもらうだけ、連れてってもらえませんかね？　向こうに着いたら、私、貴女《あなた》の背中にずっと隠《かく》れてますから」

「しようがないですね」

極めて正直かつ率直《そっちょく》な神父の依頼《いらい》に、少女は苦笑した。

「じゃあ、あたしと一緒《いっしょ》に行動してください。くれぐれもはぐれたりしないように」

「はいはい、もちろんですとも。おとなしくしてますから、ご安心下さい」

大真面目《おおまじめ》に答えたアベルの顔を見ているうちに、エステルは吹《ふ》き出したくなるのを懸命《けんめい》にこらえねばならなかった。そのおかしさの中で、先ほどまでの胸の痛みが拭《ぬぐ》ったように消えていたことまでは気が至らなかったが。

「では、私たちも参ります！」

ほどよい緊張《きんちょう》のうちに、少女は胸の十字架《じゅうじか》を掲《かか》げた。最後まで残っていた、イグナーツら十名の直属部隊に向かって高らかに出陣《しゅつじん》を告げる。

「神の御加護《ごかご》がともにあらんことを！」

II

「よう、こっちはどうだ？」

「問題ない。上の騒《さわ》ぎはどうなった？」

「肩《かた》に担《かつ》いだライフルを揺《ゆ》すりあげながら、シュテンドル二等兵は交代を告げに来た同僚《どうりょう》に応じた。大昔の核《かく》シェルターを改造したこの地下施設《しせつ》は二十四時間、蛍光灯《けいこうとう》の光に照らされていたが、空調に問題があるのだろう。空気がひどく冷たい。シュテンドルの吐《は》く息も白かった。

「時間の問題だろ。馬鹿《ばか》な奴《やつ》らさ。せこいゲリラ戦ならともかく、正面きって押《お》しかけてくるとはな」

「馬鹿、その話じゃねえよ……教皇庁《ヴァチカン》軍はどこまで来てるかっつーてんだよ」

謀反《むほん》の相談でもしているかのように、シュテンドルは声を潜《ひそ》めた。昨日のジュラの宣戦布告の後、教皇庁《ヴァチカン》の反応は異様に素早《すばや》かった。まるで、前もって準備していたかのように、国境に大部隊を集結させているらしい。

「教皇庁《ヴァチカン》軍っつったら、世界最強だぞ？　だいじょうぶなのかよ、俺《おれ》たち？」

「ああ、よりによって、あんなとこと喧嘩《けんか》なんてな……しかも、こっちの大将は化け物ときた」

「しっ！　馬鹿《ばか》、つまんねえこと言ってんじゃねえよ！」

慌《あわ》てたようにシュテンドルは同僚《どうりょう》を窘《たしな》めたが、彼とて思いは同じである。

強盗《ごうとう》殺人と婦女暴行罪で故郷にいられなくなったシュテンドルが、イシュトヴァーンに流れてきて半年。犯罪者あがりの彼にとって、市警軍は天国みたいなところだった。金も女も思いのままだったし、むしゃくしゃしたときには街の人間を小突《こづ》きまわすことさえできた。自分がうまい汁《しる》を吸えれば、雇《やと》い主《ぬし》が人間だろうがなかろうが関係ないと思っていた。

しかしまさか、あの教皇庁《ヴァチカン》との喧嘩《けんか》に自分が与《くみ》することになろうとは、この元犯罪者にとって想像の外だった。よりによって、あの教皇庁《ヴァチカン》と！

（そろそろ尻《ケツ》まくった方がいいかもしれんな……）

宿舎に隠《かく》してある金と宝石のことを、シュテンドルが脳裏《のうり》に浮《う》かべたとき。

「やあ、ご苦労さまです」

背の高い影《かげ》が、廊下《ろうか》に立った。

えらく痩《や》せた兵士だ。それに、これほど軍服の似合わない男も珍《めずら》しい。大きすぎるコートの裾《すそ》をひきずるように、がに股《また》気味でよたよたと歩いてくる姿はあまりに軍人らしくない。牛乳瓶《びん》の底みたいな丸眼鏡《めがね》の奥《おく》では、冬の湖色の瞳《ひとみ》がひきつった愛想笑いを浮かべていた。

「え～、その、おはようございます。冷えますね。冬ですしね。冬は寒いし」

「なんだ、てめえは？」

こんな男、市警軍にいたか？

胡散臭《うさんくさ》げに睨《にら》む二人の兵士に向かって、のっぽの若者は相変わらずひきつった笑《え》みを振《ふ》りまきながら、のそのそと近づいてきた。

「待て、そこで止まれ！　てめえ、いったい何の用だ？」

「あの、その、えっと、そろそろ交代のお時間だそうです」

「交代？　馬鹿言え、交代ならたった今……お、お前！」

もう一度、のっぽの若者の顔を見直したシュテンドルの舌がもつれた。牛乳瓶の底みたいな丸眼鏡とその奥で気弱げな光を浮かべた青い瞳に、彼は見覚えがあった。

「こいつ、例の神父……ぎゃっ！」

とっさにライフルに伸《の》ばした手に激痛が走り、シュテンドルは悲鳴をあげた。手の甲《こう》に短い太矢《クオレル》が深々と突《つ》き立っている。隣《となり》では、太矢《クオレル》に腿《もも》を貫《つらぬ》かれた同僚がやはり悲鳴とともに這《は》いつくばっていた。

「動かないで！」

「パ、パルチザン！」

眼鏡男のコートが大きくはためいた。その中に隠《かく》れていた少女と、彼女の手にかまえられた石弓に、シュテンドルは目を剝《む》いた。

「き、貴様らいったいどこから……!?」

至極《しごく》まっとうな質問ではあったが、生憎《あいにく》、回答は与《あた》えられなかった。石弓の引き金が引かれると、先端《せんたん》を潰《つぶ》した太矢《クオレル》が彼の両目の間を直撃《ちょくげき》したからだ。矢尻《やじり》は潰して殺傷力は無くしてあるとは言え、重い金属の塊《かたまり》に小鼻を一撃され、シュテンドルは白目を剝《む》いて昏倒《こんとう》した。

「ひどいですよ、エステルさん！　私はずっと隠《かく》れてるだけでいいって……」

「おっしゃりたいことは後で伺《うかが》います！　いまは急いで！」

神父の抗議《こうぎ》を無慈悲《むじひ》に一蹴《いっしゅう》すると、エステルは鋭《するど》く指笛を鳴らした。大の字に伸《の》びている兵士の腰《こし》から鍵束《かぎたば》をすくい上げたそのときには、合図を聞いて、廊下《ろうか》の角に隠れていたパルチザンたちが続々と姿を現している。その中の一人、でっぷり太った巨漢《きょかん》にエステルは鍵束を放《ほう》った。

「イグナーツさん、急いで！　司教さまたちはこの中にいらっしゃるわ！」

その間にも、廊下の向こうから、激しい銃声《じゅうせい》と怒声《どせい》が響《ひび》いてきていた。別動隊が交戦を始めたのだ。もう時間がない。鍵穴に突《つ》っ込んだ鍵を回す時間さえもどかしく、耳障《みみざわ》りな悲鳴をあげるぶ厚い鉄扉《てっぴ》が半ばも開ききらないうちに、一同はその向こうの空間に飛び込んでいた。

「暗いぞ、明かりをつけろ！」

「油断するな、まだ見張りがいるかもしれん！」

「司教さま！　お助けに参りました！」

がらんとだだっ広いスペースは、二階家一軒《けん》分ほどもあっただろうか？　照明がないので、よく見えない。薄暗《うすぐら》い中、左右の壁《かべ》には鉄格子《てつごうし》が並び、汗《あせ》の臭《にお》いとも血の香《かお》りともつかぬ異臭《いしゅう》が天井《てんじょう》の高いこの空間に充満《じゅうまん》している。しかし、人の気配はまったくと言ってよいほどしない。

「司教さま、どこです⁉　返事をされて下さい！」

「わざわざのご足労に、まことに申し訳ないが……」

エステルの叫《さけ》びに頭上から応《こた》えたのは、力強い男の声だった。まろやかだが、アルコールの強い蒸留酒を思わせる声。

「あいにくだが、ヴィテーズ司教はここにはいらっしゃられない……ようこそ、諸君」

「⁉」

いっせいに灯《とも》った照明が、パルチザンたちの瞳孔《どうこう》に突き刺《さ》さった。眩《まばゆ》い白光から目を庇《かば》いながら思わず一歩後ずさる。その上に黒々と落ちたのは、頭上に張り巡《めぐ》らされた看守用のキャットウォークをびっしりと埋《う》め尽《つ》くした武装者たちの影《かげ》だ。

「し……市警軍！」

五十人近い市警軍兵士たちが、キャットウォークの上に立っていた。だが、勇敢《ゆうかん》なパルチザンたちの顔を恐怖《きょうふ》に青ざめさせたのは、それらダークブルーの軍服の群れではなかった。

兵士たちの間にあって、唯《ただ》一人、インバネスを羽織《はお》った若い男がいる。古代の男神像を思わせる黒い巻き毛と灰色の瞳《ひとみ》の持ち主。邪悪《じゃあく》な笑《え》みを刻んだ唇《くちびる》からは、鋭《するど》い牙《きば》がこぼれていた。

「ジュ、ジュラ……ジュラ・カダール！」

エステルの声は、ほとんど悲鳴だった。

「な、なぜ、あなたがここに、ハンガリア侯《こう》⁉」

「私がここにいるのが、そんなに不思議かね、シスター・エステル？」

唇《くちびる》の角度をより鋭《するど》く吊《つ》り上げると、ジュラはゆっくりと腰《こし》を折った。あたかも舞踏会《ぶとうかい》で貴婦《レ》人《デイ》の前に出たかのように恭《うやうや》しく一礼する。

「いかにも我はハンガリア侯爵《こうしゃく》ジュラ・カダール。君が、かの名高き〝星《ツイラーグ》〟か？　驚《おどろ》いたな。これまで、さんざん我らをてこずらせたテロリストがこんな美しいお嬢《じょう》さんだったとは」

「………」

優雅《ゆうが》な冷笑を浮《う》かべた吸血鬼《ヴァンパイア》を睨《にら》みながら、エステルは必死で頭を回転させていた。

(失敗《しくじ》った！)

襲撃《しゅうげき》計画がどこからか漏《も》れていたらしい。司教たちもここにはいない。完全に作戦は失敗した。その上、強行突破《とっぱ》しようにも、この戦力差では……

「降伏《こうふく》しましょう、エステルさん」

唇を噛《か》み締《し》めた少女の背後から、小さな声が囁《ささや》いた。

「武器を捨てて、おとなしく捕《つか》まるんです」

「馬鹿《ばか》なこと言わないで下さい、神父さま！　あたしたちが捕まってしまったら、司教さまたちが……」

「わかりませんか？　だからこそ、降伏するんです」

丸眼鏡《めがね》を押《お》し上げながら、アベルは首を振《ふ》った。その顔は意外なほどに冷静で、声も全く震《ふる》えていない。

「いきなり撃《う》ってこなかったってことは、この場で我々を殺す意図はないってことです。そして、私たちを生かして捕まえるってことは、司教様たちと同様、人質に使うつもりでしょう。それなら、司教様たちとまとめて一箇所《いっかしょ》に監禁《かんきん》される可能性が高いです」

「なるほど……」

それ以上の言葉を聞かずとも、アベルが言わんとするところはエステルには理解できた。どう考えても、ここで戦って勝ち目はないし、ヴィテーズ救出も無理だ。それよりも、ここで一旦《いったん》降伏すれば、ヴィテーズと合流できる可能性は高い。それからともに脱走《だっそう》を試みた方が、賭《か》けとしては、はるかに分がいい――

「……あ、あたしたちの負けです、ハンガリア侯」

自棄《やけ》になった仲間が発砲《はっぽう》など始めぬことを祈《いの》りながら、エステルはしおらしげな声を作った。石弓を床《ゆか》に落として、がっくりとうなだれてみせる。

「降伏します……だから、撃たないで」

「殊勝《しゅしょう》なことだ」

満足げに嗤《わら》うと、ジュラはキャットウォークから空中に一歩踏《ふ》み出した。どういう平衡感覚《へいこう》をしているのか、そのままの姿勢で五メートル近い距離《きょり》を自由落下して床《ゆか》に降り立ったときも、髪《かみ》一筋乱れていない。

そのまま、猫《ねこ》科の肉食獣《じゅう》めいた歩調で大股《おおまた》にエステルの方へと歩みよると、吸血鬼《ヴァンパイア》はそっと少女の顎《あご》に指をあてた。

「十七、八というところか……」

微《かす》かに嫌悪《けんお》と恐怖《きょうふ》のブレンドした白い顔を覗《のぞ》き込んで、ジュラは呟《つぶや》いた。その口調には、微《び》量《りょう》ながら揶揄《やゆ》するような響《ひび》きがある。

「短生種《テラン》とはわからんな。まだ、こんな幼い身でありながら、好んで命を捨てに来るとは……それとも、よほどに愚《おろ》かな種族なのかね、君たちは？」

「別に命を捨てたがっているわけではありません。ただ……」

エステルの眼前に立っている美しい貴公子は人間ではない。顎の下にあてられた尖《とが》った爪《つめ》を、彼が気まぐれに動かせば、彼女の首は血煙《ちけむり》をあげて飛んでいってしまうだろう。固《かた》く強張《こわば》ったエステルの顎を、冷たい雫《しずく》がしたたり落ちた。

「ただ、命を賭《か》けるべきときには賭けます。たとえば家族のためなら……あなたたちは違《ちが》うのですか、ハンガリア侯《こう》」

「さて、私にはもう家族と呼べる者はいないのでね。よくわからないな」

興味なさげに答えると、ジュラは少女の顎から指を離《はな》した。面白《おもしろ》くもなさそうな視線で、エステルの背後に立っていたアベルを一瞥《いちべつ》する。

「ああ、あなたでしたか、ナイトロード神父。昨夜は急にお帰りになられたので、いささか気分を害していたところですよ。そんなにも私の歓待《かんたい》が気に入らなかったのかと、ね」

「その節は失礼いたしました」

こちらも濃《こ》い緊張《きんちょう》の色を浮《う》かべて、アベルは会釈《えしゃく》した。

「しかし閣下《かっか》、あなたもお人が悪い。あのときは、わざと私を餌《えさ》にパルチザンの皆《みな》さんをおびき寄せたんですね？　しかも、それによってテロリストの濡《ぬ》れ衣《ぎぬ》を私と教会に着せた」

「濡れ衣とはいささか心外だな」

苦笑しつつも、ジュラはアベルの発言を否定しはしなかった。

「そういう君こそ、私を殺しに来たのではないかね？　Ａｘ派遣執行官《はけんしっこうかん》アベル・ナイトロード君」

「…………!?」

聞き慣れないジュラの言葉に、エステルは視線をアベルの方へと滑《すべ》らせた。珍《めずら》しく顔面の筋肉を硬化《こうか》させた神父は、口を結んで沈黙《ちんもく》している。

「おい、そんなことより、司教様たちはどこだ？」

焦《じ》れたような野次《やじ》が飛んだ。緊張《きんちょう》に耐《た》えられなくなった、パルチザンの一人が怒鳴《どな》ったのだ。

「お前ら、ヴィテーズ司教たちをどこにやったんだ？」

パルチザンの言葉によって、話の本題を思い出したように、ジュラは口調を改めた。

「ああ、そう言えば、君に渡《わた》しておかねばならないものがあった、シスター・エステル」

インバネスのポケットから、何かを取り出す。それは血と泥《どろ》に汚《よご》れていたが、確かにロザリオだった。しかも、それはエステルがよく知っているものだ。

「こ、これは司教さまの……!?」

瞠目《どうもく》したままの少女の手をとると、ジュラはその上に血まみれのロザリオをそっと置いた。それから耳元に口を寄せると、静かに、しかしこれ以上はないほど明晰《めいせき》に、その言葉を紡《つむ》ぐ。

「あの女は殺した」

「…………！」

まるで、電気でも通されたかのようにエステルの体が硬直《こうちょく》した。

今、この化け物はなんと言ったのだ？

あまりに禍々《まがまが》しい情報の受け入れを、思考中枢《ちゆうすう》が拒《こば》んだかのようだった。肺の中に空気を取り込めないまま、浅い息《むな》を二、三度つく。それから、彼女の脳細胞《さいぼう》は与《あた》えられた情報を別の意味に解釈《かいしゃく》しようと虚しく試みて、結局失敗した。

あたかも雷《かみなり》に打たれたかのように、少女は立ちすくんだまま荒《あら》い息を吐《は》いている。その反応に密《ひそ》やかな愉悦《ゆえつ》を覚えているかのような口調で、ジュラは再度、事実を告げた。

「少し遅《おそ》かったな、シスター・エステル……昨晩、あの女以下、捕《と》らえていた全《すべ》ての聖職者は処刑《しょけい》したよ」

「…………！」

噴《ふ》き上がった咆哮《ほうこう》は、聞く者をして総毛立《そうけだ》たせるに十分だった。そして、それがその場にいた全ての者の耳に届いたときには、少女の手は脇《わき》の鞘《さや》から白銀に光る刃《やいば》を引き出していた。そのままほっそりした足が勢いよく床《ゆか》を蹴《け》る。

「いけない……駄目《だめ》です、エステルさん！」

止まっていた時間の中で最初に動いたのは、眼鏡《めがね》の神父だった。とっさに伸《の》ばした手が、エステルの肩《かた》にかかる——だが、それすら間に合わなかった。

虚空《こくう》に旋回《せんかい》した戦闘用《せんとう》ナイフの先端《せんたん》は、死を告げる凶霊《きょうれい》のような声で咽《むせ》び泣きながら、吸血鬼《ヴァンパイア》の顔面を襲《おそ》った。

「ふん！」

戛然《かつぜん》と鳴った金属音は、旋回した銀のナイフがジュラの指輪に弾《はじ》き返された音だ。吸血鬼《ヴァンパイア》の怪力《かいりき》はナイフどころか、エステルの体さえ大きく吹《ふ》き飛ばす。だが、純粋《じゅんすい》な怒《いか》りと憎悪《ぞうお》の塊《かたまり》などというものがこの宇宙に存在するとすれば、それは猫《ねこ》のように身を丸めて床に降り立った少女こそそうだったに違《ちが》いない。細《ほそ》やかなその手が再び翻《ひるがえ》ったとき、魔法《まほう》のように空中で軌道《きどう》を変えたナイフは、今度はがら空きになっているジュラの鳩尾《みぞおち》を襲っていた。

「……こんな物騒《ぶっそう》なものは、お嬢《じょう》さんには似合わないな」

吸血鬼《ヴァンパイア》の苦笑に、少女の苦鳴が重なった。必殺の一撃《いちげき》を楽々とかわしたのみならず、ナイフごとエステルの手を摑《つか》み取って、ジュラは嘲笑《ちょうしょう》した。

「レディはレディらしく、おとなしくしたまえ！」

冗談《じょうだん》のような鮮《あざ》やかさで、エステルの体が床《ゆか》に叩《たた》き付けられる。もしこのとき、アベルが少女と床《ゆか》を結ぶ軌道《きどう》上に滑《すべ》り込んでいなければ、エステルの頭はきれいに飛散していたかもしれない。二つの体は絡《から》み合いながら、一つの悲鳴をあげて床に転がった。

「エステル！」

それまで、手をつかねて状況《じょうきょう》を見守っていた若いパルチザンがライフルの銃口《じゅうこう》をあげた。ろくに狙《ねら》いも定めず撃発する。ジュラの頭部をかすめた弾丸《だんがん》は、そのまま壁《かべ》にあたって跳弾《ちょうだん》と化して、思わず首をすくめた仲間たちの頭上をかすめ過ぎた。

「馬鹿《ばか》、やめろ！　同士討《どうしう》ちになる！」

イグナーツが、若者の手からライフルをもぎ取りながら叫《さけ》んだ。

「白兵戦だ！　野郎《やろう》ども、こうなったら覚悟《かくご》を決めろ！」

「発砲《はっぽう》は許さん！　ハンガリア侯《こう》にあたる！　総員着剣《ちゃっけん》！」

キャットウォークの上でも、市警軍の士官が兵士たちに怒鳴《どな》っている。

「突撃《とつげき》せよ！」

白い光が床《ゆか》と天井《てんじよう》に閃《ひらめ》いた。てんでにナイフや手斧《ておの》を振《ふ》りかざしたパルチザンが、リーダーを救うべく吸血鬼《ヴァンパイア》に襲《おそ》いかかったのだ。そうはさせじと兵士どもが、銃剣《じゆうけん》を片手に煌《きら》めかせてキャットウォークから飛び下りる。雄叫《おたけ》びをあげる男たちが、血煙《ちけむり》をあげて激突《げきとつ》した。

「くたばれ、ジュラ！」

ひときわ大声で怒鳴《どな》りながら、佇《たたず》む貴公子の影《かげ》めがけてライフルを振り回したのは、先ほどの若いパルチザンだ。がっしりした胡桃《くるみ》材のストックを棍棒《こんぼう》代わりに、ジュラの頭を横殴《よこなぐ》りに殴打《おうだ》する。

「やった⁉」

パルチザンの間から、歓声《かんせい》があがった。ストックは凶悪《きようあく》な唸《うな》りをあげながら、正確にジュラの影を薙《な》いだのだ──影だけを。

「き、消えた⁉」

貴公子の残像を薙ぎ払《はら》ったストックは壁《かべ》にぶちあたって嫌《いや》な音をあげた。飛び散る漆喰《しつくい》の欠片《かけら》に、加害者が思わず顔を庇《かば》ったとき。

「……不粋《ぶすい》な道具だ。こんなもので私を倒《たお》せるとでも思ったかね？」

「…………⁉」

毒々しい嗤笑《ししよう》とともに、彼の手にあったライフルはすさまじい力でもぎとられていた。すぐ側《そば》に立っている影を見上げた若者の顔が歪《ゆが》む。

影──〝加速《ヘイスト》〟を解いたジュラは、加害者に向けてうっそりと微笑《ほほえ》んだ。

「返そう」

ジュラが軽く手首を捻《ひね》った刹那《せつな》、肉の裂《さ》ける湿《しめ》った音に骨の砕《くだ》ける乾《かわ》いた響《ひび》きが重なった。彼の手にあった猟銃《りょうじゅう》が、勇敢《ゆうかん》な所有者の胸を刺《さ》し貫《つらぬ》いたのだ。へしゃげた心臓の欠片をへばりつかせた銃身を槍《やり》の穂先《ほさき》のように背中から覗《のぞ》かせて、若者の体は壁に叩《たた》き付けられた。銃身はそのまま壁を穿《うが》ち、まるで昆虫《こんちゅう》標本かなにかのように被害者《ひがいしゃ》を縫《ぬ》い付けている。

「こ、この野郎《やろう》！」

誰《だれ》かの喚《わめ》く声がかすかに聞こえたような気もしたが、そんなものは、連続して響鳴《きょうめい》した銃声にかき消されて誰の耳にも聞こえなかった。凄惨《せいさん》な仲間の最期《さいご》に恐慌《きょうこう》状態となったパルチザンの誰かが、引き金を引いたのだ。

マズルフラッシュの連続とともに銃口が吐《は》き出した弾丸《だんがん》は、再び〝加速《ヘイスト》〟したジュラの影を貫いた。いや、今度は彼の影ばかりではない。そのまま、向こう側にいた仲間の肉体を抉《えぐ》り、さらには、壁に跳《は》ね返るや跳弾《ちょうだん》と化して、天井の照明を叩《たた》き割る。

「エステルさん！　エステルさん、しっかりして下さい！」

血煙と叫喚《きょうかん》の中、アベルは必死でエステルを揺《ゆ》すった。しかし、転倒《てんとう》した際に頭でもぶつけたのか、答えは返ってこない。

「神父さん、あんたはエステルを逃《に》がしてやってくれ！」

血腥《ちなまぐさ》い乱戦の中で、大きな影《かげ》が太鼓腹《たいこばら》を揺《ゆ》すって叫《さけ》んだ。

「作戦は失敗だ！　ここは俺《おれ》たちが防ぐ！　エステルを連れて、あんたは脱出《だっしゅつ》しろ！」

「え？　し、しかし、イグナーツさん……」

大男の声に反論しようとして、アベルは唇《くちびる》を噛《か》んだ。周りでは、数少ない味方が草でも刈《か》られるようにばたばたと倒《たお》れていっている。到底《とうてい》、逆転のチャンスはない。

意識のないエステルの体を小脇《こわき》に抱《かか》えながら、アベルはもう一度、大男の方を振《ふ》り返った。

「すいません、イグナーツさん……後は頼《たの》みます！」

「まかせろ、神父さん！　そのかわり、エステルだけは絶対に助けてくれ！」

唇を噛み締《し》めただけで、のっぽの神父は何も言わなかった。その代わり、左の小脇にエステルを抱えたまま猛然《もうぜん》と走り始める。あのひょろ長い手足のどこにこんな力があったのか、まるで少女の体重を感じさせぬスピードだ。

だが、そのすぐ傍《かたわ》らを彼と全く同じ速さで駆《か》ける影があった——

「短生種《テラン》風情《ふぜい》が、この私から逃《に》げられると思ったかね、ナイトロード神父？」

灰色の目が悪意の形に細められた瞬間《しゅんかん》、異音とともに空気が裂《さ》けた。

何か異様に鋭《するど》い物体が風を裂いて、並走するアベルに襲《おそ》いかかったのだ。固められたジュラの拳《こぶし》——その手の甲《こう》から突《つ》き出した白い骨が、禍々《まがまが》しいまでの白さで輝《かがや》いていた。

「し、神父さん！」

繰《く》り出された骨剣《ブレイド》は、完全にアベルの体を捉《とら》えたかに見えた。リーダーの危機を覚《さと》った数人のパルチザンたちがとっさに銃口《じゅうこう》を掲《かか》げる。だが、ジュラのスピードは到底人間の動きで捉えられるものではなかった。裂けた心臓から血を噴《ふ》き散らして倒れる神父を、その場の全《すべ》ての者が幻視《げんし》した――

「なにっ⁉」

だが、吹《ふ》き飛ぶアベルの代わりに跳《と》びすさったのは、今まさに骨剣《ブレイド》で神父の心臓を抉《えぐ》り抜《ぬ》かんばかりだったジュラの方だった。真《ま》っ赤《か》な血の代わりに迸《ほとばし》ったのは、白い閃光《せんこう》と獰猛《どうもう》な銃声の連続だ。

いつの間に現れたのか？　扉《とびら》に向かって疾走《しっそう》する神父の右手に古めかしい回転拳銃《けんじゅう》が握《にぎ》られている。その銃口からは、真っ白な煙《けむり》が飢《う》えた獣《けもの》の牙《きば》のように立ち上っている。

夜の種族特有の反射神経で飛来する弾丸《だんがん》をかわして壁に降り立ったジュラの牙がかっと剝《む》かれた。

「おのれ！　ナイトロード神父――」

ジュラに最後まで言わせず、動いたアベルの右手が銃口を向ける。

轟音《トリガー》。

「くっ！」

人一人抱えて走っているにしては、恐《おそ》るべき正確さだった。ジュラが〝加速《ヘイスト》〟した瞬間、飛来した二発の銃弾《じゅうだん》はのけぞる貴公子の髪《かみ》をかすめて行き過ぎた。弾道《だんどう》の放つ白い輝《かがや》きから、それが紫外線《しがいせん》と並び長生種《メトセラ》にとって致命的《ちめいてき》な弱点——銀の弾丸《シルバー・チップ》であることがわかる。だが、いかに銀の弾《たま》とは言え、命中《あた》らねば意味はない。そして、一旦《いったん》、〝加速《ヘイスト》〟に入れば、この地球上で長生種《メトセラ》にかなう生き物など存在せぬ。ゆっくりと進む時間の中、ジュラは残忍《ざんにん》な余裕《よゆう》を持って、まるで彫像《ちょうぞう》のように固まっている神父に向かって床《ゆか》を蹴《け》った。

「がっ！」

だが、次の瞬間《しゅんかん》、ジュラの体は咆哮《ほうこう》とともに床に叩《たた》き付けられていた。その背中が白い煙《けむり》をあげている。

「おのれ、派遣執行官《はけんしっこうかん》！　たかが短生種《テラン》の分際で！」

背中に走る激痛と、それをはるかに上回《うわまわ》る憤怒《ふんぬ》に、ジュラは怒号《どごう》した。たった今、彼がかわした二発の銃弾は、その背後の壁《かべ》を穿《うが》っていたのだ。いや、正確にはそこに走った細い配管を——暖房《だんぼう》用スチームの配管を。

いかに地上最高の生命力を誇《ほこ》る長生種《メトセラ》の体細胞《さいぼう》とは言え、高温の水蒸気をもろに浴びれば無事ではすまない。これでしばらくは時間が稼《かせ》げる。牙《きば》を剝《む》いた吸血鬼《ヴァンパイア》の怒声を背中に聞きながら、空になった拳銃《けんじゅう》と気絶した少女を両手に、かろうじてアベルは廊下《ろうか》に走り出た。

III

「いたか⁉」

「いや、こっちにはいない……いったい、奴《やつ》らどこに消えやがったんだ⁉」

　蛍光灯《けいこうとう》に照らされた地下通路を軍靴《ぐんか》の群れが慌《あわ》ただしく行き交っている。低い唸《うな》り声は臭《にお》いを嗅《か》ぎ回っている軍用犬のものだ。たった二人を捜索《そうさく》するにしては、また随分《ずいぶん》と大げさなことだ。それとも、まだ他《ほか》に逃亡《とうぼう》中のパルチザンがいるのだろうか？

「第二小隊はBブロックに回れ！　第一小隊は俺《おれ》について来い！　もう一度、倉庫近辺を洗い直す！」

　相変わらず耳障《みみざわ》りなダミ声でがなりたてると、ラドカーンは巨体《きよたい》を翻《ひるがえ》した。彼も、彼の後を追って引き返してゆく兵士たちも、床はそれなりに注意して見ていても、天井《てんじょう》に張り巡《めぐ》らされた通風用ダクトを振《ふ》り仰《あお》ぐことはなかった。だから、その換気《かんき》口から彼らを見つめている一対《いっつい》の丸い光に気づく者は誰《だれ》もいなかった。

「………」

　軍靴の響《ひび》きとがなり声が遠ざかっていってからもしばらくは、丸眼鏡《めがね》はじっとその場を動かなかったが、完全に人気《ひとけ》が無くなったのを確認したのか、こちらもやおらダクトの中を後ずさった。トカゲのような前傾姿勢《ぜんけいしせい》のまま、壁面《へきめん》に空《あ》いた横穴の一つに器用に潜《もぐ》り込む。

そこは、狭《せま》い廊下《ろうか》だった。おそらく〝大災厄《アルマゲドン》〟以前、ここが核《かく》シェルターとして使用されていた時代には電気系統のメンテナンス用スペースとして使われていたのだろう。蛍光塗料《けいこうとりょう》が青白く光る天井《てんじょう》に頭をぶつけないよう注意を払《はら》いながら、アベルは慎重《しんちょう》に立ち上がった。

「いやあ、参りました。どこもかしこも、完全に固められちゃってます。他《ほか》の皆《みな》さんも捕《つか》まったか脱出《だっしゅつ》したか……状況《じょうきょう》がわかるまで、ここを動かない方がいいでしょう」

氷点に近い気温は彼の息を真っ白に染めている。それでも、のっぽの神父はありったけの陽気を総動員しているようだった。まるで小春日和《こはるびより》にひなたぼっこでもしているみたいな表情で、

「ま、大丈夫《だいじょうぶ》ですよ。ここなら、そうそうは見つかりません。そのうち、連中もあきらめるでしょう。そしたらなんとか脱出して、仲間の皆さんと合流しましょう、ね？」

「……合流する仲間なんて、まだいるんでしょうか？」

うずくまった少女の声は、その表情と同様に虚《うつ》ろだった。

生気という生気が流れ出ていってしまったかのようだ。青金石《ラピスラズリ》の瞳《ひとみ》は、美しいが心を持たない人形のような視線を床《ゆか》に這《は》わせていた。無表情な顔は、この寒ささえ感じていないようだ。

「きっと、みんな捕まって殺されたわ、みんな……司教さまたちみたいに」

「駄目《だめ》ですよ、エステルさん」

自分のケープをエステルの肩《かた》にかけながら、アベルは窘《たしな》めるように首を振《ふ》った。

「そんなこと言っちゃ駄目です。捕まった皆さんが殺されたって決まったわけじゃありません。逃《に》げ延びた人だっているかもしれない。そうだ！　それにほら、ディートリッヒさんの別動隊だって……」

「気休めはやめて！」

両耳を押《お》さえた少女はヒステリックに叫《さけ》んだ。

「みんな、あたしが巻き込んでしまった。あたしさえ、こんなことしてなければ……司教さまたちを殺したのはあたしだわ！」

「別に我々がパルチザンと関係を持っていなくても、遅《おそ》かれ早かれ、ハンガリア侯《こう》は教会を襲《おそ》っていました。どういうわけか、彼は教会を憎んでいましたから……教会が襲われて、司教様たちがあんなことになったのは、別にあなたのせいじゃない」

「でも、あたしがもっと気をつけていれば、司教さまたちを説得して早く町から脱出させてさしあげられたかもしれない。そしたら……」

「そんなの無理でしたよ。それは、あなただってわかってるでしょう？　エステルさん、自分の力が及《およ》ばなかったことで自分を責めるのはおやめなさい。そんな暇《ひま》はありません。今は、自分がしなくちゃいけないことを考えるときです」

「……今、しなくちゃいけないこと？」

考えるまでもなかった。捕まった仲間を助け出さねばならない。彼らがヴィテーズたちのようになる前に救いださねばならない──しかし、どうやって？

「無理ですよ、神父さま……」

再び首を折ると、エステルは床《ゆか》の埃《ほこり》を見つめた。

「あたしにはもう誰《だれ》もいない……無理です。もう、あたしは戦えない」

「誰もいない？　ははン、エステルさん、さてわ貴女《あなた》、強力な味方をお忘れですね？」

「……え？」

他《ほか》に誰かいただろうか？

戸惑《とまど》うように上がった少女の視線を、丸眼鏡《めがね》の奥《おく》の瞳《ひとみ》が柔《やわ》らかく捉《とら》えた。えらそうにそっくり返ると、アベルはさも自信ありげに自分の顔を指差した。

「ここに、この私がいるじゃありませんか！　私、あなたの味方です！」

「………………」

まるで見得《みえ》を切る三文《さんもん》オペラの主人公みたいに鼻の穴を膨《ふく》らませている神父の顔を、思わずエステルはじっと見返してしまった。何か言うべき言葉も忘れて、まじまじと見つめる。

「………………」

「………………」

「………………」

「………………」

「…………………………」

「…………………あの、恥《は》ずかしいんですけど」

ぷっ
少女の唇《くちびる》から、空気がこぼれた。そのまま顔を真《ま》っ赤《か》にして俯《うつむ》いてしまう。一方、憤慨《ふんがい》するように、アベルは天を仰《あお》いだ。

「ああ、なんて失敬な人だ！　私がせっかく力を貸してさしあげようというのに！」

「だ、だって……だって……」

それ以上は声にならない。こみ上げる笑いの発作《ほっさ》を抑《おさ》えきれず、エステルは肩《かた》を震《ふる》わせ続けた。十七という年相応の笑い声がくつくつとこぼれてくる。この町に来て初めて聞くそれを、神父は嬉《うれ》しそうに聞いていた。

「……ありがとう、神父さま」

ひとしきり笑った後、エステルは裾《すそ》を払《はら》って立ち上がった。相変わらず顔色は悪かったし、目の下の隈《くま》もそのままだ。だが、瞳には光が戻《もど》りつつある。

行こう。めそめそと自分を憐《あわ》れんでいる時間などない。

「行きましょう……なんとか、ここを脱出《だっしゅつ》しないと。連中があきらめるまで待ってたら、みんなの命が危ないわ」

「ふむ、それもそうですね。じゃあ、この通路をもうちょっと探検してみますか？　うまいこと地下鉄と繋《つな》がってる道があれば……」

「そういうルートがあるとすれば、こっちです」

白い息を吐《は》きながら、エステルはアベルの先に立って歩き始めた。狭《せま》く、天井《てんじょう》の低い通路は複雑に折れ曲がっていたが、基本的には一本道だ。迷う心配だけはない。

「……そう言えば神父さま、一つだけうかがってもいいですか？」

すたすたと早足で歩いていたエステルが、ふと思い出したように質問したのは、五番目の角を曲がったときのことだった。

「さっきは聞ける状況《じょうきょう》ではなかったんですが……」

「はい、なんでしょう？」

「〝Ax〟って何ですか？　〝派遣執行官《はけんしっこうかん》〟って？」

「………」

即答《そくとう》は返ってこなかった。それが、神父が低い天井を避《よ》けることに意識を傾注《けいちゅう》していたからなのか、それとも他《ほか》に理由があったのか、エステルにはわからない。わからないまま、問いを重ねる。

「さっき、ハンガリア侯《こう》が言ってました。あなたのことを〝派遣執行官〟って……なんなんです、それって？」

別にエステルとしても深い意味があって尋《たず》ねたわけではない。だから、後ろから聞こえてきた声にこもった真摯《しんし》な響《ひび》きは意外ですらあった。

「……エステルさん、実は私、あなたに話しておかなくちゃいけないことがあります」

「え？」

思わず立ち止まると、エステルは背後を振《ふ》り返った。やはり立ち止まった神父の真剣《しんけん》な——いや、どこか苦しげですらある顔にはっと胸を突《つ》かれる。

「ど、どうしたんです、ナイトロード神父？　そんな真面目《まじめ》な顔をしちゃって」

「………」

アベルは答えなかった。その代わり、舌で唇《くちびる》を湿《しめ》しながら、何か言うべきことを頭の中でまとめているような顔をしている。沈黙《ちんもく》の天使が通り過ぎるほどの時間が経ってから、ようやく一つ深呼吸すると、

「エステルさん、実は私ですね、司祭なんかじゃないんです」

「は？」

最初、エステルは相手が何を言っているのかわからなかった。〝司祭ではない〟——なら、なんだというのだ？

「そう、私は司祭なんかじゃない。私は——」

「Ａx派遣執行官アベル・ナイトロード。コードネーム〝クルースニク〟——それが彼だ」

それはアベルの答えでもエステルの声でもなかった。前方の角から聞こえてきたのは、憎悪《ぞうお》

を音声化したような呻鳴《しんめい》だった。

「Ａｘっていうのは、教皇庁《ヴァチカン》国務聖省特務分室――教皇庁《ヴァチカン》の対外工作部門のことだ。その男はローマの特殊工作員《エージェント》だよ」

「ディ、ディートリッヒ！」

暗がりからよろめきながら現れた影《かげ》に、エステルが声をあげた。けっして仲間と再会したのを喜ぶ声ではない。真《ま》っ青《さお》になって若者のもとに駆《か》け寄る。

「ディートリッヒ！　どうしたの、この傷⁉　別動隊のみんなは⁉」

「みんなやられた……一人残らず捕《つか》まったよ。情報が向こうに漏《も》れてたんだ」

かすれ声を絞《しぼ》り出したディートリッヒの姿は古戦場を彷徨《さまよ》う幽鬼《ゆうき》のようだった。端麗《たんれい》な顔は死人のように青ざめ、あちこち破れた服も、その手に握《にぎ》られた拳銃《けんじゅう》も埃《ほこり》と血でどろどろだ。頭に巻かれた包帯など、まだじっとりと赤いものをしたたらせている。

だが、そのげっそりやつれた顔の中で、鳶色《とびいろ》の瞳《ひとみ》だけは憎悪《ぞうお》に輝《かがや》いてアベルを睨《にら》み据《す》えていた。いや、瞳だけではない。その手に握られた拳銃もだ。

「と、とにかく座って、ディートリッヒ！　すぐに手当てを……」

「手当てはいい！　それよりもこの男だ！」

拳銃の銃口は手が震《ふる》えているせいで思った通りの目標を捉《とら》えられないでいる。だが、彼が何に――いや誰《だれ》に狙《ねら》いを定めようとしているかは明白だった。

「ずっとおかしいと思ってたんだ……最初にこの男がジュラの宮殿《きゅうでん》にのこのこ出かけたとき、それから三人で教会に行ったときに狙《ねら》い澄《す》ましたように市警軍と鉢合《はちあ》わせになった一件、そして今日だ……なぜ、市警軍は僕《ぼく》たちの動きを見越《みこ》したように動けたのか？　答えは簡単だ」

火を噴《ふ》くような視線だった。渾身《こんしん》の憎悪《ぞうお》をこめて、ディートリッヒは吐《は》き捨てた。

「内部に裏切り者がいたからだ！　ナイトロード神父、あなたが奴《やつ》らに情報を漏《も》らしてたんだ！　騒《さわ》ぎを大きくするために！」

「あの、ディートリッヒさん、落ち着いて下さい……」

「そうよ、ディートリッヒ。なんでナイトロード神父がそんなことをしなくちゃいけないの？だいたい、派遣執行官《はけんしっこうかん》だかなんだか知らないけど、この人がそれだっていう証拠《しょうこ》は……」

「証拠？　証拠はこれだ！」

ディートリッヒはエステルの手をとると、その上に叩《たた》きつけるように一通の封筒《ふうとう》を載《の》せた。

封筒はところどころ焼け焦《こ》げて黒ずんでいたが、中の紙切れは無事のようだ。

「今朝《けさ》、〝血の丘《ヴエールヘジエン》〟を襲《おそ》ったときに見つけた……ヴァチカンの人事ファイルの写しだ。たぶん、ジュラがスパイを通して手にいれたんだろう」

薄《うす》い紙の書式そのものは、ヴィテーズの書類整理を手伝ったことがあるエステルの目には珍《めずら》しいものではなかった。教会のごく典型的な人事関係の書類だ。

だが、その中に記されていたのは……

「アベル・ナイトロード。生年月日：不明／身長：不明／体重：不明／経歴：不明……」

データ欄《らん》のほとんど全《すべ》てが、『UNKNOWN《不明》』印で消されてしまっている。その代わり、資料の最後、備考欄に奇妙《きみよう》な一文が記されていた。

「〝現在、イシュトヴァーン市において潜入作戦《カバー》中につき連絡《れんらく》不可〟……な、なんなの、これ？」

「これでわかったろう、エステル。この男は教皇庁《ヴアチカン》のイヌだ！　騒ぎを大きくして、教皇庁がこの町に軍事侵攻《しんこう》するための口実を作りに来たんだ！　教会も僕らパルチザンも、最初からその騒ぎの火種にするつもりだったんだ……情報をジュラにリークしてたのもこいつさ！」

「ち、違《ちが》います、ディートリッヒさん！　私は違う！」

二人の若者の視線から一歩後ずさりながら、神父は首を振《ふ》った。その顔は蒼白《そうはく》で、眼鏡《めがね》の下の瞳《ひとみ》は不安げに動いている。

「エステルさん、違うんです！　私は、なんとか戦いを避《さ》けようと思って……」

「神父さま……」

エステルの喉《のど》がごくりと鳴った。

聞きたくない。聞きたくなんてない。

〝私、あなたの味方です〟――彼は、そう言ってくれた。彼は一番辛《つら》い自分を支えようとしてくれた。だが、だが質《ただ》さねばならない――

「神父さま……一つだけ、答えてください」

震《ふる》える声は、まるで他人のもののようだった。

「あなたは本当にローマの工作員なんですか？　そのＡｘとかいう組織から派遣《はけん》されてきたんですか？」

「…………」

哀《かな》しげにアベルはエステルの顔を見つめた。その顔があまりに悲しそうだったので、エステルはふと自分こそ彼を裏切っているかのような気持ちになったほどだ。だが、深くうな垂れたのは、神父の方だった。そして、その答はエステルが一番聞きたくないものだった。

「はい。私は司祭じゃありません。私はＡｘ派遣執行官《しっこうかん》アベル・ナイトロード……教皇庁《ヴァチカン》の特命を受けてこの町に来た者です」

「……ずっと、あたしたちを騙《だま》してたんですね。ただの司祭のふりなんかして、とぼけて、あたしや司教さまやみんなを……」

怒鳴《どな》っては終わりだ——頭の隅《すみ》で、理性が囁《ささや》く。だが、何かの箍《たが》がはずれてしまったかのように、エステルの口は勝手に動いていた。

「ずっとずっと騙してたのね！」

「ち、違《ちが》う！　エステルさん、それは違います！」

「言い訳なんか聞きたくない！　あなたのせいで司教さまは……司教さまは……」

「撃《う》て、エステル！　彼を撃て！　裏切り者を……みんなの無念を晴らすんだ！」

握《にぎ》っていた拳銃《けんじゅう》をエステルの手に滑《すべ》り込ませながら、ディートリッヒは彼女を励《はげ》ますように肩《かた》を抱《だ》いた。

「エステル……君は正しい！　司教様の仇《かたき》を討《う》て！」

「!?」

何かがエステルの動きを止めた。

何かが、自分でも咄嗟《とっさ》にわからなかった何かが、頭に引っかかったのだ。

〝司教様の仇を討て〟──それは……

「〝司教様の仇〟──ディートリッヒ、あなた、なんでそれを知ってるの？」

エステルの声は微《かす》かに震えていた。手に握った凶器《きょうき》はそのまま、

「答えて。あたし、司教さまのことを知ったのはさっきが初めてなのよ？　しかも、そのときあなたはいなかった……なんで、あなたが知ってるの？」

「…………」

疲《つか》れきった表情はそのまま、若者はまじまじとエステルを見返した。微《かす》かに動く唇《くちびる》が、彼女の納得《なっとく》できる弁明を紡《つむ》ぎ出すものと、エステルは期待して見守った。

だが。

「やれやれ……中途半端《ちゅうとはんぱ》に頭のいい子は嫌《きら》いだな」

美しい顔から、拭《ぬぐ》ったように疲労《ひろう》の色が消え去った。背筋すら別人のように伸《の》ばして呟《つぶや》かれたその声は、禍々《まがまが》しいほどの精気に満ちている。

まるで初対面の男のように、ディートリッヒをエステルは見た。端麗《たんれい》な顔には、底知れぬ瘴《しょう》気《き》が渦《うず》を巻いている。魅惑《みわく》的な鳶色《とびいろ》の瞳《ひとみ》に灯《とも》るは、ぞっとするような悪意の輝《かがや》きだ。ほとんど反射的にエステルは手の中の拳銃《けんじゅう》をディートリッヒに向けていた。

「動かないで！　動けば、撃《う》ちます！」

「僕《ぼく》を撃つだって？」

何がそんなにおかしいのか、整った口元を愛想よくほころばせながら、ディートリッヒは答えた。

「どうぞ……撃てるものならね」

「脅《おど》しじゃないわ！」

エステルは引き金を絞《しぼ》った。もちろん、ただの威嚇《いかく》だ。狙点《そてん》は十分にそらしてある。

だが、銃声に続いて聞こえてきたのはくぐもった悲鳴だった。

「……え？」

命中《あた》った？　なぜ？

呆然《ぼうぜん》と目を見開いた少女の前で、右肩《みぎかた》を押《お》さえたアベルがゆっくりと後ずさった。その顔は激痛に歪《ゆが》んでいる。

「エ、エステルさん……？」

「な、なぜ……」

ぴたりと神父を捉《とら》えて微動《びどう》だにせぬ銃口と己《おの》が手を見比べながら、震《ふる》える声をエステルが絞り出したとき、その眼前で彼女の指が動いた。

銃声——今度は僧衣《カソック》の左肩が大きく弾《はじ》ける。

「な、なんで!?　なんで!?」

勝手に手が——指が動く！

惑乱しながらも、少女は手の中の凶器《きょうき》を振《ふ》り捨てようとした。だが、今度は指が微動だにしない。あたかも接着されたもののように、グリップに吸い付いている。

「ああ、抵抗《ていこう》しても無駄《むだ》だよ、エステル。さっき触《さわ》ったとき、君の体にこれと同じ〝糸〟を埋《う》め込んだんだ」

優《やさ》しく説明を加えたのは、それまで少女の狼狽《ろうばい》を楽しげに見守っていたディートリッヒだった。その指の間でかすかに光っているのは、細い細い糸だ。おそらく、数ミクロンという細さだろう。注意して見ても、ほんの微《かす》かな空気の流れで見えたり見えなくなったりしている。

「こいつは僕が発掘《はっくつ》したロストテクノロジーでね。すごく特殊《とくしゅ》な生体繊維《せんい》で出来てるんだ。人の体に潜《もぐ》り込むと神経系に勝手に接合して、思い通りの電気信号を送り出すことができる……そう、たとえばこんな風に」

再び銃声《じゅうせい》——太腿《ふともも》を撃《う》たれたアベルの膝《ひざ》がかくりと折れる。

「し、神父さま！」

勝手に引き金を引いた己《おの》が手を見下ろしたまま、エステルは金切《かなき》り声をあげた。

「神父さま、神父さま……いやあああっ！」

「いい声だ……ああ、首から上は君の自由に動くようにしてある。好きなだけ、泣き叫《さけ》んでくれてかまわないよ」

天使の演奏でも聴《き》いているかのように、うっとりとディートリッヒは目を細めた。

「君のその声を聞ける日をずっと待ってた……待ち遠しかったけど、いざ聞いてみると、ほんとに綺麗《きれい》な声だね」

「なぜ……なぜ、あなたは……」

目の前でのたうつ神父にぴたりと照準を据《す》えたまま、エステルは荒《あら》い声を押《お》し出した。すぐにでも駆《か》け寄って抱《だ》き起こしたいが、体が言うことを聞かない。ただ、唯一《ゆいいつ》自由になる首を懸《けん》命《めい》に捻《ひね》って、ディートリッヒの顔を見上げる。

「なぜ、あたしたちを裏切ったの？　どうしてこんなことを!?」

「うん、理由の一つはビジネスだ——ハンガリア侯《こう》は僕《ぼく》のクライアントなんだよ」

張《さ》り裂けんばかりに眼《め》を見開いた少女の涙《なみだ》に濡《ぬ》れた頬《ほお》に、若者はそっと指を伸《の》ばした。銀の雫《しずく》のような涙をそっと指先で拭《ぬぐ》いながら、恋人の耳に吹《ふ》き込むような甘《あま》やかな声で囁《ささや》く。

「そして、理由のもう一つは……僕は君のことが大好きだからだよ、エステル」

少女の涙で濡れた指先を舌で舐《な》めると、美貌《びぼう》の悪魔《あくま》は花がほころぶように無邪気《むじゃき》な顔で笑った。

「ほら、好きな子にはちょっかいかけたくなるだろう？　あれだよ。なにしろ君ってば、僕がこれまで会った中でも最高に愚《おろ》かな小娘《こむすめ》だ。たいした力もないくせに、綺麗事ばかり口にする。生まれてこの方《かた》、出会った誰《だれ》からも愛され、自分が人に嫌《きら》われるなんてことは考えたこともない……そんな幸せな娘《こ》を使って、ちょっと遊んでみたかったんだ」

「そんな、そんなことのためにあなたは……」

完全に硬直《こうちょく》したままの体は、筋肉一筋動かせぬ。それでも、自由になる顔面の筋肉全《すべ》てを動員して、エステルはこの美しい魔物の顔を睨《にら》み付けた。

「そんなことのために、あなたはあたしたちを裏切ったというの!?　この悪魔！」

「うん、いい言葉だ……だけど、どうも今ひとつ、君は自分の立場がわかってないような気がするな」

「…………！」

のけぞった少女の唇《くちびる》から、声にならない悲鳴が漏《も》れた。全身の神経に焼けるような痛みが走ったのだ。頽《くずお》れることさえ許されぬまま、無音の絶叫《ぜっきょう》をあげる。

「君の中の〝糸〟が繋《つな》がってるのは何も運動神経だけじゃない。触覚《しょっかく》・味覚・痛覚……君の全ての感覚神経は僕《ぼく》が握《にぎ》ってるんだ」

面白《おもしろ》くもなさそうに指先を動かしながら、ディートリッヒは続けた。

「さて、どうされたい？　考えつく限りの拷問《ごうもん》を一度に受けてみるかい？　心臓を止めたりはしないよ。ショック死すらできないまま、悶《もだ》え苦しむってのはどんな気分だろうね。それとも逆に快楽——いっぺんに数十人の男になぶられてみるってのも面白いかな？　何秒ぐらい正気をたもってられるものなんだろう？」

全身の苦痛に苛《さいな》まれる少女をさらにいたぶるように、その肩《かた》に手を置く。それから、わざとらしく、何かを思いだしたように、床《ゆか》に倒《たお》れたままだった神父の方へと視線を向けた。

「……ああ、君に一番堪《こた》えるゲームは他《ほか》にあるんだったね」

「や、やめて……！」

相手が何をしようとしているのか——正確には、自分が何をさせられようとしているのかを悟《さと》ったエステルが悲鳴をあげた。だが、そのときには、彼女の指は引き金を連続して引いている。

肩に数発の銃弾《じゅうだん》を喰《く》らった神父が、声もあげられずにのけぞった。

「し、神父さま！」

エステルは必死で腕《うで》を動かそうとした。意志の力を総動員して指を止めようとする。だが、他人の体のように勝手に動く腕は新たな狙点《そてん》を神父の頭に定め、細い人差し指は鋼《はがね》の硬度《こうど》でトリガーを押《お》し込んでゆく。

「だ、駄目《だめ》……」

じりじりとトリガーを引いていく己《おのれ》の指を恐怖《きょうふ》とともに見つめながら、エステルは震《ふる》える声で懇願《こんがん》した。

「お願い、もう……」

「嫌《いや》だね」

そっけない拒絶《きょぜつ》に乾《かわ》いた銃声が重なった。

第四章：嘆きの星

——すると光が現れ、太陽が昇り、
卑しめられている人は高められて、
高貴な者を食い尽くした
（エステル記序文十節）

I

「そんな顔をするな……もうすぐだ。もうすぐ、全《すべ》て終わる。お前をそこに押《お》し込めた奴《やつ》ら全員に、ツケを払《はら》わせてやる」

絵の中で永遠に微笑《ほほえ》む美女に優《やさ》しく囁《ささや》き、ジュラはグラスに錠剤《じょうざい》を落とした。

爪《つめ》ほどの大きさの血液製剤は、勢いよく泡《あわ》をあげて溶《と》けてゆく。完全に溶けきる頃《ころ》には、ワインの色は透《す》き通るような真紅《しんく》から、どす黒い緋色《ひいろ》に変わっていた。軽くグラスを揺《ゆ》らしてから、面白《おもしろ》くもなさそうな顔で貴公子はそれを呷《あお》った。

胃の腑《ふ》に落ちた液体が胃壁《いへき》を通して毛細血管に吸収されてゆくのがわかる。〝渇《かわ》き〟から来る苛立《いらだ》ちが嘘《うそ》のように消え去り、頭の中にかかっていた血の色をした靄《もや》が綺麗《きれい》に晴れてゆく。純粋《じゅんすい》に嗜好《しこう》の問題なら、生き血はあまりジュラの好みにはそぐわなかった。腥《なまぐさ》いし、喉《のど》ごしもよくない。後味ときては、もはや最悪だ。それより、ワインに血液製剤を溶かしたものの方がよほど味はいい。少し香料《こうりょう》と阿片《アヘン》を加えてやれば、なおよくなる。

……とはいえ、やはり面倒《めんどう》なものではある。

三百年を超《こ》える寿命《じゅみょう》と無敵の生命力、そしてこの惑星《わくせい》最高の免疫《めんえき》機構を備え、ほぼ完璧《かんぺき》とさえ言える長生種《メトセラ》の生理だったが、〝渇き〟――彼らの種族特有の先天的貧血症《しょう》だけは、依然《いぜん》、克服《こくふく》できない。周期的に襲《おそ》ってくる血中の赤血球数の急速な減退は彼らに強い吸血衝動《しょうどう》をもたらし、どんなに意志力の強い者でも発作の最中は理性を失ってしまうのだ。そして、一旦狂暴《いったんきょうぼう》化した長生種《メトセラ》を止めることはまず不可能――ことに、現在のように血液製剤がたやすく手に入らなかった時代に生きた先祖たちには、それこそ生き血を啜《すす》るぐらいしか〝渇き〟を抑《おさ》える術《すべ》はなかったはずだ。それを考えれば、短生種《テラン》どもが、愚《おろ》かにも長生種《メトセラ》たちのことを〝吸血鬼《ヴァンパイア》〟呼ばわりした理由も、まあわからなくもない――無論、容認するつもりなどないが。

飲み干したグラスをテーブルの上に置くと、ジュラは広間を横切ってテラス側の窓辺に立った。

抗紫外線《こうしがいせん》ガラスを通して見える灰茶色の世界の中で、西の地平に太陽が没《ぼっ》してゆく。白い円《えん》盤《ばん》が沈《しず》むにつれ紗《しゃ》を下ろしたように暗くなってゆく空では、白い光点が瞬《また》き始め、南の中天に動かぬ〝二つ目の月〟はしらじらと明度を増しつつあった。

「失礼いたします。ディートリッヒ・フォン・ローエングリューン参上しました」

音もなく開いた扉《とびら》の向こうから若々しい声が響《ひび》いた。

「閣下《かっか》、〝星《ツイラーグ》〟を連れて参りました」

「ようこそ、シスター・エステル」

深々と腰《こし》を折ったディートリッヒをさりげなく無視して、ジュラはその傍《かたわ》らに立つ小柄《こがら》な影《かげ》に声をかけた。

「ゆっくりお休みになれましたか？　今日は色々あって大変だったでしょう？」

「…………」

固い沈黙《ちんもく》で、主《ホスト》の挨拶《あいさつ》に応《こた》えたのは、淡《あわ》い菫色《すみれいろ》のブロケードのイヴニングに紫紺《しこん》のカラーという装いの少女だ。赤い髪《かみ》の下の白い顔は十分端整《たんせい》ではあったが、今はげっそりと頬《ほお》がこけて見える。

まるで、それだけが最後の希望であるかのように、胸のロザリオを神経質に弄《いら》っているエステルに、ジュラは非の打ち所のない所作《しょさ》でもって席を勧《すす》めた。

「さ、どうぞ、お座りください、レディ。ささやかながら、一席設けさせていただきました。晩餐《ばんさん》をともにしましょう……ディートリッヒ、ご苦労だった。君も掛《か》けたまえ」

「恐縮《きょうしゅく》です」

一礼したディートリッヒは、気を利《き》かせたつもりかエステルのために椅子《いす》を引いた。人形のように立ち尽《つ》くしている少女の背に、宥《なだ》めるように手を回す。

「いつまでむくれてる気だい、エステル？　座りなよ」

「…………」

美しい若者の顔を刺《さ》すような瞳《ひとみ》で睨《ね》めつけながら、エステルはぎくしゃくと席に着いた。それを合図に、それまで広間の隅《すみ》に控《ひか》えていた二体の自動人形《オートマタ》がワゴンを押《お》して進み出た。二人の短生種《テラン》の前に、湯気のあがる料理を並べてゆく。

「……ナイトロード神父はどこです？」

自動人形《オートマタ》がグラスに赤ワインを注ぎ終えて、初めて少女は口を開いた。ディートリッヒを完全に黙殺《もくさつ》したまま、人形のような声でジュラに尋《たず》ねる。

「神父さまはどこ？　あたしの仲間たちはどこ……みんなはどこなの？」

「お友だちはみんな無事ですよ」

つい先ほどラドカーンに下したある命令のことはおくびにも出さず、ジュラは鷹揚《おうよう》に応じた。事実を告げて、楽しい晩餐を台無しにすることもあるまい。赤ワインを満たした杯《さかずき》を軽く掲《かか》げて、餐《さん》を奨《すす》める。

「では乾杯《かんぱい》……粗餐《そさん》だが、遠慮《えんりょ》せずに召《め》し上がってくれたまえ。君ぐらいの年代の短生種《テラン》は、ええっと、確か、〝食べ盛り〟とか言うのだろう？」

「あなたはおしまいです、ハンガリア侯《こう》」

羊肉入りスープのいかにも食欲をそそる芳香《ほうこう》に見向きもせず、エステルは固い唇《くちびる》を開いた。

「いくら、この町の支配を黙認《もくにん》されているからといって、あなたはやり過ぎました。教会を焼いて、司教さまを殺すだなんて……教皇庁《ヴァチカン》が黙《だま》ってはいないわ！」

「その通りだ。既《すで》に、彼らの軍隊は国境線を越《こ》えたよ。あちこちで、市警軍の部隊は撃破《げきは》されつつある。たぶん、明日の今頃《いまごろ》までにはイシュトヴァーンを陥落《かんらく》させるつもりではないかな」

「………？」

まるで昨日の天気のことでも話題にしているかのようなジュラの口調に、エステルは虚《むな》しく目をしばたたいた。教皇庁軍《ヴァチカン》が迫《せま》っているというのに、なぜ、目の前の吸血鬼《ヴァンパイア》はこうも平然としているのだ？　いや、それとももう一つ、いまだ、ローマは司教たちの死を知らないはずだ。まだ人質がいるのに、侵攻《しんこう》作戦を開始したというのか？

「可哀相《かわいそう》に……君たちは見捨てられたんだよ」

動揺《どうよう》する少女の首筋に、傍《かたわ》らから穏《おだ》やかな声がかかった。ディートリッヒが、そっとエステルのうなじに手を伸《の》ばしたのだ。

「教皇庁《ヴァチカン》にとって大切なのは、武力侵攻の口実であって、君たちの命なんかじゃない……そんなこともわからないのかい？」

「あたしに触《さわ》らないで、汚《けが》らわしい！」

汚物《おぶつ》にでも触《ふ》れたかのように美青年の手を払《はら》いのけながら、エステルは青く研《と》ぎ澄《す》ました視線で相手の顔を突《つ》き刺《さ》した。

「あなた、最低だわ！　みんなを裏切って、こんな吸血鬼《ヴァンパイア》なんかに手を貸すなんて……恥《はじ》を知りなさい！」

「……吸血鬼《ヴァンパイア》か」

短生種《テラン》たちの会話に、ジュラは小さく苦笑した。ただ、口元こそ笑ってはいるが、その瞳《ひとみ》には昏《くら》い翳《かげ》りがある。〝吸血鬼《ヴァンパイア》〟――その呼び名こそが、二つの種族にとって、実は最も深刻な問題であったのかもしれない。

「吸血鬼《ヴァンパイア》、血吸い野郎《ブラッドサッカー》、化け物、呪《のろ》われた悪鬼《あっき》……君たちは我らをそう呼ぶ。だが、それならどうして君はここにいる？」

「え？」

「君はどうしてここにいるのかと聞いたんだよ」

相変わらず、優《やさ》しいとさえ言える口調でジュラは問いを重ねた。だが、穏やかな言葉の指摘《してき》するところは、それとは対照的なまでに残忍《ざんにん》な事実だ。

「君がここにいるのは、あの神父とここにいるディートリッヒのせいだ。二人とも、それぞれ君を裏切った。教皇庁《ヴァチカン》はこの街を見捨て、そして今や、教会をも見捨てようとしている。彼らの中に、一人だって長生種《メトセラ》――君たちの言葉でいう吸血鬼《ヴァンパイア》がいたかね？」

「そ、それは……」

反駁する言葉を捜して、エステルは喘いだ。

自分を利用し、裏切った男たち。司教らを切り捨てた教皇庁《ヴァチカン》。彼らを弁護する言葉を必死で捜す──それは砂漠《さばく》に落ちた一粒《ひとつぶ》の砂金を見つけるにも似た試みだった。

「ま、いい。それは君たちの問題だ。それより、あまり食が進まれないようだし、一つ、愉快《ゆかい》な見世物《みせもの》でもお見せすることにしようか……ディートリッヒ、そろそろ例のものの準備を」

「はい」

俯《うつむ》いたまま黙《だま》り込んでしまった少女をせせら笑うように眺《なが》め下ろし、ディートリッヒはぱちんと指を鳴らした。広間の明かりが明度を失い、薄暗《うすぐら》い帳《とばり》が周囲に下りる。

だが、逃《に》げ出すには絶好の機会であったにも拘《かかわ》らず、エステルは馬鹿《ばか》みたいにぽかんと口を開けたまま席に座っていた。テーブルの上に浮《う》かび上がった薄墨色《うすずみいろ》の光──巨大《きょだい》な立体映像《ホログラム》が一つの像を結び始めたためだ。

「これは……？」

青暗い矩形《くけい》の中、でたらめに滲《にじ》んだ濃淡《のうたん》に、最初、エステルは自分が見ているものが何かわからなかった。それが、どこかの土地を真上から見下ろしているのだと悟《さと》ったのは、矩形の中央を動いてゆく綿埃《わたぼこり》みたいな塊《かたまり》が、雲だと気がついたからだ。だとすると、これはどこかの航空写真なのか？　だが、雲がこんなに小さく見えるというのは、どこかとんでもなく高いところから写した写真であるはずだ。飛行船あるいは飛行機でも、こんな高みから写すのは難しいかもしれない。

「ふむ、これではよく見えんな」

ジュラの声に応じるように、ディートリッヒはディナーテーブルの一角に手を滑《すべ》らせた。卓《たく》がスライドして小さなキーボードが現れる。ピアノ奏者のように細やかな指がキーの上で躍《おど》ると、画面に変化が生じた。

まるで、写真に目を近づけたかのように、画像の中央部が大写しになる。そこでようやく、エステルは自分が目にしているものが写真などではないことに気づいた。画像はさかんに動いている。風に踊《おど》る雲から、平原を走る車の群れまで。これは生《ライヴ》の映像なのだ。

「この画像はここから西に二百キロ――あそこに見えるのは教皇庁《ヴァチカン》軍東方第六旅団とイシュトヴァーン市警軍の戦闘《せんとう》だよ」

キーボードを操りながら、ディートリッヒが注釈《ちゅうしゃく》を加えた。

土煙《つちけむり》をあげて平原を走っているのは、無数の戦車と装甲車《そうこうしゃ》だ。その側《そば》の芥子粒《けしつぶ》のような小さな点はおそらく歩兵部隊だろう。どこかの丘《おか》を巡《めぐ》って、二つの集団は激しい戦闘を展開しているようだった。

「このままなら、彼らは明日にでもイシュトヴァーンにやってくるだろうね。まったく、おそろしく素早《すばや》い対応だ」

「かなり前から作戦計画は練られていたのだろうな」

複雑な表情で沈黙《ちんもく》しているエステルを横目に見やりながら、ジュラは笑った。その笑《え》みに恐《きょう》怖《ふ》の色は一片たりとも存在しない。覚悟《かくご》とも違《ちが》う。なにかの自信を持っている者特有の、不敵な微笑《びしょう》だった。その微笑《ほほえ》みのまま、ディートリッヒに尋《たず》ねる。

「ディートリッヒ、今、〝星〟はどこにいる?」

「北緯《ほくい》四四度五分、東経三三度三分……ほぼ帝国《ていこく》領バビロン上空です。四十秒前にエネルギー充塡《じゅうてん》を確認しました。これから七千二百秒間、射爆《しゃばく》可能位置に占位《せんい》します」

「ああ、シスター・エステル、君のことではないよ」

〝星〟という単語にぴくりと反応した少女を、ジュラは制した。

「これは私の〝星〟……星は星でも希望の星《エステル》じゃあない。〝嘆《なげ》きの星〟だ」

「〝嘆きの星〟……?」

「そう、〝嘆きの星〟……私の切り札だ」

オウム返しに問い返した少女に、ハンガリア侯《こう》は優《やさ》しい笑みを向けた。

「よく見ておくといい。今夜がローマ——君たち傲慢《ごうまん》な短生種《テラン》どもが崇《あが》める都の、最後の夜になる」

敗走するときでさえ市警軍の動きはのろかったので、ウンベルト・バルバリーゴ少将は前衛の突撃隊《アルディーティ》に命じて追撃《ついげき》速度を緩《ゆる》めてやらねばならなかった。

「来《ヴェニ》た、見《ヴィニ》た、勝《ヴィキ》った、か」

戦場を見下ろした初老の教皇庁《ヴァチカン》軍指揮官の口を、太古の武将の言葉がついて出た。

潰乱《かいらん》、という言葉ほどこの情景に相応《ふさわ》しいものはあるまい。宵闇《よいやみ》の支配する平原の遠く、算を乱して逃《に》げてゆく敵軍とそれを追撃する自軍の擲弾兵《グラナティエーリ》大隊の間に火線が青白い帯を描《えが》いている。占領した丘の一つに置かれたこの本営の周囲には、ダークブルーの軍服をまとった死体と遺棄《いき》された軍需《ぐんじゅ》物資が山のように積まれていた。

一時間に及《およ》ぶ戦闘《せんとう》は、終始、バルバリーゴと彼の指揮する教皇庁《ヴァチカン》東方軍第六旅団〝ユスティニアヌス〟の独壇場《どくだんじょう》だった。

市警軍は練度・士気・装備の全《すべ》てにおいて、第六旅団《ユスティニアヌス》の敵ではなかったのだ。なにしろ、虎《とら》の子である機械化部隊《マシナリー・バタリオーネ》すら、ろくに投入せぬままに終わってしまったほどである。久方《ひさかた》ぶりの実戦に、兵器データを採取しようと張り切っていた軍事院の連中も、さぞや落胆《らくたん》していることだろう。

「ここにあるのは埃と灰と無なり《ヒーク・ヤケト・ブルウイウス・キニス・エト・ニヒル》……結局、我々は見学だけで終わりましたね」

傍《かたわ》らに控《ひか》えたマーカントニオ・ブラスキ少佐《しょうさ》の機械音声も、心なしかぼやいているかのように聞こえる。彼の金角騎士《きし》団——第二十八機械化歩兵大隊《マシナリー》は、結局、一発の銃弾《じゅうだん》も撃《う》たずに終わったのだ。ロストテクノロジーの粋《すい》を凝《こ》らして改造され、吸血鬼《ヴァンパイア》に匹敵《ひってき》する戦闘力《せんとうりょく》を与《あた》えられた彼らサイボーグ部隊も、戦場に立たずして軍功をたてられるほどには器用ではない。

「明日にはイシュトヴァーンに入城できる。市街戦ともなれば、卿《けい》らの独壇場《どくだんじょう》だ。好きなだけ、武勲《ぶくん》を立てるがいい」

「それは楽しみですね……ですが、よろしいのですか、閣下《かっか》？」

バルバリーゴの言葉に、機械仕掛《じか》けの少佐《しょうさ》は片眉《かたまゆ》をあげた。鋼玉色の義眼が、暮れなずむ空の色を映して微《かす》かに蒼《あお》く光っている。

「このまま市街戦になれば、多数の市民が死傷することは避《さ》けられません。それに、確か市内には司教以下の聖職者が人質になっていると聞いておりますが」

「市民など気にする必要はない。戦場にいたのが彼らの罪だ」

既《すで》に軍事院は、市街戦の許可を出していた。市民の二十パーセントまでの損害は無条件に許容されることになっている。手回しがよいことに、葬儀《そうぎ》を担当する司祭たちまで、現在こちらに向かっているらしい。

「これは聖戦なのだよ、少佐。人類の敵、吸血鬼《ヴァンパイア》を倒《たお》す御戦《みいくさ》に犠牲《ぎせい》はつきもの。違《ちが》うかね？」

「とすると、司教たちは麗《うるわ》しの殉教者《じゅんきょうしゃ》というわけですな」

愉快《ゆかい》げに笑うと、ブラスキは灰色の石柱を思わせる長身を揺《ゆ》すった。全身の八割を機械化された男にもユーモアのセンスは残っているらしい——かなりダークだが。

「さて、そろそろ本営を進めるとするか。あまりのんびりしていて、ボルゲーゼに先を越《こ》されるのも癪《しゃく》にさわる」

指揮杖《じょうふ》を振《ふ》って、バルバリーゴは副官と参謀長《さんぼうちょう》を差し招いた。

西から攻め込んだバルバリーゴの第六旅団《ユスティニアヌス》に対し、南からはボルゲーゼ少将麾下《きか》の第五旅団《コンスタンティヌス》が北上中である。こちらの敵より、南に布陣《ふじん》した敵が強力という話も聞かないから、おそらく第五旅団《コンスタンティヌス》も今頃《いまごろ》は進軍を再開していることだろう。玩具《オモチャ》の兵隊みたいな市警軍などより、友軍に戦功を横取りされる方がよほど恐《おそ》ろしい。

「まだ、あたりに敵軍が潜《ひそ》んでいるおそれがあります。上空哨戒《しょうかい》中の〝サンダルフォン〟に索敵《さくてき》を要請《ようせい》してはいかがでしょうか？」

「かまわん。蹂躙《じゅうりん》せよ。いったい、誰《だれ》が我々を止められる？」

参謀長の慎重《しんちょう》論を鼻で笑って、バルバリーゴは命じた。

「ふふン、たとえ神その方が顕《あらわ》れようと、我らを止めることは――」

「……む？」

ふと、ブラスキが頭をもたげたのはそのときだった。

何か、不思議なものでも見えたかのように、遠く、南の空を眺《なが》めている。

「どうした、少佐？　天使でも通ったのかね？」

「センサーに妙《みょう》な反応が……大気中のイオン濃度《のうど》に偏頗《へんぱ》があります」

「イオン濃度？」

「おかしい。これではまるで……いや、しかしこんな巨大《きょだい》な……」

「少佐《しょうさ》、できれば我々にもわかるような説明をしてくれんかね？」

電子の目で頭上を振《ふ》り仰《あお》いだサイボーグに、バルバリーゴがいらだたしげに尋《たず》ね直したとき。

「か、閣下《かっか》、あれを！」

参謀長《さんぼうちょう》の声に振り返ったバルバリーゴは思わず息を呑《の》んだ。いや、彼ばかりではない。周囲にいる全《すべ》ての人間が、南の空を見上げて呆然《ぼうぜん》と立ち尽《つ》くしていた。

黒ビロードのような夜空には、小振りな〝二つ目の月〟が輝《かがや》いている。この月は、二十九日周期で満ち欠けを繰《く》り返す〝一つ目の月〟とは異なり、三百六十五日、昼夜を問わず、常に南の空に明るく輝いている。だが、今夜ばかりは、その輝きも色褪《いろあ》せたかのようだった。月とこの惑星《わくせい》を隔《へだ》てるように、巨大な光の壁《かべ》が空に揺《ゆ》れていたのだ。

「なんで、こんなところに極光《オーロラ》が？」

まるで死女の衣のように青白くはためくそれは、確かにオーロラだった。だが本来、惑星外から入射してくる電子や陽子《ちょうし》が超高層大気粒子《りゅうし》に衝突《しょうとつ》して起きるこの発光現象は、極地方でしか見えないはずだ。それが、何故《なぜ》こんなところで？

(これは、なにかの神意なのか？)

それとも、たった今ここで死んだ、数知れぬ死者の魂《たましい》が、空に昇《のぼ》っていっているのか？

先ほどの発言も忘れて、バルバリーゴの右手が十字を切ったとき。

「なんだ、この磁気嵐《じきあらし》は⁉」

耳障《みみざわ》りなブラスキの電子音声が、呆然と立ち尽くしていた一同の鼓膜《こまく》に突《つ》き刺《さ》さった。

「閣下、高エネルギー反応を感知しました……ちょ、直上から何か来る！」

一同が思わず頭上を振り仰いだ刹那《せつな》――

燃え上がった夜空が、大地に向けて墜《お》ちてきた。


「東部方面軍第五旅団〝コンスタンティヌス〟、市警軍第三連隊を殲滅《せんめつ》。同第六旅団〝ユスティニアヌス〟はイシュトヴァーン市西方二百キロ地点で第二連隊を追撃《ついげき》中」

「イシュトヴァーンの衛星都市カロチアの市長が中立宣言を出しました。我が軍の保護を求めています」

「空中戦艦《せんかん》〝ナサギエル〟、所期の爆撃《ばくげき》スケジュールを消化。損害評価を要請《ようせい》中……」

淡々《たんたん》と音声化される報告に同期して、地図上の光点は刻々と位置を変えてゆく。その動きは一見雑多で、とりとめないものだったが、見る者が見れば、相争う二つの勢力の戦いが、一方的なゲームのままに終盤《しゅうばん》へと向かいつつあることを看《み》て取ることができただろう。

イシュトヴァーン戦役《せんえき》――枢密《すうみつ》会議でそう名付けられたこの戦いは、僅《わず》か一日にして大詰《おおづ》めを迎《むか》えつつあった。

「明日中には、イシュトヴァーンは陥《お》ちるな」

猛禽《もうきん》に似た顔を立体映像《ホログラム》の光に照らされながら、ぼそりとフランチェスコが呟《つぶや》いた。その隣《となり》で地図を子細に検討し終えて、カテリーナは異母兄の言葉を首肯《しゅこう》した。

「宣戦布告から七十二時間で紛争《ふんそう》終結《強制審問宣言》——お見事《みごと》です、兄上」

実際、フランチェスコと彼の指揮する軍事院の作戦指導は芸術的ですらあった。

まず、作戦開始と同時に、機械化歩兵《マシナリー》と動甲冑《スーツ》からなる装甲歩兵中隊がイシュトヴァーン周辺の市警軍通信設備を強襲《きょうしゅう》。狼狽《ろうばい》した市警軍が奇襲《きしゅう》に対応しようと立ち上がったところに、南と西から、東部方面軍でも最精鋭《さいせいえい》の名の高い第五・第六旅団が同時侵攻《しんこう》した。元々、全《すべ》ての能力に於《お》いて教皇庁軍《ヴァチカン》に大きく劣《おと》る上、通信網《もう》の寸断で指揮系統を混乱させられた市警軍に勝ち目などあろうはずがない。現在、南の第五旅団《コンスタンティヌス》、西の第六旅団《ユスティニアヌス》ともに、無人の野を征《ゆ》くがごとく進撃《しんげき》を続けている。

(実際、たいしたものだこと)

今日《こんにち》あるに備えて以前より侵攻計画を練っていたのだろうが、それにしても、フランチェスコほどの軍事的手腕《しゅわん》の持ち主は、世俗諸侯《せぞくしょこう》の中にも稀《まれ》ではないか？　たとえ前教皇の庶子《しょし》という身分に生まれつかずとも、楽に一国一城の主《あるじ》となれる力量の持ち主だ。

「要は完勝してみせることなのだ、カテリーナ」

抑制《よくせい》の利《き》いたその表情には、己《おのれ》の成功に陶酔《とうすい》する気配は微塵《みじん》も存在せぬ。相変わらず軍刀《サーベル》を思わせる眼光を異母妹に向けると、フランチェスコは一言一言、刻みつけるように説いた。

「聖書にもある。〝主《しゅ》は自ら聖別した者に命じ、勇士と兵士を招いてその怒《いか》りを行わせる〟――相手が世俗諸侯にせよ、〝帝国《ていこく》〟にせよ、威信《いしん》は力によって守られる。逆に言えば、威信を傷つけられたときに聖なる鉄槌《ヴィネアム・ドミニ》の行使を躊躇《ためら》うことは、かえって危険だ。我ら、神の地上代理人が挑戦《ちょうせん》から逃《のが》れることは絶対に許されぬ」

異母兄の言うところにも一理ある。

（しかし……）

カテリーナは片眼鏡《モノクル》の奥《おく》で、剃刀色《かみそりいろ》の瞳《ひとみ》を伏《ふ》せた。

いまだにひっかかっている。何ゆえ、イシュトヴァーンは、あのような無謀《むぼう》な挑戦を仕掛《しか》けてきた？　それに、〝嘆《なげ》きの星〟――エージェントたちが知らせてきたハンガリア侯《こう》の切り札とやらはいつ登場するのだ？

「猊下《げいか》、第六旅団《ユスティニアヌス》支援《しえん》中の空中戦艦《せんかん》から通信が入っております」

「繋《つな》げ」

情報担当助祭《オペレーター》の新たな報告とそれに応《こた》えるフランチェスコの声が、カテリーナの思考を中断させた。顔をあげると、立体映像《ホログラム》の中で初老の軍人が敬礼している。

〈〝サンダルフォン〟艦長アルノルト・ディ・カンビオ大佐《たいさ》であります。地上の画像転送の準備が調いましたことを猊下にご報告いたします〉

「ご苦労、大佐。手数だが、この目で状況《じょうきょう》を確認したい。早速《さっそく》データを送ってくれたまえ」

〈はっ!〉

短く答えた艦長《かんちょう》の隣《となり》に、青みがかった画像画面《ウインドウ》が開いた。ようやく太陽の光に染まり始めた平原の各所で、砲煙《ほうえん》があがっている。画像の上方、進撃《しんげき》する戦車部隊に追われて逃《に》げてゆくのは市警軍の歩兵だ。

〈第六旅団《ユスティニアヌス》は、現在、イシュトヴァーンの西方二百キロの地点まで進出しております。ご覧の通り、敵軍には、もはやまとまった抵抗力《ていこうりょく》は存在しません。掃討《そうとう》を続けながら進軍したとしても、明日には、イシュトヴァーン市街に突入《とつにゅう》できるかと〉

「うむ。だが、くれぐれも油断するな。まだ肝心《かんじん》の吸血鬼《ヴァンパイア》が残っている……彼奴《きやつ》を殲滅《せんめつ》するまで、気を抜《ぬ》いてはならん」

〈心得ておりま——〉

再度敬礼しようとした艦長の画像が、一瞬《いっしゅん》、ノイズに歪《ゆが》んだのはそのときだった。オペレーターが画像に補正をかけようとコンソールに手を伸《の》ばす。その刹那《せつな》——

「!」

地上の映像が真っ白に染まった。〝黒聖女の間《ナイア・サンクタま》〟にいた、全《すべ》ての聖職者たちが咄嗟《とっさ》に目を背けたほどの輝《かがや》きだった。そして次の瞬間には、一切《いっさい》の映像が暗転し、何も映らなくなる。その間、コンマ一秒にも満たぬ時間だったが、カテリーナら枢機卿《すうききょう》たちが、数秒間視力を失って立ち尽《つ》くしたほどの光量だった。

「な、何が起こった⁉」

目元を激しく歪めたフランチェスコが怒鳴《どな》った。やはり目を擦《こす》りながら、オペレーターたちが口々に何事か叫《さけ》び交わしているが、彼らにも何が起こったか把握《はあく》できていないようだ。ただむやみにコンソールを叩《たた》いては、狼狽《ろうばい》した声をあげている。

〈……下！　猊下《げいか》！〉

「そちらで何が起こった、艦長⁉」

ブラックアウトしたままの画像の向こうから聞こえてきたカンビオの悲鳴に、フランチェスコが怒鳴り返した。

「画像が消えたままだ！　なんだ、今の光は？」

〈わ、わかりません……当艦の光学系センサーが全て、機能しなくなりました〉

微《かす》かに震《ふる》える声で、報告が返ってきた。

〈ただ、ただ、言えるのは……おお、神よ！　いったい、何があったんだ⁉〉

「艦長、落ち着いて報告なさい！　そちらで何が起こったの⁉」

不吉《ふきつ》な予感に襟首《えりくび》を摑《つか》まれながら、カテリーナは会話に割って入った。咎《とが》めるようなフランチェスコの視線も気にならない。これがひょっとして、〝奴《やつ》ら〟の……

「枢機卿として命じます。カンビオ艦長、そちらで起こっていることを、ただちに、かつ正確に報告なさい！」

〈ち、地上で変化があります〉

相変わらず、音声は激しい動揺《どうよう》を伝えてくる。しかし、それでも幾分《いくぶん》か聞き取り易《やす》い声で、カンビオ大佐《たいさ》は恐《おそ》るべき事実を報告した。

〈ち、地上の第六旅団《ユスティニアヌス》、ならびに交戦中だった市警軍部隊が消滅《しょうめつ》しています！　〝壊滅《かいめつ》〟ではありません。〝消滅〟です……地上には、何も残っていません！〉


「あ……」

奔騰《ほんとう》する光の渦《うず》が消え去って随分《ずいぶん》と長い時間が経《た》ってからも、エステルは声帯を動かすことができなかった。

立体映像《ホログラム》が映し出した平野は醜《みにく》く焼け爛《ただ》れ、確かに最前までそこに存在していたはずの数千の命と最新鋭《さいしんえい》の兵器は、もはや灰と塵《ちり》と化して焼けた大地の上で沈黙《ちんもく》している。全《すべ》てが死んでいた。死に絶えていた。

「これが〝嘆《なげ》きの星〟――俺《おれ》の切り札だ」

一瞬《いっしゅん》と呼ぶには短過ぎる時間がもたらした死と破壊を前に、ジュラは満足とも慨嘆《がいたん》ともつかぬ複雑な表情で囁《ささや》いた。

〝嘆きの星〟――ロストテクノロジーの粋《すい》を集めたこの自由電子レーザー照射衛星は、低衛星軌道《きどう》上を秒速四千メートルで周回し、毎秒二十回のエネルギーパルス発振《はっしん》によるレーザーを発射する。そのエネルギー総量は約八百ギガジュール——これは、ほぼ百万トンの高性能爆薬《ばくやく》を一度に爆発させるのに匹敵《ひってき》する。四、五回の射爆で、ローマすら消し炭に変えることができるだろう。

「…………」

瞬《まばた》きすることすら忘れ、少女は食い入るように映像を見つめている。その震《ふる》える肩《かた》が、わななく声を押《お》し出すまで、少なからざる時間が必要だった。

「どうして……」

「うん？」

小さく呟《つぶや》いた少女に優《やさ》しくジュラは聞き返してやった。きっとあげた瞳《ひとみ》に涙《なみだ》を溜《た》めて、エステルは繰《く》り返した。

「どうして、あなたはこんなことをするの？　街の人たちや司教さまたちを殺しただけではまだ足りないの？　どうしてこんなにたくさんの人をあなたは殺すの？　殺したいの？」

「別に殺したいわけではない。俺は殺戮《さつりく》を楽しむほど趣味《しゅみ》は悪くないよ」

「だ、だったら、なぜ！　なぜ、こんなことを⁉」

「生きるためだ——生き残るためだ」

「生きる……？」

意外な台詞《せりふ》にエステルの声が詰《つ》まった。当惑《とうわく》したように、対面の吸血鬼《ヴァンパイア》を見返している。ジュラは辛抱強《しんぼうづよ》く続けた。

「そうだ、生きるためだ……一つ尋《たず》ねよう、エステル。君はなぜ私と戦った？　君やパルチザンが何度も私を殺そうとしたのはなぜだ？」

「それは、そうしないといけなかったからです」

自分はどうして、こんな呪《のろ》われた怪物《かいぶつ》と会話しているのだろう？

瞳《ひとみ》はそう不思議がっていたが、それでも生真面目《きまじめ》に少女は答えた。

「あなたとあなたの手下たちは、何の罪もない人たちを大勢、殺し続けていました。街は荒《あ》れ果て、多くの子どもが飢《う》えて死に、老人が凍死《とうし》してゆく……放《ほう》っておけなかった。どんなにひどい人でも、殺すことが罪だってことはわかっています。でも、私は放っておけなかった。私たちが生きるために、私は……」

はっと息を呑《の》む音は、ジュラの耳まで聞こえた。

「……答えは出たようだな」

少しだけ寂《さび》しげに笑うと、ジュラは立ち上がった。外は既《すで》に闇《やみ》の帳《とばり》が下りている。手ずからテラスに面した窓を開け放ちながら、貴公子は少女をじっと見据《みす》えた。

「仮に我ら長生種《メトセラ》が短生種《テラン》に……教皇庁《ヴァチカン》とやらいう狂信者《きょうしんしゃ》どもに捕《と》らえられたとしよう。銀の針や白木の杭《くい》にさいなまれながら、我らは必死で命乞《いのちご》いする。〝お願いだ、もうやめてくれ〟〝頼《たの》むから、妻と息子《むすこ》の命だけは助けてくれ〟……君たちは、やめるか？　ノーだ。そして、おそらくそれはとても正しいことだ」

「で、でも……それでも！」

「聞きたまえ、シスター・エステル。耳を塞《ふさ》ぐな。目を閉じてはならん。これは生存競争だ。我々と君たち、長生種《メトセラ》と短生種《テラン》、吸血鬼《ヴァンパイア》と人間……いや、下らぬ呼び方などどうでもいい。だが、ここにあるのは確かな生存競争だ。二つの種族の存亡を争う、純粋《じゅんすい》な闘争《とうそう》なのだ。そこに残るのは勝利と敗北だけだ。〝共存〟などという単語は愚者《ぐしゃ》の夢の中にしか存在せぬ。そのことを、俺《おれ》はよく知っている」

脅《おび》えたように息を呑《の》む少女に冷然と告げると、ジュラはそれまで慎《つつ》ましく沈黙《ちんもく》を守っていたディートリッヒの方を振《ふ》り返った。

「第二射、発射準備だ。目標座標は北緯《ほくい》四一度五三分、東経一二度二九分――ローマ市中央部」

「了解《りょうかい》しました。電力の再充填《じゅうてん》に約十分かかります」

短生種《テラン》の青年は、美貌《びぼう》に感情の一片も浮《う》かべず報告した。それに軽く頷《うなず》いてから、再びジュラはエステルに向き直った。

「ああ、それとシスター、君に言っておかねばならぬことがある……俺は君に嘘《うそ》を言った」

黙《だま》っていてやることこそ慈悲《じひ》だということはジュラにもわかっていたが、同時に、このまま黙っていることは、この優《やさ》しいが勇敢《ゆうかん》な少女に対してフェアではないことも知っていた。

短生種《テラン》の小娘《こむすめ》ごときに、長生種《メトセラ》である彼がフェアなどという概念《がいねん》を持つのはとても奇妙《きみよう》なことだったのだが、そのことに気づかぬまま、ジュラは隠《かく》していた事実を告げた。

「今朝方《けさ》に捕《と》らえた君の仲間たち、パルチザンとあの教皇庁《ヴァチカン》の神父はもうこの世にいない——さっき、全員処刑《しよけい》させた」

II

「よし、降りろ！」

突《つ》き飛ばされるようにしてアベルが車から降ろされたとき、既《すで》にあたりは真っ暗だった。

遠くに見える街の灯が、冷たい夜気の中でうそ寒げに瞬《また》いている。一応、両肩《かた》の銃創《じゆうそう》には包帯が巻かれているとは言え、単なる応急処置以上のものではない。今にも膝《ひざ》が折れそうになるのを必死で堪《こら》えながら、アベルは周囲を見回した。

「ここは……空港ですか？」

朦朧《もうろう》と霞《かす》んだ視界の中に、土を突き固めただけの広い滑走路《かつそうろ》と無骨なコンクリート造りの管《かん》制塔《せいとう》が見える。ずっと向こうには偵察《ていさつ》用の複葉機が駐機《ちゆうき》していたし、二つの月が浮《う》かぶ夜空に不吉な黒影を浮かべているのは大型の軍用飛行船だ。イシュトヴァーンに民間空港はなかったから、ここは軍の飛行場だろう。確か、西街区《ブダ》でもかなりはずれに位置する場所のはずだ。しかし、なんでまた、こんなところに連れてこられたのか？

「よう、変わったところで会うなあ、神父」

遠くから、下卑《げび》たダミ声が聞こえた。

振《ふ》り返れば、できれば二度と見たくはなかった魚顔が、管制塔の方から、さも嬉《うれ》しげに歩いてくる。その後ろで、市警軍兵士たちに小突《こづ》かれながら進んでくるのは、百人近い男女たちだ。いずれも、手には鎖《くさり》、足には足枷《あしかせ》をはめられ、着衣はぼろぼろだ。しかもその半数以上はあちこち負傷している。

「ようし、そっちに引いてある線の向こうに入れ、パルチザンども！　神父、てめえもだ！」

拘束《こうそく》されたままの男女を滑走路の端《はし》、あらかじめ引いてあった白線の向こうに追いやって、ラドカーンは怒鳴《どな》った。その手に振り回しているのは、小型の槓桿装塡式石弓《レバーアクション・クロスボウ》――エステルの使っていた物だ。

「これから、略式だが貴様らの裁判を行う。裁判官は俺様《おれさま》。検事も俺様。弁護人は無しだ」

ここに来るまでの間に、相当の虐待《ぎゃくたい》を受けたのだろう。霜《しも》の降りた地面にへたりこんだパルチザンたちは、声も出せない。彼らの代わりに、アベルは弱々しい声で反駁《はんばく》した。

「裁判というなら、我々の罪状は？」

「市民に対する殺人・強盗《ごうとう》・恐喝《きょうかつ》・放火およびイシュトヴァーン市への反逆罪だ。判決は……死刑《しけい》！」

物見高くやりとりを見守っていた兵士たちの間から、下卑《げび》た高笑いが起こった。甲高《かんだか》い指笛や卑猥《ひわい》な雑言《ぞうごん》が捕虜《ほりょ》たちに投げつけられる。一方、パルチザン側は力なく呻《うめ》いただけだ。

「本当なら、昨日殺した司教どもみたいにゆっくりなぶり殺してやりてえんだが、生憎《あいにく》、俺《おれ》たちも忙《いそが》しい。全員、まとめて銃殺刑《じゆうさつ》だ……あいつでな」

そう言ってラドカーンが顎《あご》をしゃくった先は、空港上空に浮《う》かんでいた黒い飛行船だった。大きな気嚢《きのう》の下の船底には、大型の機関砲《きかんほう》がずらりと並んでいる。ラドカーンが大きく腕《うで》を振《ふ》ると、艦橋《かんきょう》の方から合図のサーチライトがちかちかと瞬《またた》いた。

「あれは我が軍が誇《ほこ》る空中戦艦〝龍騎士《シャールカーニュ》〟だ。これから、諸君にはあの艦の地上攻撃《こうげき》訓練の的《まと》になってもらおう。もちろん、逃《に》げ回るのは自由だが、滑走路《かっそうろ》の方まで逃げ込まれても面倒《めんどう》だからな。その白線からこっちに来るのは禁止だ。違反《いはん》した場合は、俺たちが射殺する」

ラドカーンの目は、ぼってりぶ厚い瞼《まぶた》の下で飢《う》えたような輝《かがや》きに爛《ただ》れていた。手にした石弓を気に入らない玩具《おもちゃ》のようにいじくり回しながら、唇《くちびる》を捲《めく》りあげる。

「せいぜい、俺たちを楽しませてくんな、神父さん。昨日のお仲間みたいにな」

「……司教様たちを殺したのはあなたですか、大佐《たいさ》」

「けけっ、楽しかったぜえ。野郎《やろう》は全員、手足ぶったぎって犬に喰《く》わせてやった。尼《あま》さんたちは、切り刻みながら犯してやった。お高くとまってても、女にはかわりねえわな……ヴィテーズなんて特に美味《うま》かったぜえ。最高だった。ここにいる三十人ぐらいでいれかわりたちかわり、楽しんでやった」

「…………」

嚙《か》み締《し》められたアベルの唇が真っ白に染まった。何かに堪《た》えるように、銀色の頭が深く深く俯《うつむ》く。その肩《かた》が微《かす》かに震《ふる》えているのを、ラドカーンは満足とともに眺《なが》めやった——実に気分がいい。

「お前たちとも色々遊んでやりたいんだが、生憎とこっちも忙しい身でな。ま、悪く思うな……じゃあ、そろそろ始めようかい」

「まだ、始めていなかったのか、大佐」

背中からかかった平板な声は、ラドカーンの興を殺《そ》ぐには十分すぎるほど冷ややかだった。事実、魚顔の巨漢《きょかん》はむっとしたように振り返った。

「こんなところまで何しにきやがった、イクス少佐？」

「巡察《じゅんさつ》だ……ジュラ様の御命令《ごめいれい》で空港内の高射砲部隊の勤務状況《じょうきょう》をチェックにきたついでに、処刑を見学に来た」

注がれる険悪な視線にも眉《まゆ》一筋動かすことなく、トレス・イクス少佐は答えた。コートの裾《すそ》をはためかせながら機械的な歩調で近づいてきた若い士官は、まるで寒さを感じていないような顔で、顎《あご》をしゃくった。

「処刑《しょけい》命令の通達があって一時間以上が経過している。いったい、何をもたついていた？」

「うるせえ、どうせこっちは暇《ひま》なんだ。少しぐらい遊ばせやがれ」

うるさい奴《やつ》が来た——生肉の塊《かたまり》を目の前で取り上げられたブルドッグみたいな顔で、ラドカーンはそっぽを向いた。

「よし、さっさと片づけるぞ！〝龍騎士《シャールカーニュ》〟に命令を出せ！」

不機嫌《ふきげん》を絵に描《か》いたような上官に一喝《いっかつ》され、兵士の一人が慌《あわ》てて背中に担《かつ》いでいた無線機のスイッチを入れた。マイクに向かってひとしきり怒鳴《どな》ると、それに応《こた》えるかのように、上空のエンジン音が高まる。

「おらおら、とっとと逃《に》げろ、パルチザンども！　固まってたら、訓練にならんだろうが！」

下品な声とともにラドカーンは手にした石弓の引き金を引いた。太矢《クオレル》がアベルの足下に突《つ》き立つ。それを合図に高度を下げた飛行船の船底で、あたかも鎌首《かまくび》をもたげる毒蛇《どくじゃ》の群れのように、ガトリング砲《ほう》が旋回《せんかい》を始めた。その不吉《ふきつ》な動きに恐怖《きょうふ》したのか、それまで力なく頭上を見上げていたパルチザンたちが、最後の力をふりしぼるようにして、いっせいに走り始める。

「はっはあっ！　逃げろ逃げろ、虫ケラが！」

ラドカーンの哄笑《こうしょう》は誰《だれ》の耳にも届かなかった。おりしも、飛行船のガトリング砲が火蓋《ひぶた》を切ったためである。

悪竜《あくりゅう》の叫喚《きょうかん》にも似た発砲音とともに、地面に土煙《つちけむり》の幕が立つ。逃げるパルチザンの最後尾《さいこうび》すれすれをかすめて、数十発の機関銃弾《きかんじゅうだん》は凍《こお》った大地に爪痕《つめあと》を残した。

「けっ！　〝龍騎士《シャールカーニュ》〟の奴《やつ》ら、遊んでやがるな」

飛行船を見上げ、ラドカーンはもう一度せせら笑った。もはや必死で逃げ惑《まど》うパルチザンたちに秩序《ちつじょ》の欠片《かけら》もなく、闘志《とうし》の片鱗《へんりん》も窺《うかが》えない。仲間をおしのけ、蹴倒《けたお》し、ただしゃにむに死神の顎《あぎと》から逃《のが》れようとしている。その最後尾に、ガトリング砲は黒々とした口腔《こうこう》を向けた。

「頑張《がんば》って……立つんです、イグナーツさん！」

最後尾にいたのは、うずくまった大男とのっぽの神父の二人組だった。銃弾が足をかすめたらしい大男に、のっぽの神父が肩《かた》を貸して立ち上がらせようとしている。だが、二人とも焦《あせ》るばかりで、ろくに体は動いていない。

「例の神父だ……しっかり狙《ねら》って撃《う》てと伝えろ」

着弾の瞬間《しゅんかん》を逃すまいと双眼鏡《そうがんきょう》をのぞきながら、ラドカーンは舌なめずりした。再び爆音《ばくおん》が響《ひび》き渡《わた》り、大地が裂《さ》けた。滑走路《かっそうろ》の脇《わき》にあがった土煙は、今度は獲物《えもの》に襲《おそ》いかかる鮫《さめ》の背鰭《せびれ》のように、神父めがけて一直線に突《つ》き進んでいった。

「……やった！」

接近してくる銃弾の群れに気づいた神父は、大男とともに必死で身をかわそうとする。が、到底《とうてい》間に合わない。吹《ふ》き上がる土煙に飲み込まれた二人の姿に、ラドカーンと兵士たちが歓声《かんせい》をあげた瞬間《しゅんかん》――

　突然《とつぜん》、周囲が明るくなった。

「な、なんだっ⁉」

　一斉《いっせい》に顔をあげた彼らの瞳《ひとみ》に映ったのは夜空に輝《かがや》く巨大《きょだい》な光球だった。それが〝龍騎士《シャールカーニュ》〟の舷側《げんそく》から噴《ふ》きあがった炎《ほのお》だと悟《さと》ったときには、遥《はる》か上空から飛来した二発目の砲弾《ほうだん》が、今度はヘリウムガスの詰《つ》まった気嚢《きのう》を貫《つらぬ》き、その下の艦体《かんたい》そのものを串刺《くしざ》しにしている。

「シャ、〝龍騎士《シャールカーニュ》〟が……！」

　耳を聾《ろう》する爆音《ばくおん》とともに真っ二つにへし折れた飛行船は、炎の柱と化して夜空を墜《お》ちていった。奇妙《きみょう》に長い墜落《ついらく》の後、飛行場の側《そば》にあった小高い丘《おか》に叩《たた》き付けられ、再び大音響《だいおんきょう》をあげて爆散する。

「何が起こった⁉　いったい何が……あ、あれは！」

　生体強化された視力が夜空に浮《う》かんだそれを捉《とら》えた瞬間、ラドカーンの声は裏返っていた。

「く、空中戦艦……？」

　はるかな高みから、あたかも戦場を馳《は》せる戦乙女《いくさおとめ》のようなスピードで急降下してくる純白の影《かげ》は、信じられぬほど巨大な飛行船だった。優美な曲線で構成された船体は、およそラドカーンが見てきたどんな飛行船よりも美しく、瀟洒《しょうしゃ》ですらある。だが、純白の船体に血の色で染め抜《ぬ》かれたローマ十字と『Arcunum cella ex dono dei《教皇庁国務聖省特務分室》』の文字は――

「ヴァ、ヴァチカン！　ヴァチカンの空中戦艦！」

〈こち……教皇庁《ヴァチカン》国務聖省特務分室所属……〝アイアンメイデンII〟……〉

耳障《みみざわ》りなノイズとともに、無線機が女の声で喋《しゃべ》り始めたのはそのときだった。

〈こちらは教皇庁《ヴァチカン》国務聖省特務分室所属空中戦艦〝アイアンメイデンII〟。あたくしは本艦の艦長シスター・ケイトです――地上のイシュトヴァーン市警軍の皆《みな》さんに警告します。当空港はただいまをもちまして、あたくしが武力制圧いたしました。皆さんは、可及的速《かきゆうてきすみ》やかに武装を解除して降伏《こうふく》なさるように。繰《く》り返します。ただちに武器をお捨てなさい！〉

穏《おだ》やかな声で告げられたのは穏やかならぬ内容だ。そして、それが脅《おど》しでないことを証明してみせるかのように、空中戦艦の舷側に並べられた主砲が火を噴く。夜空にルビーのような火線が走ったかと思うと、滑走路《かつそうろ》の向こうに並べられていた複葉機が、紙細工かなにかのように木《こ》っ端微塵《ぱみじん》に砕《くだ》け散った。

「た、対空砲は何をやっている!?」

なんで、こんなデカブツの接近をレーダーは感知できなかったのだ!?

疑念と憤怒《ふんぬ》と恐怖《きようふ》に惑乱《わくらん》しながらも、ラドカーンは逃《に》げ出そうとしていた無線兵の襟首《えりくび》を摑《つか》まえた。無線機に向かって大声で怒鳴《どな》る。

「高射砲《こうしやほう》部隊、何をしている！　早く、あの化け物を撃《う》ち落とせ」

「無駄《むだ》だ、大佐《たいさ》」

冷然と響《ひび》く声が、無線機に向かってがなられるラドカーンの命令を遮《さえぎ》った。

「彼らは全滅《ぜんめつ》した……生存者はいない」

「いい加減なことをヌかすな、イクス！　高射砲《ほう》は、あの通り無事……」

管制塔《かんせいとう》の向こうには、細長い煙突《えんとつ》のような影《かげ》が見える。そちらを石弓で指しながら喚《わめ》いていたラドカーンだったが、ふと喉首《のどくび》を鷲摑《わしづか》みにされたように黙《だま》りこんだ。

この男はさっき何と言った？

〝高射砲部隊の勤務状況《じょうきょう》をチェックしにきた〟——そう言ったのではなかったか？

「イクス少佐《しょうさ》、お、お前はまさか……」

「パルチザンだ！　パルチザンどもを人質にとれ！」

固まったラドカーンの横で騒《さわ》いでいた兵士たちが、動いた。身を隠《かく》す場所とてないこの場で、上空からの砲撃《ほうげき》をかわすには肉の盾《たて》を使うしかないことに気づいたらしい。手近にうずくまっていたアベルの方へ走り寄ると、その銀髪《ぎんぱつ》を摑んで引き起こそうとする。

「おとなしくしろ、神父！　てめえには人質に……」

喚いていた兵士が急に静かになった。声のかわりに口からこぼれた真《ま》っ赤《か》な鮮血《せんけつ》に、不思議そうにわが身を見下ろす。

「あ？」

胸に空《あ》いていた拳《こぶし》ほどもある穴が、銃弾《じゅうだん》によるものだと認識できたかどうか。噴《ふ》きこぼした血に染まりながら倒《たお》れたときには、彼は既《すで》に死者の列に加わっていた。

「〝降伏《こうふく》しろ〟──そう言われたはずだが？」

巨大《きょだい》な拳銃《けんじゅう》を両手にかまえた男が、相変わらず平板な声で呟《つぶや》いた。たった今、仲間を射殺してのけながら、その顔は冷静そのものだ。

「イクス少佐、て、てめえはっ！」

「……〇・四四秒遅《おそ》い」

視線は微動《びどう》だにさせず、トレスの銃口だけが動いた。火薬の炸裂音《さくれつおん》が轟《とどろ》いたそのときには、ラドカーンは手にした石弓の引き金さえ引けぬままに、腹部を押《お》さえて倒れていた。

「常駐《じょうちゅう》　戦術プログラムを殲滅戦《ジエノサイド》モードで起動──戦闘開始《コンバット・オープン》」

処刑《しょけい》宣告が淡々《たんたん》と呟《つぶや》かれると同時に、何が起こったかわからぬままの兵士が四人、上半身を血煙《ちけむり》に変えて吹《ふ》き飛んでいる。かろうじて銃口を揚《あ》げた下士官の腕《うで》が、機関銃ごと綺麗《きれい》に飛散した。

「イ、イクス少佐！　てめえ、裏切るつもりか！」

「否定《ネガテイヴ》だ。最初から、お前たちの仲間になった覚えはない」

「なんだと!?　それならこれは──」

なおも何か叫《さけ》ぼうとしていた士官の口腔《こうこう》にたたき込まれた銃弾《じゅうだん》は、正確に口蓋《こうがい》から延髄《えんずい》を破《は》砕《さい》して貫通《かんつう》した。血と脳漿《のうしょう》を気前よくばら撒《ま》いた首無し死体が地面に叩《たた》き付けられる。

「降伏《こうふく》を勧告《かんこく》する」

空《から》になった弾倉《だんそう》をグリップから排出《はいしゅつ》しながら、トレスは僅《わず》かに生き残った兵士たちを冷然と睥睨《へいげい》した。

「お前たちは聖マーチャーシュ教会襲撃《しゅうげき》の実行犯だ。聖天使城《サンタンジェロ》で色々と証言してもらわねばならない――降伏すれば、命だけは保証しよう」

「聖天使城《サンタンジェロ》……ってことは、貴様、教皇庁《ヴァチカン》のイヌかあっ！」

「あ、危ない、トレス君！」

それまで呆然《ぼうぜん》と事態を見守っていたアベルが悲鳴のような声をあげた。

トレスの背後で飛び起きた影《かげ》がある――ラドカーンだ。十三ミリ弾の直撃に堪《た》えた強化兵士の手には倒《たお》れた死体の握《にぎ》っていた機関銃が構えられている。視界の端《はし》にすら触《ふ》れぬ真後ろ、しかも、トレスの銃には弾倉が入っていない。

「くたばれ、イクス！」

厚布を裂《さ》くような銃声の連続とともに、振《ふ》り返ったトレスの体は硝煙《しょうえん》に包まれた。数十発もの機関銃弾がフルオートで浴びせかけられたのだ。すさまじい勢いで土煙《つちけむり》があがり、無残に裂けた軍服が風に舞《ま》う。

「ひゃはあっ！　ざまみやがれ、この裏切者が！」

ようやく全弾撃《う》ち尽《つ》くした機関銃を放《ほう》り捨て、ラドカーンが血まみれの口腔《こうこう》で叫《さけ》んだ。トレスの影を包んだ土煙と硝煙の靄《もや》に向かって憎々《にくにく》しげに唾《つば》を吐《は》きかける。

「この俺様《おれさま》が教皇庁《ヴァチカン》のイヌなんぞに殺《や》られると思ったかよ！」

「否定《ネガティヴ》だ——ラドカーン大佐《たいさ》、お前を殺すつもりはない。お前は生かしたままローマに連行する」

白い硝煙の向こうから響《ひび》いた声は、凍結《とうけつ》した鋼鉄のように冷たかった。

ぎょっとそちらを見たラドカーンの眼窩《がんか》がこぼれんばかりに見開かれた。夜風が土煙をさらっていったとき、その向こうに影が立っていた。数十発もの銃弾の直撃を受けた軍用コートは既《すで》に襤褸《ぼろ》と化し、無数の弾痕《だんこん》を穿《うが》たれた地面は、表土さえ剝《は》ぎ取られて、地獄《じごく》の入り口のようなありさまだ。

にも拘《かかわ》らず、十字に組んだ両腕《うで》で顔を庇《かば》った男だけは、あたかも死を知らぬ者のようにその場に屹立《きつりつ》していた。

「ば、馬鹿《ばか》な……」

思わず後ずさったラドカーンの喉《のど》がぐびりと動いた。

「こいつ、人間じゃねえ……」

「〝人間じゃない〟？　肯定《ポジティヴ》だ——確かに俺は人間ではない」

まるで何事もなかったかのように、トレスは腕を解いた。あれだけの銃弾を受けたにも拘らず、その体からは一滴《いってき》の血もこぼれてはいない。微《かす》かに裂けた高分子構造の人工皮膚《ひふ》と、その間から覗《のぞ》く形状記憶《きおく》プラスチックの人造筋肉に、それを貫通《かんつう》できなかった銃弾《じゅうだん》が無残にへしゃげて貼《は》りついているだけだ。

若い士官――いや、それを偽《いつわ》っていた殺人人形《キリングドール》は平板な機械音声で名乗った。

「俺《おれ》の名は教皇庁《ヴァチカン》国務聖省特務分室《AX》、派遣執行官《はけんしっこうかん》HC―ⅢX《ハー・ケー・トレス・イクス》、コード〝ガンスリンガー〟。そして、俺は人《マン》ではない――機械《マシーン》だ」

「……く、くっそおおおおおおっ！」

猛々《たけだけ》しい咆哮《ほうこう》が噴《ふ》き上がった。

逞《たくま》しい身をかがめたラドカーンが、地響《じひび》きをあげて突進《とっしん》したのだ。大型装甲車《そうこうしゃ》にも匹敵《ひってき》する強化兵士の疾走《しっそう》に、大地が揺《ゆ》れる。

「くたばれ、この人形野郎《やろう》！」

「〇・二五秒遅《おそ》い」

岩をも粉砕《ふんさい》する拳《こぶし》が壁《かべ》のように眼前に迫《せま》るのを見ながら、トレスの声は冷静そのものだった。

緩《ゆる》やかな袖口《そでぐち》で微《かす》かなバネの弾《はじ》ける音がしたかと思うと、飛び出した弾倉が両手に握《にぎ》るM13の銃把《じゅうは》に滑《すべ》り込んでいる。軽いステップだけで回避《かいひ》した拳が、鼓膜《こまく》が破れそうな風圧を残して行き過ぎたときには、鮮《あざ》やかに翻《ひるがえ》った銃口は、たたらを踏《ふ》んで泳いだ巨体《きょたい》を正確に照準していた。

「！」

連続する八つの銃声とともに、ラドカーンの四肢《しし》から血煙《ちけむり》があがった。

肘《ひじ》・肩《かた》・膝《ひざ》・股関節《こかんせつ》――いかに生体強化された兵士でも鍛《きた》えようのない急所を撃《う》ち抜《ぬ》かれて、巨体《きょたい》は糸の切れた操り人形のように地面に転がった。

「き、貴様、わざと……」

「言ったはずだ。お前は殺さない、ラドカーン大佐《たいさ》」

ガラス玉の瞳《ひとみ》を冷たく煌《きら》めかせると、殺人人形《キリングドール》は立つことさえままならぬ巨体に、死よりも残酷《ざんこく》な運命を宣告した。

「ここでは殺さない。お前のために、聖天使城《サンタンジェロ》の審問《しんもん》室を用意させよう。そこで、これまでやったことを全《すべ》て話してもらう……その体だと、なかなか死ねないだろうが」

蒼惶《そうこう》と青ざめた強化人間はそれきり無視して、トレスはへたりこんだままのアベルの方へと向き直った。

「戦域確保《クリア》……損害評価報告《ダメージ・リポート》を、ナイトロード神父」

「ようやく動いてくれましたか……遅《おそ》いですよ、トレス君」

戦場の支配者のように独り立つ男の顔を見上げて、アベルは呻《うめ》いてみせた。

「いつ動き始めてくれるかと、こっちは冷や冷やものでした」

「否定《ネガティヴ》――卿《けい》の行動がスケジュールを逸脱《いつだつ》し過ぎていただけだ。俺《おれ》は所期の予定通りに行動している」

「予定通り？　じゃあ……」

〈まことに残念ながら、二百秒前、〝嘆《なげ》きの星〟の発射が確認されました……〉

不吉《ふきつ》な予測に顔を強張《こわば》らせたアベルの耳に、イヤーカフスから届いたシスター・ケイトの声は硬《かた》かった。

〈カテリーナ様からの御命令《ごめいれい》です。神父トレスはパルチザンと協力して市内の制圧を、神父アベルはこのまま本艦《ほんかん》に乗船し、いかなる手段を講じても〝星〟の発射を阻止《そし》せよと！〉

III

どこからか響《ひび》いてきた鈍《にぶ》い音に、抗紫外線《こうしがいせん》ガラスがびりびりと振動《しんどう》した。一雫《ひとしずく》も啜《すす》られることなく冷めてしまったスープに細かな波紋《はもん》が走る。それまで、じっと立体映像《ホログラム》を見つめていたジュラが夢から醒《さ》めたような顔で振《ふ》り返った。

「何事だ？」

「空港の方で何かあったみたいですね」

遠くに立ち上った黄金色の火柱を見上げて、ディートリッヒは自分のコートを取り上げた。

「ちょっと調べてきましょう。すぐに戻《もど》ります」

青年が早足に広間を出ていくのを、エステルは席についたままじっと見つめていた。その頭の中には、先ほどのジュラの言葉が幾度《いくど》となく反響《はんきょう》を続けている。

〝パルチザンとあの教皇庁《ヴァチカン》の神父はもうこの世にいない〟

つまり、自分には誰《だれ》もいなくなってしまったということだ。誰も……

（あたし、どうすればいいの？）

あまりに大きすぎる衝撃《しょうげき》は実感を伴《ともな》わなかった。それよりもこのときエステルの頭にあったのは、目の前の吸血鬼《ヴァンパイア》をどうやって止めるかということだけだった。

もはや、味方は誰もいない。しかも相手は吸血鬼《ヴァンパイア》――完全武装した軍隊が百人がかりでも互《ご》角《かく》かどうかという地上最強の怪物《かいぶつ》だ。小娘《こむすめ》一人の手におえるものではない。

しかし、やらねばならなかった。

〝自分を嘆《なげ》くより、自分がやらねばならないことを考える〟――今はもういない神父が言ったことだ。そして、今、エステルがやらねばならないことは、目の前の怪物を倒《たお》すことだ。それは彼女にとって大切な者たちを奪《うば》い、そして、今またこの世界すら人間から奪おうとする者への復讐《ふくしゅう》だった。

だけど、どうやって？　どうやって、この怪物を倒す？

無意識にロザリオをまさぐりかけていたエステルの手がふと止まった。

このロザリオは銀で出来ていて、下端は鋭《するど》いエッジになっている。これで奴《やつ》の急所を一突《ひと》きすれば……

吸血鬼《ヴァンパイア》たちにとって、銀は紫外線《しがいせん》と並ぶ致命的《ちめいてき》な弱点だ。剣《けん》で心臓を貫《つらぬ》かれ、銃弾《じゅうだん》で脳を傷つけられてもなお生き延びる彼らだが、銀には猛烈《もうれつ》な拒否《きょひ》反応を示す。ちょっとした傷が命取りになりかねないほどに。

とは言え、吸血鬼《ヴァンパイア》の迅《はや》さは驚異的《きょういてき》だ。〝加速《ヘイスト》〟状態においては無論のこと、通常時さえ、その第六感と運動神経は人間の対抗《たいこう》できるものではない。一方、奴の軽い手の一振《ひとふ》りでエステルは首をへし折られ、脳髄《のうずい》を破砕《はさい》されてしまう。

どこかに隙《すき》を見つけねば。隙を……

「き、綺麗《きれい》な女性《ひと》ですね」

ともすれば震《ふる》えようとする膝《ひざ》を叱咤《しった》してエステルは立ち上がると、壁《かべ》の肖像画《しょうぞうが》の方へ歩み寄った。ロザリオは掌《てのひら》にすっぽりと隠《かく》してある。

「美しい方……あなたのご家族ですか、ハンガリア侯《こう》」

「それは妻だ」

肖像画の方に歩いてくると、ジュラは懐《なつ》かしげな顔をした。

「私がともに暮らした最後の女性だ……あらゆる面で素晴《すば》らしい女性だった」

「今はどちらに？」

「今はもう……どこにもいない」

肖像画に肌《はだ》が触《ふ》れんばかりに顔を寄せ、吸血鬼《ヴァンパイア》は答えた。エステルに背を向けたまま、かすれたような声を押《お》し出す。

「死んだ……殺された、同胞《どうほう》の手にかかって」

「……え？」

そろそろとロザリオを握《にぎ》り直していたエステルの手がふと止まった。

「同胞に殺された？　どういうことです？」

「マーリアは……妻は短生種《テラン》だった。君たちと同じ短生種《テラン》だった。それなのに、私と愛し合った彼女を教会は許さなかった。そして、ある夜……街の連中を扇動《せんどう》して彼女を殺させた！」

激しい勢いで、拳《こぶし》が壁《かべ》を打った。食い込んだ爪《つめ》が掌《てのひら》の肉を突《つ》き破っている。

「なぜだ！　なぜ、君たちは私たちをそこまで憎《にく》む！　それでも私を殺すならまだわかる。それがなぜ、何の罪もない、しかも同胞である妻を殺すことができるんだ⁉」

絵の中の美女は相変わらず優《やさ》しい笑《え》みを溜《た》めて、夫を見下ろしていた。本当に見事《みごと》な絵で、彼女が数十年前に亡《な》くなっていることを想像するのは難しい。だからこそ、彼女がこの世にいないことを知っている者にとっては辛《つら》い絵なのだろう。昏《くら》い呪詛《じゅそ》の声は、なおも続く。

「私は復讐《ふくしゅう》したいと思った。この街の人間だけじゃない。全《すべ》ての短生種《テラン》とあの教皇庁《ヴァチカン》——妻を殺した奴《やつ》らに、祖先と妻が遺《のこ》した遺産《いさん》を使って復讐してやりたかった！」

「遺産？　遺産って？」

「〝嘆《なげ》きの星〟だ……壊《こわ》れていたあれのコントロールシステムを復旧しようとしてくれたのは、妻だった。彼女は、もともと私が〝星〟を再使用するために招いた電脳調律師《プログラマー》だった」

〝大災厄《アルマゲドン》〟以前の遺産の中でも、電動知性《コンピューター》はもっとも謎《なぞ》の多いアイテムだ。膨大《ぼうだい》な数字の羅列《られつ》で翻訳《ほんやく》されるその思考を解読できるのは、電脳調律師《プログラマー》と呼ばれる特殊《とくしゅ》技能者だけである。

「〝星〟は君が考えているような兵器じゃない。あれは本来、私の祖先が〝大災厄《アルマゲドン》〟後に設置した電力中継《ちゅうけい》衛星なんだ。月面にある太陽発電モジュールからマイクロウェーブの形で電力を受け取り、それをレーザー光として地上に送電する……これを復旧できれば、この貧しい街は、いや、多くの街が一挙に甦《よみがえ》るはずだった。だが、教会は私と妻が大量殺戮《さつりく》兵器を作っていると邪推《じゃすい》したらしい。だから、妻を殺した」

ジュラの説明は、エステルにとって理解の範疇《はんちゅう》を超《こ》えたものであったが、ただ一つ分かったのは、目の前にいる吸血鬼《ヴァンパイア》が、かつてはこの街を、人々の生活をより良くしようと努力していたことであった。俄《にわか》には信じ難《がた》い話だった。内容もさることながら、人々を恐怖《きょうふ》で支配してきたこの怪物《かいぶつ》が、人々のために尽《つ》くしていたなどとは！

「妻の死後、私一人では、もはやシステムの復旧は不可能だった。復讐しようにも、教会を襲《おそ》うなどしては教皇庁《ヴァチカン》の思うつぼだ。長い間、私は絶望の中で無為《むい》に過ごすしかなかった……そんなときだ。彼らが私に接触《せっしょく》してきたのは」

「彼ら？」

「システム復旧に手を貸してくれた者たちだ。〝騎士団《オルデン》〟と名乗っていたが、それがなんなのかはよくは知らない。短生種《テラン》もいれば長生種《メトセラ》もいた。そして、教皇庁《ヴァチカン》と戦う者と名乗った……

それで十分だった。彼らの力を借りて、私は〝嘆《なげ》きの星〟をこの手に収めた。ディートリッヒは、その〝騎士団《オルデン》〟から派遣《はけん》されてきた電脳調律師《プログラマー》だ」

「……………」

ともすれば汗《あせ》で滑《すべ》りそうになるロザリオを手にしたまま、エステルは混乱する思考を鎮《しず》めようとした。妻の復讐《ふくしゅう》のために教皇庁《ヴァチカン》に戦いを挑《いど》んだこの吸血鬼《ヴァンパイア》と、家族の復讐のために今からこいつを殺そうとしている自分とにいかなる差があるだろう?

じりじりと目の前の背中に近づきながら、エステルは食いしばった歯の間から声を押《お》し出した。

「全《すべ》ては復讐のため──そうあなたはおっしゃるのですね、ハンガリア侯《こう》」

「そうだ……私は彼女のために短生種《テラン》に戦いを挑んだ。私は短生種《テラン》に復讐したかった……」

「……………」

ならば、自分のこれも復讐のためだ。

エステルはそっとロザリオを掲《かか》げた。話に夢中のジュラは、背後にはまったく注意を払《はら》っていない。ナイフのように、両手を使って頭上に振《ふ》り上げる。これを首筋の柔《やわ》らかい部分に振り降ろせば、こいつを屠《ほふ》れる。息すら止めて、エステルは手にした凶器《きょうき》を、首筋へと──

「……しかし、今にして思えば、それは間違《まちが》いだったのかもしれん」

その一瞬《いっしゅん》、エステルの手が宙で止まった。そのまま突《つ》き降ろしていれば、ロザリオはジュラのうなじを深くえぐっていたはずだ。だが、ジュラの声に含《ふく》まれた深い感情——悲嘆《ひたん》とも、悔恨《かいこん》ともつかぬ何かが、必殺の一撃《いちげき》を、一瞬だけ少女に躊躇《ためら》わせた。そして、それは致命的《ちめいてき》な失敗だった。

刹那《せつな》、ふとジュラが背後を振り返ったのだ。エステルが頭上に掲げ持つ鋭《するど》い輝《かがや》きを灰色の瞳《ひとみ》が捉《とら》える。瞳に浮《う》かんだ驚愕《きょうがく》が、嚇怒《かくど》に変わる瞬間を、エステルは見たような気がした。

「くっ！」

ようやくロザリオを振り降ろしたとき、完全にエステルの姿勢は乱れていた。これでは、相手が人間でも殺せなかったろう。ましてや相手は怪物《かいぶつ》——吸血鬼《ヴァンパイア》だ。

ジュラが眼前にかざした掌《てのひら》に、ロザリオはがっちりと受け止められていた。その先端《せんたん》は、僅《わず》かに数ミリ、掌の肉をえぐっているだけだ。だが、そこからは鼻の曲がりそうな悪臭《あくしゅう》とともに、うっすらと煙《けむり》がたちのぼっている。

「この短生種《テラン》があっ！」

激しい憤怒《ふんぬ》とともに振られた腕《うで》に、あっけなくエステルの体は宙に舞《ま》っていた。そのまま、壁《かべ》に叩《たた》きつけられ、バウンドしながら床《ゆか》に転がる。

「け、けふっ！」

背骨をへし折られたような衝撃《しょうげき》に息がつまる。それでも必死に上半身を起こして肺に空気を取り入れようとするが、その髪《かみ》をジュラが鷲摑《わしづか》みにした。

もがく少女を宙吊《ちゆうづ》りにしたまま、ジュラは長い牙《きば》を剝《む》いた。その顔には先ほどまでの優《やさ》しさは欠片《かけら》も残ってはいない。ここにいるのは地上最強の戦闘《せんとう》生物、闇《やみ》から生まれた怪物《かいぶつ》だった。

「俺《おれ》を油断させようとでも思ったか、薄汚《うすぎたな》いサルが！　他人《ひと》の思い出に土足で踏《ふ》み込んでくるとはな！」

必死に抗《あらが》う少女の顎《あご》を、鋼《はがね》のような指がつまんだ。真っ白な喉《のど》があらわになり、青白い血管が光に照らされる。裂《さ》けた唇《くちびる》の間から、哀《かな》しみとも歓《よろこ》びともつかぬ唸《うな》り声を漏《も》らすと、吸血鬼《ヴァンパイア》はエステルの喉に牙を埋《うず》めた——

テラスに面した抗紫外線《こうしがいせん》ガラスの窓が勢いよく割れたのはそのときだった。

「エステルさん！」

振《ふ》り向く間もない。若い男の声が響《ひび》くと同時に、今まさに柔肌《やわはだ》に牙を突《つ》き立てようとしていたジュラの肩《かた》を、飛来した弾丸《だんがん》が撃《う》ち抜《ぬ》いた。

「短生種《テラン》！」

Ⅳ

銀の銃弾《じゆうだん》を喰《く》らって倒《たお》れた吸血鬼《ヴァンパイア》はそのまま放《ほう》っておいて、アベルはエステルのもとに駆《か》け寄った。苦しげな息をしているのを抱《だ》き起こす。

「だいじょうぶでしたか、エステルさん⁉」

「あ……神父さま……」

少女は眩《まぶ》しげに神父の顔を見上げた。

「生きて……生きてらっしゃったんですね」

「はい。ですが、その話は後で。すぐにここから逃《に》げるんです！」

「だ、駄目《だめ》です！　今すぐ〝星〟を止めないと、ローマが滅《ほろ》びます！」

「ローマが？　どういうことです？」

「それは……し、神父さま、後ろ！」

アベルは振り返らなかった。腕《うで》の中で見開かれた少女の青い瞳《ひとみ》。そこに映った影《かげ》は――

エステルを抱《かか》えたまま、アベルは自分から横転した。刹那《せつな》、飛来した光に、僧衣《カソック》の裾《すそ》が甲高《かんだか》い音をあげて裂ける。光はそのまま軌道《きどう》を変えて、転がったアベルを襲《おそ》った。二転、三転――壁際《かべぎわ》まで追いつめられてようやく立ち上がったときには、僧衣《カソック》の肩はばっくりと切れ、柘榴《ざくろ》のように弾《は》ぜた肩の肉から赤いものが噴《ふ》き出している。

「馬鹿《ばか》な……」

だが、その傷の痛みすら気づかぬげに、アベルは呻《うめ》いた。眼鏡《めがね》がなければ、眼球がこぼれ落ちていたに違《ちが》いない。割れた窓から差し込む月光の中にうっそりと立つ影がある。

「そんな馬鹿な！　あれだけの銀を喰らっているのに！」

「短生種（テラン）め……」

 地獄の陰火のような光を瞳に灯して、ジュラは吐き捨てた。その拳には、手の骨が変形したものらしい骨剣《ブレイド》が皮膚《ひふ》を破って生えている。ダークスーツのあちこちに銃痕《じゅうこん》が穿《うが》たれ、赤黒い液体が滴《したた》っている。銃創の周囲の皮膚が黒く染まっているのは、長生種《メトセラ》にとっては猛毒《もうどく》の金属分子——銀が肉体を冒《おか》しているからだ。だが、吸血鬼《ヴァンパイア》はまるで痛みを感じていないかのように骨剣《ブレイド》を閃《ひらめ》かせると、傷口に無造作に突《つ》き入れた。

「ひ……！」

おぞましい光景に、蒼白《そうはく》になったエステルが顔を覆《おお》った。ジュラは、毒に冒された周囲の肉ごと銃創を抉《えぐ》り取ったのだ。骨剣《ブレイド》を振《ふ》ってどす黒い肉片を捨てたとき、その顔には悽愴《せいそう》の色が浮《う》かんでいる。

「アベル・ナイトロード——教皇庁《ヴァチカン》のイヌ！　ちょうどよいところに来た。今からローマが滅《ほろ》びるところだ」

したたるような悪意とともに、ジュラはもう一方の腕《うで》を掲《かか》げた。肉の裂《さ》ける音をあげて、こちらの拳からも骨剣《ブレイド》が突き出てくる。

「ただ、貴様はそれを見れんがな！」

ジュラは二本の剣《けん》を打ち合わせた。思わず耳を蔽《おお》うような甲高《かんだか》い音が迸《ほとばし》る。そのあまりに不快な響《ひび》きに、一瞬《いっしゅん》、アベルが顔をしかめた刹那《せつな》。

「しゃあっ！」

毒蛇《どくじゃ》が喉《のど》を震《ふる》わせるような咆哮《ほうこう》とともにジュラが跳躍《ちょうやく》した。月の光よりさらに白い輝《かがや》きが、無数に分裂《ぶんれつ》しながら殺到《さっとう》する。

「っ！」

だが、そのときにはアベルの手にも回転拳銃《けんじゅう》が幻《まぼろし》のように現れている。撃鉄《げきてつ》があがるのと引き金が絞《しぼ》られるのとはほとんど同時だった。

連続する六つの銃声をジュラは避《よ》けなかった。発砲《はっぽう》の瞬間、エステルを抱《かか》えたまま横飛びに飛んだアベルの残像を突き破って、そのまま背後の壁《かべ》に激突《げきとつ》する。極めて微細《びさい》な襞《ひだ》からなる骨剣《ブレイド》は、その刃《やいば》を高速で振動《しんどう》させることができるらしい。生体素材の高周波ブレードは、忌《い》まわしい悲鳴を放ちながら、壁面《へきめん》をささくれた蜂《はち》の巣へと変えた。

「ほう、よくかわした。さすがは教皇庁《ヴァチカン》国務聖省特務分室――Ａｘの派遣執行官《はけんしっこうかん》。強化人間《チューンド》かなにかかね？」

「…………」

平然と振り返ったジュラから、一歩アベルは後ずさった。

六発の銃弾《じゅうだん》は一発も、ジュラを捉《とら》えていなかった。発生した高周波が、飛来した弾丸をことごとく塵《ちり》に変えてしまったのだ。

打ち合わされた骨剣《ブレイド》が甲高い音をたてた。十字に組んだそれの向こうで、ジュラは不気味に微笑《ほほえ》んだ。

「どうした、〝クルースニク〟？　俺《おれ》を殺して、〝嘆《なげ》きの星〟を止めるんじゃないのかね……もう、百秒もないぞ？」

テーブル上の立体映像《ホログラム》では小さな数字がカウントダウンを始めている。

〈目標座標、北緯《ホクイ》四一度五三分、東経一二度二九分、ろーま市中央部射爆《シャバク》マデアト九十秒〉

――電動知性の合成音声が、無機的に世界最大の都の死を予告した。

「来ないなら、こちらから行くぞ！」

「！」

颶風《ぐふう》と化して突進《とっしん》してくるジュラに銃口《じゅうこう》を向けかけ、アベルは躊躇《ためら》った。これでは彼は倒《たお》せない――どうする？

「こいつなら、どうです！」

突進してくるジュラに向かって投じたのは、金属製のフラスコだ。中には拳銃《けんじゅう》の弾倉《だんそう》に充塡《じゅうてん》する火薬が詰《つ》まっている。アベルは銃口をそれに向けると、躊躇《ちゅうちょ》無く引き金を絞《しぼ》った。

広間の空気を揺《ゆ》さぶる轟音《ごうおん》とともに、爆炎《ばくえん》の柱が噴《ふ》き上がった。爆発した火薬が作り出した黄金色の壁《かべ》が刃《やいば》の颶風の前に立ちふさがる。

「……やった⁉」

「カアアアアアアッ！」

異様な気合いとともに、ジュラが骨剣《ブレイド》を組み合わせた。三度《みたび》、甲高《かんだか》い異音が湧《わ》き起こる。共振《きょうしん》するそれを盾《たて》のように体の前に掲《かか》げたまま、ジュラは炎《ほのお》の壁に突《つ》っ込んだ。

「なっ⁉」

文字通り切り裂《さ》かれた炎の壁に、共振が生み出すソニックウェーブの存在を思いあたったときには既《すで》に遅《おそ》い。眼前で煌《きら》めいた白い光に、アベルの体は大きく弾《はじ》き飛ばされていた。

「ぐっ！」

壁に叩《たた》き付けられながらも、エステルを脇《わき》に突き飛ばせたのは奇跡《きせき》のようなものだった。そのかわり、左腕《うで》の感覚が完全に消えている。神経叢《そう》ごと骨が潰《つぶ》れてしまったものらしい。すぐ側《そば》に落ちた眼鏡《めがね》のレンズは、高周波の直撃《ちょくげき》に粉になるまで粉砕《ふんさい》されていた。

があああああああああっ！

だが、噴き上がった咆哮《ほうこう》はアベルのものではなかった。血の迸《ほとばし》る右腕を押《お》さえたジュラが悲鳴をあげている。その肘《ひじ》から先はない。交錯《こうさく》の瞬間《しゅんかん》に叩き込まれた数発の銃弾によってちぎれたのだ。これでは、高周波シールドも使えまい。

「…………」

神父の顔に勝ち誇《ほこ》る色はない。むしろ、奇妙《きみょう》に憐《あわ》れみさえ感じさせる目で傷ついた長生種《メトセラ》を見つめながら、アベルは引き金を引いた。白い眉間《みけん》に鮮《あざ》やかな弾痕《だんこん》が穿《うが》たれる。

「！」

低い悲鳴とともに、真《ま》っ赤《か》な飛沫《しぶき》があがった。

紫色《むらさきいろ》になった唇《くちびる》から泡《あわ》混じりの血がこぼれ、影《かげ》が崩《くず》れた。

「そ、そんな……馬鹿《ばか》な……」

「し、神父さま！」

聞き取りずらい声を漏《も》らして頽《くずお》れたのは、神父の方だった。彼の撃《う》った最後の銃弾《じゅうだん》はジュラの耳元をかすめ、絵の中の美女の眉間《みけん》を穿《うが》っている。そして、アベル自身の腹には、奇怪《きかい》な凶器《きょう》が突《つ》き刺《さ》さっていた。

肘《ひじ》から千切れたジュラの右腕《うで》——最後の瞬間《しゅんかん》に、吸血鬼《ヴァンパイア》は床《ゆか》に落ちていた己《おのれ》が腕《かいな》を蹴《け》り放《はな》ったのだ。鋭《するど》い骨剣《ブレイド》を穂先《ほさき》に飛来した槍《やり》は、見事《みごと》にアベルの腹腔《ふっこう》を背中まで貫《つらぬ》いていた。

「神父さま……神父さま！」

「……終わったな」

倒《たお》れ伏《ふ》した神父とそれに駆《か》け寄った少女を睥睨《へいげい》しながら、片腕の吸血鬼《ヴァンパイア》は冷然と告げた。すでに電動知性のカウンターは十秒を切っている。

残り七秒。

咳込《せきこ》んだアベルの口が、真紅《しんく》の血を吐《は》き出した。もはや、あれでは助かるまい。

残り五秒。

テラスの向こうではためき始めた不吉《ふきつ》なオーロラを、ジュラは万感込《ばんかんこ》めて仰《あお》ぎみた。はるかな高みを走る秒速四千メートルの〝星〟がその力を溜《た》めている。本当は、皆《みな》を幸せにするはずだった力。本当は、彼女と二人で静かに見守るはずだった光。

残り一秒。

「終わった……」

そっとジュラがため息をついた瞬間《しゅんかん》。

大気が爆発《ばくはつ》した。

V

目も眩《くら》むような閃光《せんこう》とともに、すさまじい爆発《ばくはつ》が起こった。砕《くだ》けた抗紫外線《こうしがいせん》ガラスが、広間中に飛び散る。

「な、なにが起こった⁉」

風圧に体が浮《う》かびそうになる。唸《うな》りをあげて飛んできたガラス片をたたき落としながら、ジュラはうわずった声で叫《さけ》んだ。視界が真っ白に染まり何も見えない。急激な気圧の変化に押《お》し潰《つぶ》された鼓膜《こまく》は、空気の振動《しんどう》を伝えることを拒《こば》んだ。

長生種《メトセラ》の視力をもってさえ、閃光の残像から網膜《もうまく》が回復するには幾《いく》秒かの時間を必要とした。ようやく視神経に意味のある映像が捉《とら》えられたとき、ジュラは息を呑《の》んだ。

「ぺ、東街区《ペスト》が……！」

対岸に広がる街の一部が消滅《しょうめつ》していた。市警軍本部を中心に、きれいなクレーターが出来ている。穿《うが》たれたすり鉢《ばち》状の穴にドナウの流れが渦《うず》を巻きながらそそぎ込んでゆく。

「な、〝嘆《なげ》きの星〟！」

その爆発《ばくはつ》が何を意味するか、ジュラには明らかだった。これほどの破壊力《はかいりょく》を持つ兵器は、知る限り、〝嘆きの星〟だけだ。だが、ローマに照準をあわせておいたはずが、なぜここに⁉

「馬鹿《ばか》な……照準が狂《くる》っている！」

操作盤《ばん》に記された数値をのぞき込んで、ジュラは呻《うめ》いた。ジュラと妻と〝騎士《きし》団〟が復旧した電動知性の操作盤には、いくつかの数字が刻まれていた。〝嘆きの星〟の健在を知らせる数値の数々。だが、その照射目標座標が完全にジュラの指定した値《あたい》と違《ちが》っていた。しかも、〝星〟はすでに第三射への発射準備に入りつつあるではないか！

「馬鹿な！　こんなことはありえん……ディートリッヒ！　誰《だれ》か、ディートリッヒを呼べ！」

〈お呼びですか、ハンガリア侯《こう》？〉

まるで、ジュラの声が聞こえたかのようだった。卓上《たくじょう》の立体映像《ホログラム》が一瞬《いっしゅん》ぶれると、そこに美しい若者の顔が浮《う》かび上がった。

「ディートリッヒ、貴様、どこにいる！　すぐに帰ってこい、入力数値が狂っているぞ！　このままではイシュトヴァーンが……」

〈数値が狂っている？　いいえ、閣下《かっか》。その数字は極めて正しいですよ〉

にこやかに微笑《ほほえ》んだ若者はハンガリア侯の怒声《どせい》を諭《さと》すように告げた。

〈第二射は市警軍本部。第三射で東街区中央部《ペスト》。そして、第四射は〝血の丘《ヴエールヘジエン》〟とあなたの宮殿《きゅうでん》に——僕《ぼく》のプログラムは完璧《かんぺき》です〉

「なにをふざけたことを……き、貴様、まさか⁉」

ちぎれた右腕《うで》の痛みさえ忘れたように、ジュラは呆然《ぼうぜん》と立ち尽《つ》くしたが、みるみるその顔を激情が隈《くま》どった。

「ディートリッヒ！　貴様、俺《おれ》を裏切ったな！　お、俺を利用して——」

〈あなたを利用したわけじゃない。僕が利用したのは〝嘆きの星〟です。馬鹿な化け物の一匹に、何の価値があるっていうんです？　自惚《うぬぼ》れるのはやめて下さい〉

「き、貴様の目的は何だ！」

天使のような微笑みを浮かべて首を傾《かし》げている悪魔《あくま》に、ジュラは咆哮《ほうこう》した。

「俺の復讐《ふくしゅう》を手伝うといったのは——教皇庁《ヴアチカン》との戦いに力を貸すといったのは、嘘《うそ》だったのか⁉」

〈嘘じゃありません。教皇庁との戦いは僕らの目的の一つです……ただ、奥方《おくがた》を殺された仕返しに大砲《たいほう》を撃《う》ち込むとかいう閣下の粗雑《そざつ》な考えとはちょっと違ってね、僕らの仕事は、もっと壮大《そうだい》かつ洗練されたものなんですよ。困りますね、自分の尺度で勝手に測られては」

楽しげに吐《は》かれる毒に、ジュラは少し考え込むような顔になったが、ふと何かに思い当たったように眉《まゆ》を開いた。

「読めたぞ！　貴様、最初から、ローマを滅《ほろ》ぼすつもりなどなかったな⁉　〝嘆《なげ》きの星〟を利用して教皇庁《ヴァチカン》と〝帝国《ていこく》〟との争いを煽《あお》るつもりか⁉」

〈おお、すばらしい――正解です〉

できの悪い生徒が、ようやく解答を見いだしたことを誉《ほ》める教師のような口ぶりだった。

〈おっしゃるとおり、教皇庁《ヴァチカン》と〝帝国〟には、これから戦争をしてもらいます。それが僕ら《オルデン》の望みです〉

教皇庁《ヴァチカン》と〝帝国〟――事情に暗い者にとっては意外なことだが、この人類と吸血鬼《ヴァンパイア》の最大勢力の間では、ここ数百年以上、大規模な紛争《ふんそう》は勃発《ぼっぱつ》していない。無論、小競《こぜ》り合いは頻繁《ひんぱん》に起こっていたが、正面から激突《げきとつ》した事件というのは、二百七十年前、教皇シルヴェストル十九世提唱の第十一次十字軍がイシュトヴァーンの東方二百キロ、デブレツェンの地で惨敗《ざんぱい》・壊滅《かいめつ》したのを最後に記録されていないのである。

その原因は幾《いく》つも考えられたが、もっとも大きな理由は両勢力の支配地域の狭間《はざま》に、このイシュトヴァーン――人類にとっては名目上の自由都市、長生種《メトセラ》にとっては事実上のハンガリア侯《こう》所領という二つの性格を備えた複雑な土地が存在し、これが事実上の緩衝帯《かんしょうたい》の役目を果たしてきたからだ。もし仮に、どちらかの勢力がその緩衝帯を一方的に飲み込んでしまったとしたら――

〈二つの勢力は戦争を始めるでしょうね……それなのに、今、ローマに滅《ほろ》びてもらうわけにはいかない。彼らには、是非《ぜひ》とも頑張《がんば》って〝帝国〟と潰《つぶ》し合ってもらわなくちゃ〉

「貴様は……〝騎士団《オルデン》〟とは何だ!?」

足摺《あしず》りせんばかりにジュラは吼《ほ》えた。

「答えろ！　〝騎士団《オルデン》〟は何を考えている!?　我ら《メトセラ》と短生種《テラン》とを争わせて、何が望みだ!?　いや、そもそも、貴様らはどちらの――」

〈どちらの味方でもありません――僕らは〝世界の敵《コントラ・ムンディ》〟だ〉

「〝世界の敵《コントラ・ムンディ》〟？」

聞き慣れぬ言葉に二人の会話を聞いていたエステルは眉を顰《ひそ》めた。ディートリッヒの発言は半分も理解できなかったが、それでも何かひどく奇妙《きみよう》で禍々《まがまが》しい印象を受けた。〝世界の敵《コントラ・ムンディ》〟――この天使のように美しい悪魔《あくま》には、これ以上はないほどに相応《ふさわ》しい呼び名だ。

一人歯噛《はが》みするジュラを面白《おもしろ》そうに見やっていたディートリッヒだったが、ふと壁際《かべぎわ》の方へ小首を傾《かし》げた。その視線が、倒《たお》れたままのアベルを抱《だ》いていたエステルのそれと重なる。

〈やあ、エステル……こんなことになってしまって、本当に残念だよ。僕《ぼく》は君のことが結構好きだったんだけどね〉

「……よくも、ぬけぬけと！」

立体映像《ホログラム》の中の美しい顔を、エステルは唾《つば》でも吐《は》きかねまじい顔で切り捨てた。

「あなた、本当に最低だわ！　いったいどれだけの人を裏切れば気が済むの？」

〈別に裏切りたくて裏切ってるわけじゃないんだけどね……どうも、すっかり君を怒《おこ》らせてしまったみたいだな〉

どこまで本気なのか、深いため息とともにディートリッヒは額に垂れた前髪《まえがみ》を掻《か》き上げた。凄艶《せいえん》なまでの美貌《びぼう》に宿る憂愁《ゆうしゅう》の色は、どう見ても本物にしか見えない。深い鳶色《とびいろ》の瞳《ひとみ》でじっとエステルの顔を見つめると、

〈じゃあ、せめてものお詫《わ》びの印《しるし》に君にいいことを教えてあげよう。よく聞いて。魔法《まほう》の呪文《じゅもん》だ……〝我ら、炎によりて世界を更新せん《イグネ・ナチュラ・レノヴァトール・インテグラ》〟〉

ディートリッヒの言葉に、エステルの腕《うで》の中のアベルがピクリと反応した。だが、それには気づかずエステルは、立体映像《ホログラム》に向かって吐き捨てた。

「は？　なに、それ？」

〈〝嘆《なげ》きの星〟の消去コードだよ。ハンガリア侯《こう》にも内緒《ないしょ》で組み込んだからね。そこのキーボードで入力すれば、〝星〟は自爆《じばく》する〉

「…………!?」

その言葉を聞いた瞬間《しゅんかん》、エステルは自分の体が硬直《こうちょく》するのを自覚した。そして、隣《となり》でジュラがはっと目を見開いていることも、視覚によらず感じ取る。

「う、嘘《うそ》よ！　そんなのに騙《だま》されるほど、あたしは馬鹿《ばか》じゃないわ！」

〈心外だなあ。僕《ぼく》はせめてもの罪滅《つみほろ》ぼしに教えてあげたつもりだったんだけど〉

心底悲しそうな顔になって、ディートリッヒはため息をついた。

〈とにかく、騙されたと思って、入力してみてごらんよ。僕の誠意がわかるから……もっとも〉

わざとらしく息を切った若者の鳶色の瞳が意味ありげに横を向いた。

〈誰にも邪魔されず、無事に打ち込めたらの話だけどね〉

若者の視線の先——血走ったジュラとエステルの視線が空中で火花を散らした。ついで、テーブル上にせり出したままのキーボードを同時に見やる。

その無言の闘争《とうそう》を前に、

〈じゃあね、エステル。愛してるよ……せいぜい頑張《がんば》って〉

くすくすと含《ふく》み笑いを残して悪魔の姿が立体映像《ホログラム》から消えた刹那《せつな》、

「止めなくちゃ！」

「やめろ！」

あたかもそれを合図にしたかのように、短生種《テラン》の少女と長生種《メトセラ》の貴公子は素早《すばや》くキーボードに駆《か》け寄っていた。エステルの方が場所的には近い。

「させん！」

だが、人間のスピードで吸血鬼《ヴァンパイア》の迅《はや》さに太刀打《たちう》ちするのは不可能だった。キーボードに飛び付こうとした少女の体を横から激しい力が突《つ》き飛ばす。テーブルを護《まも》るかのように立ちふさがったのはジュラだ。

「〝嘆《なげ》きの星〟は俺《おれ》の……俺の最後の希望だ！　それを破壊《はかい》することは誰《だれ》にも許さん！」

転がっていったところで指先に冷たい金属の感触《かんしょく》を感じながら、エステルは必死で半身を起こした。

「馬鹿《ばか》なことを言わないで、ハンガリア侯《こう》！」

焦《あせ》りを隠《かく》せない貴族に、切迫《せっぱく》した口調で説得を試みる。

「あの裏切り者の言ったことを聞いたでしょう？　このままだと、あなたまで死ぬのよ⁉」

「いや、わからん！　その前にコントロールを取り戻《もど》せば――」

「もう間に合わないわ！」

エステルは指先のそれを摑《つか》んだ。想像していたよりも重い感覚に戸惑《とまど》いながらも、撃鉄《げきてつ》をあげる。

「お願い、そこをどいて！　〝星〟を壊《こわ》させて！」

「……やはり、お前は殺しておくべきだったな、短生種《テラン》」

アベルの旧式回転拳銃《けんじゅう》をかまえた少女の顔を、狂気《きょうき》すら籠《こも》った瞳《ひとみ》で睨《ね》めつけてジュラは吐《は》き捨てた。その左手から、再び骨剣《ブレイド》がせりだしてくる。

「いずれにせよ、破壊コードを知っている者を生かしておくわけにはいかぬ……ここで死ね！」

「！」

巻き起こった風に向けて引き金を引いたのは、ほとんど反射的な運動だった。

その銃弾《じゅうだん》が澄《す》んだ音をあげて弾《はじ》かれた瞬間《しゅんかん》、第二弾の撃鉄をあげたのも。

しかし、引き金を絞《しぼ》った刹那《せつな》、エステルは自分の致命的《ちめいてき》なミスを悟《さと》った。

弾《たま》がない――！

「死ね、短生種《テラン》！」

一閃《いっせん》の雷霆《らいてい》と化した骨剣《ブレイド》は、正確に少女の細い首筋めがけて軌道《きどう》を描《えが》いた。とっさに閉じた瞼《まぶた》の裏で、エステルは血の帯を引いて自分の首が飛んでいく様《さま》を見た……

柔《やわ》らかい肉の塊《かたまり》が打ち合わされるような、鈍《にぶ》い音が響《ひび》いた。

「き、貴様は！」

固く目を閉じたままのエステルの耳に、狼狽《ろうばい》したような声が聞こえてきた。

「馬鹿な……なぜ、短生種《テラン》がその傷で動ける⁉」

「…………？」

おそるおそる目を開けたエステルの前に、背の高い僧衣《カソック》の影《かげ》が立ちはだかっていた。

VI

「馬鹿《ばか》な……なぜ、短生種《テラン》がその傷で動ける⁉」

自分と尼僧《にそう》の間に立ちはだかった神父の姿に、ジュラは呻《うめ》いた。

満身創痍《そうい》——アベルの姿はそう形容するしかない。

あちこちに巻かれた包帯が赤く染まっているのみならず、その腹にはジュラの右腕《うで》が突《つ》き刺《さ》さったままだ。骨剣《ブレイド》の切っ先は背中まで貫通《かんつう》している。常人なら、とっくの昔に息絶えていても不思議ではない。

だが、神父の顔は蒼白《そうはく》でこそあれ、苦痛の色はない。怒《いか》りの気配もない。冬の湖色の瞳《ひとみ》に浮《う》かんでいるのは、微《かす》かに哀《かな》しげな光だった。

「神父……貴様、ただの人間ではないな！」

白刃取《しらはど》りで受け止められている骨剣《ブレイド》をぎりぎりと押《お》し込みながら、ジュラは歯噛《はが》みした。熊《くま》さえ素手《すで》で引き裂《さ》く吸血鬼《ヴァンパイア》の力に拮抗《きっこう》しうる存在など、そう多くはない。強化兵士《チューンド》か機械化歩兵《マシナリー》、あるいは……

「あああああああっ！」

雄叫《おたけ》びとともに、ジュラは神父の側頭部めがけて蹴《け》りを放った。短生種《テラン》の反射神経では認識することすらできぬ速度に、岩をも粉砕《ふんさい》する力がこめられている。相手が人間であれば、当人も気づかぬうちにその頭は破裂《はれつ》し、その体は血の泥濘《ぬかるみ》に沈《しず》んでいたことだろう。

だが、宙に舞《ま》ったのは、ジュラの方だった。

壁《かべ》に叩《たた》きつけられる寸前で、体を丸めて衝撃《しょうげき》を吸収する。脚部《きゃくぶ》の筋力と平衡《へいこう》感覚をフルに活《い》かして壁面《へきめん》に降り立ったジュラだったが、その顔は驚愕《きょうがく》に歪《ゆが》んでいた。

「なんだ……なんだ、今の力は⁉」

「……こういうことを考えたことはありませんか？」

ジュラとは対照的に、静かに佇《たたず》んだ神父が悠然《ゆうぜん》と口を開いた。腹から引き抜《ぬ》いたジュラの右腕を顔の前に持っていきながら、淡々《たんたん》と告げる。

「人間が牛や鶏《にわとり》を食べる。その人間の血を吸血鬼《ヴァンパイア》が吸う。ならば、吸血鬼《ヴァンパイア》の血を吸って生きるなにかがどこかにいるのでは、と」

「…………⁉」

ジュラは目を剝《む》いた。かっと開いた神父の口から鋭《するど》い牙《きば》が覗《のぞ》いていたのだ。次の瞬間《しゅんかん》、その牙がジュラの右腕に埋《うず》まる。それの喉《のど》がぐびりと動くと、唇《くちびる》の端《はし》から赤い雫《しずく》が滴《したた》り落ちた。

「ば、馬鹿《ばか》な……血を……俺《おれ》の血を⁉」

みるみるうちにジュラの右手は萎《しな》びていった。まるで血の最後の一滴《いってき》まで絞《しぼ》ろうかというように、アベルの喉が動くうちに、ついには干涸《ひか》らびた骨と皮の塊《かたまり》と化す。

（こいつは……こいつはいったい何なのだ!?）

無意識に後ずさりながら、ジュラは歯を鳴らした。

短生種《テラン》でもない、長生種《メトセラ》でもない……強化兵士《チューンド》？　装甲《そうこう》歩兵？　違《ちが》う、こいつがそんな下らないものであるはずがない！


［ナノマシン〝クルースニク02〟四十パーセント限定起動――承認］

まるで地の底から聞こえてきたような低い声とともに、それまで冬の湖のように清澄《せいちょう》な青みを湛《たた》えていた瞳《ひとみ》が、血の色に変色した。

血液を吸い尽《つ》くした腕《うで》を床《ゆか》に放《ほう》り捨て、それは名乗った。

「私はクルースニク――吸血鬼《ヴァンパイア》の血を吸う、吸血鬼《ヴァンパイア》です」

「……噂《うわさ》に聞いたことがあるぞ」

牙《きば》が唇《くちびる》を突き破るのも気づかず、ジュラは呻《うめ》いた。

「教皇庁《ヴァチカン》の中に、特殊《とくしゅ》な怪物《かいぶつ》を飼っている部署があると。そこでは、その怪物を使って非合法な任務に従事させていると……では、貴様がそうなのか！」

「ハンガリア侯爵《こうしゃく》ジュラ・カダール、父と子と聖霊《せいれい》の御名《みな》において、あなたを殺人および騒擾《そうじょう》罪の容疑で逮捕《たいほ》します。武装を解除し、速《すみ》やかに投降されることを勧告《かんこく》いたします」

「ほざけ、ヴァチカン！」

主の怒気《どき》に感応したように、骨剣《ブレイド》が甲高《かんだか》い咆哮《ほうこう》を発した。一枚刃が薄《うす》く割れると、両脇《わき》にさらに二本ずつの枝刃を生やしたのだ。三枚の刃は互《たが》いに共鳴し、その周囲では、高周波により気化した空気中の水蒸気がうっすらと湯気をあげ始める。

「我はハンガリア侯《こう》！　誇《ほこ》り高き長生種《メトセラ》だ！　クルースニクかなにか知らぬが、貴様のようなイヌに屈《くっ》する膝《ひざ》など持たぬ！」

その場から動かぬまま、ジュラは大きく腕《うで》を振《ふ》った。瞬間《しゅんかん》、アベルの姿がかすかにぶれる――作り出された真空の刃が側《そば》をかすめたのだ。大きく天井《てんじょう》に跳躍《ちょうやく》した神父の銀髪《ぎんぱつ》が風に舞《ま》う。

「逃《に》がさん！」

そのときには、床《ゆか》を蹴《け》ったジュラの姿も壁《かべ》を疾《はし》っている。天井に逆さまに立つ影《かげ》めがけ、三本刃の骨剣《ブレイド》が繰《く》り出された。

「死ぬがいい、派遣執行官《はけんしっこうかん》！」

湿《しめ》った音とともに、アベルの両腕《うで》が裂《さ》けた。鮮血《せんけつ》の代わりにそこから流れ出したのは、とろりとした黒い液体だ。金属とも樹脂《じゅし》ともつかぬ不思議な輝《かがや》きを放つそれは、アベルの手の中でたちまち硬化《こうか》すると、柄《つか》の両端《りょうたん》に刃を備えた巨大《きょだい》な鎌《かま》を形成する。

そこに突《つ》き込まれた骨剣《ブレイド》が鎌の刃と絡《から》み合って、悪霊《あくりょう》の哄笑《こうしょう》のような金属音が鳴り響《ひび》いた。

「ジュラさん、降伏《こうふく》していただけませんか？」

圧倒的《あっとうてき》なパワーだった――吹《ふ》き飛ばされたジュラの体が床に叩《たた》き付けられる。その傍《かたわ》らに音もなく降り立ちながら、赤い目の怪物《かいぶつ》は穏《おだ》やかに口を開いた。

「できれば、これ以上、あなたを傷つけたくはない」

「ほざけ！　我は誇り高きハンガリア侯！　なんじょう、教皇庁《ヴァチカン》のイヌごときに膝を屈しようや！」

貴公子は絶叫《ぜっきょう》した。左腕が大きく撓《しな》る。

「たとえ我が身はここで死すとも、ナイトロード、貴様は道連れにしてやる！」

三枚の骨剣《ブレイド》が異様な唸《うな》りをあげた。咆哮とともに、僧衣《カソツク》の魔物《まもの》めがけてジュラが突進《とっしん》する。

 大きく振り降ろされた骨剣は、瞬前、体を捌いたアベルの影をかすめて壁を抉った。まるで爆《ばく》発《はっ》でもしたかのように強化プラスチックの破片が飛び散ったときには、骨剣《ブレイド》は素早《すばや》く手元に戻《もど》されていた。回り込んだ神父の鎌が唸りをあげて旋回《せんかい》するが、虚《むな》しくジュラの残像を両斬《りょうざん》しただけだ。ジュラ自身は大きく床を蹴ると、宙で前転しながら骨剣《ブレイド》を突き出していた。これは大鎌のもう一方の刃に阻《はば》まれる。しかし、その弾《はじ》く相手の力を利用してもう一回転。今度は横殴《よこなぐ》りの一撃《いちげき》――常識はずれの筋力と肺活量が、力学を無視した運動を可能にさせている。くるくると宙で回転するジュラと床を滑《すべ》るように後退したアベルとの間にめくるめく閃光《せんこう》が乱舞《らんぶ》したのは、打ち交わされる二つの異形《いぎょう》の刃の間に迸《ほとばし》った火花だ。

一際《ひときわ》大きな金属音とともに、二人の魔人の影が静止した。壁際《かべぎわ》まで追いつめられたアベルに向け、大鎌《おおがま》ごしにぎりぎりと骨剣《ブレイド》を押《お》し込みながら、ジュラは嗤《わら》った。

「覚悟《かくご》を決めるがいい、ナイトロード！」

貴公子の両腋《わき》の下が大きく弾《は》ぜた。飛散するシャツの間から、白い光が飛び出す。鋭《するど》く尖《とが》ったそれが、蛇《へび》のように撓《しな》る肋骨《ろっこつ》だとアベルに理解できたかどうか。身をくねらせた八本の骨槍《こっそう》が、八方向から神父に襲《おそ》いかかった。両腕《うで》がふさがったまま身動きとれぬ影《かげ》を、不吉《ふきつ》な白い閃《せん》光《こう》が容赦《ようしゃ》なく貫《つらぬ》く——

「なにっ⁉」

だが、驚愕《きょうがく》と苦痛に目尻《めじり》を裂《さ》いたのはジュラの方だ。弾《はじ》け飛んだ骨槍が、空しく宙を掻《か》いている。貫通《かんつう》の瞬間《しゅんかん》、アベルの体を覆《おお》った何か——とてつもなく硬《かた》い何かが、ダイヤモンドに準じる硬度《こうど》の凶器《きょうき》を砕《くだ》いたのだ。

「翼《つばさ》……翼だと……」

銀色の髪《かみ》を王冠《おうかん》のように戴《いただ》く若者の背中から、大きな影が広がっていた。所有者の身の丈《たけ》ほどもあろうかという漆黒《しっこく》の翼——

「いったい、〝クルースニク〟とは……〝クルースニク〟とはなんだ⁉」

「私は…………です」

何事か呟《つぶや》かれた言葉に、ジュラの目がさらに大きく見開かれた。

「馬鹿《ばか》な！　では貴様……い、いや、御身《おんみ》は我らの……」

貴公子の驚声をかき消すように、夜よりも暗い翼が大きくはばたいた。すさまじい風圧に思わず後ずさったジュラに向けて漆黒の刃が旋回《せんかい》した。

「くおっ！」

おぞましい不協和音とともに、骨剣《ブレイド》が砕《くだ》け散った。大鎌の前に、文字通り粉になるまで粉砕《ふんさい》されたのだ。最後の得物《えもの》を失ったジュラの体がたたらを踏《ふ》んでよろめいた。

「終わりです」

それに向けて、漆黒に輝《かがや》く巨大《きょだい》な刃が落ちかかった。

Ⅶ

「彼を殺したんですか？」

「…………」

恐《おそ》る恐る尋《たず》ねた尼僧《にそう》に、神父は何も答えなかった。既《すで》に背中からはあの禍々《まがまが》しい器管は影も形も消え失《う》せてしまっている。その瞳《ひとみ》の色も、いつも通り、澄《す》んだ冬の湖の色を取り戻《もど》していた。

「神父さま、あなたはいったい……」

「私のことよりも、エステルさん――」

何事もなかったかのように丸眼鏡《めがね》を懐《ふところ》に納めながら、アベルはエステルを視線で促《うなが》した。

「あちらの方をよろしくお願い致《いた》します」

立体映像《ホログラム》の中では、いまだカウントダウンは続いていた。天高く、三度《みたび》のオーロラがはためき始めているのが見える。依然《いぜん》、エステルは何か物言いたげだったが、一つ頷《うなず》くと、キーボードの方へと駆《か》け寄っていった。

それを見送ってから、アベルは再び足下に目を落とした。血の泥濘《ぬかるみ》に横たわっている貴公子の右の腕《かいな》は肩《かた》から先が無く、腹部にも深い裂傷《れっしょう》が覗《のぞ》いている。しかし、それでも彼は長生種《メトセラ》──地上最強の生物であった。

「……どうして俺《おれ》を殺さない？」

かすれてはいるが、意外なほど明晰《めいせき》な声で、ジュラは加害者である神父に尋《たず》ねた。

「俺を殺すのが御身《おんみ》の仕事のはずだ……それとも、俺をなぶって楽しんでいるのか？」

「私の任務はあなたの〝嘆《なげ》きの星〟を破壊《はかい》することであって、あなたの命を奪《うば》うことではありませんよ、ハンガリア侯《こう》。それに、私は人をなぶって楽しむ趣味《しゅみ》はありません」

「ひと？」

アベルを見返したジュラの瞳《ひとみ》に不思議そうな光が灯《とも》った。

自分を──吸血鬼《ヴァンパイア》である自分を人と呼ぶのか、この男は？

「ええ、人です……エステルさん、そちらはいかがですか？」

「はい……今、入力終わりました。タイプライターなら、司教さまの手伝いでよく打ったんですけど、電動知性に触《さわ》るのは初めてで」

慣れない手つきでキーボードを打ち終え、エステルはもう一度画面を確認しているようだった。

〝我ら、炎によりて世界を更新せん《イグネ・ナチユラ・レノヴアトール・インテグラ》〟——耳慣れぬ単語の連なりが一字一句誤りなく打ち込まれていることを確認し、入力ボタンを押《お》す。

「これでいいはず……え⁉」

満足げに画面を見やったエステルの眉《まゆ》がふと曇《くも》った。

カウントダウンは依然《いぜん》、続行されている。

「おかしいわね」

何度も入力ボタンを押すが、画面に変化はない。既《すで》に、上空では〝嘆きの星〟が爆散《ばくさん》しているはずだ。なのに、カウントだけが依然進んでいるのはいかなるわけか？

「これ、どういうこと……⁉」

「どうしました？」

独り焦《あせ》っていたエステルの隣《となり》に立った神父が、画面を覗《のぞ》き込んだ。その眉《まゆ》がたちまち険しくなる。

「おかしいですね……ちゃんと、コードは入力しましたか？」

「ええ。ディートリッヒに言われた通りに……」

〈やあ、エステル……〉

画面が突如《とつじょ》として切り替《か》わったのはそのときだった。

それまでの味も素《そ》っ気《け》もない電動知性の作動画面に変わって、美しいが邪悪《じやあく》な笑顔《えがお》を映し出したのだ。

〈この画像を見ているということは、君は僕《ぼく》の言う通りにコードを入れてしまったんだね〉

「ディ、ディートリッヒ！」

思わず腰《こし》を浮《う》かして、エステルは叫《さけ》んだ。

「あ、あなた、なんのつもり⁉」

「エステルさん、落ち着いて……これは生の映像じゃない。電動知性の中の記録画像《ビデオファイル》です」

難しい顔でアベルが指摘《してき》したように、画像の中の若者はエステルの声に反応する様子もなく喋《しゃべ》り続けていた。

〈エステル、君に謝っておかないといけないことがある。君がさっき打ち込んだコマンドなんだけど、あれは自爆《じばく》コードじゃない……実はあれは、目標変更《へんこう》コードだったんだ〉

「⁉」

デートをすっぽかしたことを詫《わ》びるような気楽な口調だったが、エステルの顔色を鮮《あざ》やかに変色させるには十分な内容だった。

〈でも安心して。君のいるイシュトヴァーンはもうこれで大丈夫《だいじょうぶ》だ。目標はビザンチウムに切り替わったから……ああ、ビザンチウムって知ってるかな？　〝帝国《ていこく》〟の都、君の嫌《きら》いな吸血《ヴァンパ》鬼《イア》どもの巣窟《そうくつ》さ〉

「！」

確かに画面の中の指定座標数値は、先ほどとは全然変わってしまっている。門外漢であるエステルにはわかるはずもない数字だが、もし、これが本当に〝帝国〟の方に向けられているのだとすれば……

〈帝都を攻撃《こうげき》されたとなれば、彼らも黙《だま》ってはいまい。人間と吸血鬼《ヴァンパイア》は最終戦争に突入《とつにゅう》する……どうかな、エステル？　最後の引き金を引いた気分は？〉

「……あ、あなた最低だわ！」

相手が単に記録されている映像に過ぎぬことはわかっていても、エステルは吐《は》き捨てるのを我慢《がまん》できなかった。

「最後の最後まで！」

〈あれだけ騙《だま》されてもまだ僕の言うことを信じるなんて、君はほんとにお人好《ひとよ》しだよね。ま、君のそういう甘《あま》いところが、僕は結構好きだったんだけど……じゃあね、エステル。いつかまた会いたいね〉

含《ふく》み笑いとともに若者の姿が消えてからもなお、エステルは画面を睨《にら》みつけていたが、その傍《かたわ》らからキーボードに伸《の》ばされた血塗《ちまみ》れの手にはっと我に返る。

「神父さま！」

「エステルさん、どいて下さい」

静かに少女を脇《わき》に押《お》しやって、キーボードの前に立ったのはアベルだ。俯《うつむ》いた顔の中で、画面の光を反射した瞳《ひとみ》が青く光っている。

「無駄《むだ》だ、ナイトロード神父……〝嘆《なげ》きの星〟の電動知性《コンピューター》は特別だ。ディートリッヒめの話が本当なら、〝大災厄《アルマゲドン》〟から生き残っているもっとも古いものだ。いかに御身《おんみ》といえど……」

「………」

苦しげなジュラの喘鳴《ぜんめい》にもアベルは答えなかった。ただ、無言のまま、画面に現れていた膨《ぼう》大《だい》な数字に目を走らせていたが、やがて、キーボードの上に手を置くや、滑《なめ》らかに指を上下させ始める。最初はゆっくりと、だが、次第《しだい》にその動きは早まっていく。

「あ、あの、神父さま……？」

傍らにいたエステルは目を瞠《みは》った。あたかも鍵盤《けんばん》に向かうピアニストのような鮮《あざ》やかな指捌《ゆびさば》きだ。だが電動知性への入力は、専門の電脳調律師《プログラマー》でも、細心の注意力と膨大な知識を必要とする極めて困難な作業である。とても素人《しろうと》にできることではない。

「し、神父さま、そんな、でたらめ打っても……」

「黙《だま》って」

まるで、自ら電動知性の一部と化したような冷たい声でエステルを制すると、アベルはなおもキーボードを打ち続けた。その間も、カウントダウンは続行され続けている。刻々と減ってゆく数字と競争するかのように、キーを打つ音は続いていたが、

〈射爆《しゃばく》マデ、アト四十秒。三十九、三十八、三十七……〉

機械音声によるカウントダウンが始まった直後、操作盤《ばん》上で動いていた神父の手が止まった。何か憑《つ》き物でも落ちたかのように、白い顔をあげる。そのまま、身を揉《も》むように彼を見守るエステルは無視して、アベルは冷然とした声で呟《つぶや》いた。

「管理プログラムに音声入力。システム管理者《アドミニストレーター》モードに移行を要請《ようせい》する」

〈…………〉

刹那《せつな》、カウントダウンを告げていた声が止まった。いや、声だけではない。画面上でめまぐるしく変化していた数字さえ、一瞬《いっしゅん》、その動きを止めた。それはあたかも、死んだはずの主人の声を耳にした犬が、ぴくりと顔をあげる様子に似ていた。

〈……了解《りょうかい》しました〉

ほどなく聞こえてきたのは、これまでの中性的な機械音声ではなく、もの柔《やわ》らかな女性の声だった。忠実な家臣が主《あるじ》に応《こた》えるにも似て、恭《うやうや》しい調子で話し始める。

〈これより、音声入力にてシステム管理者モードに移行します。なお、作業中のタスクは並行して続行されます。あと三十秒、二十九、二十八、二十七……〉

「システム内の緊急《きんきゅう》時作業用コマンドにソースを最優先で分配。一般《いっぱん》作業タスクは全凍結《とうけつ》」

〈システム管理者によってそのコマンドファイルは破壊《はかい》されております。エラー原因はアドレスR二〇〇〇五五を参照して――〉

「不要」

まるで見知らぬ人間が、見知らぬ言葉で、神か悪魔《あくま》と喋《しゃべ》っているかのようだった。ただ呆然《ぼうぜん》と見守るエステルの目の前で小さく舌打ちすると、アベルは早口に別の呪文《じゅもん》を唱えた。

「システム凍結コマンドで使用可能なものはいくつある？　時間がない。アドレスは表示しなくていい」

〈了解《りょうかい》。検索《けんさく》開始……終了。質問条件に適合するのは一つです〉

「何だ？」

〈保護規定三〇九〇に基づく、自壊《じかい》コード〉

「…………」

アベルの唇《くちびる》の動きが止まった。何かを詫《わ》びるように、その視線が横たわったままのジュラの方へと動く。だが、それも一秒足らずの時間だった。

「自壊コード入力。保護規定三〇九〇に基づき、自壊せよ」

〈コードの入力には特A以上の資格パスの提示が必要です。管理者のパスを提示して下さい〉

「管理者のパスは……」

一つ息を吸って、神父は再び呪文を唱えた。

「国連航空宇宙軍中佐《コマンダー》アベル・ナイトロード。所属レッドマーズ計画管理部保安課。認識UNASF九四—八—RMOC—六六六—〇二ak」

〈パスを確認しました〉

相変わらず恭《うやうや》しく電動知性は答えた。

〈これより、当システムは保護規定三〇九〇に基づき、自壊します。なお、システム自壊にともない、軌道《きどう》七七八二の送電衛星は全《すべ》て破棄《はき》されます。ご利用ありがとうございました〉

「…………」

淡々《たんたん》と告げていた声が、急に聞こえなくなった。それと同時に、画面上に映っていた数字が一つずつ消え始める。

次第《しだい》に暗くなってゆく画面を見つめながら、何を思ったのか。神父は深いため息をついたが、やがて、窓の外を振《ふ》り仰《あお》ぐと、誰《だれ》にともなく呟《つぶや》いた。

「長い間、ご苦労様でした……」

見上げれば、明るい月夜だった。この星の誕生から常に寄り添《そ》い続けてきた〝一つ目の月〟が東の空から上がってくるのが見える。一方、〝二つ目の月〟——まるで悪魔が戯《たわむ》れに作ったようなその醜《みにく》い姿から〝吸血鬼《ヴァンパイア》どもの月〟とも呼ばれる歪《いびつ》な輝《かがや》きは、定命の者たちを監視《かんし》する神の眼《め》のように南天の一点に不吉《ふきつ》な姿を顕《あらわ》し続けている。

そして今、その近くに他を圧して一際明《ひときわ》るく輝《かがや》いていた大きな星が、瞬《また》きながら寂《しず》かに消えてゆくのがはっきりと見えた……

「……な、何があったの？」

今にもへたりこんでしまいたそうな声で、エステルが呻《うめ》いた。彼女の知識では、目の前で起こったことを理解するのは難しすぎた。だが、何かとんでもないことが起こったのは確かだ。

「何があったんですか？〝星〟は？」

「〝星〟はもうない」

少女の疑問に答えたのは、床《ゆか》から聞こえた声だった。

「〝星〟はもうどこにもない……全《すべ》て終わった。いや、終わらされたというべきかな」

ジュラはどこか優しい目でエステルを見つめていたが、その視線をふと沈黙《ちんもく》したままの神父へと移した。

「やはり御身《おんみ》は、俺《おれ》の考えた通りのお方だったな、ナイトロード神父……」

「…………」

傷ついた吸血鬼《ヴァンパイア》が何か喋《しゃべ》ろうとしたのに向けて、アベルは優しく首を振《ふ》った。それが、それ以上何も喋《しゃべ》るなということだったのか、それとも傷に障《さわ》ることを気遣《きづか》ったのかはわからない。

だが、ジュラは納得《なっとく》したように深く頷《うなず》くと、穏《おだ》やかな表情のまま話題を変えた。

「ところで、一つ、俺の願いを聴《き》いてもらえないだろうか、ナイトロード神父？」

腕《うで》を切り落とされ、腹部に深い裂傷《れっしょう》を負いながらなお、長生種《メトセラ》の生命力はジュラから声を奪《うば》わなかった。かすれてはいるが、明晰《めいせき》な言葉を、傷ついた吸血鬼《ヴァンパイア》は紡《つむ》いだ。

「ローマに送られるのであれば、俺は殺される。どうせ殺されるのなら、ローマの異端審問官《いたんしんもんかん》などに殺されたくない……そこのシスターに復讐《ふくしゅう》のチャンスを与《あた》えてやってはくれまいか？」

「え？」

それまで惚《ほう》けたようにへたりこんでいた少女が、びくっと顔を上げた。何を言われたかわからぬげにアベルとジュラを見比べている。その血に汚《よご》れた顔を見やりながら、ジュラは穏やかな口調で補足した。

「俺は彼女の大切な者たちを奪った……彼女には復讐する権利がある。それは正しい。とても正しいことだ。そして、俺には彼女に殺される義務がある」

「…………」

何を告げようとしたのか——アベルは物言いたげに口を二、三度開閉させた。だが、結局、何も語らぬままに口をつぐむ。その代わりに床から拾い上げたのは、自分の旧式回転拳銃《けんじゅう》だ。

「エステルさん、これをどうぞ」

弾倉《だんそう》を新しいものに交換《こうかん》すると、撃鉄《げきてつ》をあげた拳銃を神父は尼僧《にそう》の手に握《にぎ》らせた。

「中に籠《こ》めてあるのは銀の弾《たま》です……心臓か脳に撃《う》ち込めば、即死《そくし》させることができます」

「…………」

急に手の中に出現した金属の重みに戸惑《とまど》ったように、エステルは凶器《きょうき》を見下ろした。瞠《みは》った目で、血の泥濘《ぬかるみ》に横たわる吸血鬼《ヴァンパイア》の顔と見比べる。

「……すまなかった」

横たわったまま、ジュラは穏《おだ》やかに少女に詫《わ》びた。

「俺の復讐《ふくしゅう》は正しかった。誰《だれ》にも間違《まちが》っていたとは言わせん。だが、君の大切な者たちを奪《うば》ったことも確かだ……君には復讐する権利がある」

「あ、あたしは……」

自分はどうしたいのだろう？

震《ふる》える手に重ねられた神父の手のぬくもりと、冷たい鋼《はがね》の感触《かんしょく》を同時に感じながら、エステルは自問した。

孤児《こじ》だった自分を育ててくれた司教さま、おおぜいのパルチザンの仲間、そして、街のみんな……

全員、こいつに殺された。

殺したくないわけがない。自分は神でも天使でもない。愛することを知っている分、憎《にく》むことも知っている。

だが、目の前の男もまたそうだったことを、エステルは知ってしまった。

「あたしはあなたが憎いです。司教さまやみんなの仇《かたき》を討ちたい──それはほんと。でも……」

口ごもった末、少女は消え入りそうな声で囁《ささや》いていた。

「でも、あなたを撃《う》つのは間違《まちが》いだと思います」

怪訝《いぶかし》げにこちらを見上げているジュラに首を振《ふ》って、それから、道にはぐれた迷子のような目で神父を見上げる。

「あたし、馬鹿ですからよくわかりません。わかりませんけど、とにかく、こんなの間違ってるよ……神父さま、あたし、変ですか？」

「……いいえ、ちっとも」

まるで、この世の善なるものの全《すべ》てを目にしているような笑顔で、神父は首を振った。その沁《し》みとおるような笑顔のまま、物言いたげに沈黙《ちんもく》しているジュラに告げる。

「憎しみは何も生み出さない――いやあ、私としても言ってて恥《は》ずかしいんですが、なんかそういうことらしいですよ、ジュラさん。ま、そんなわけで、彼女に引き金を引かせるのは諦《あきら》めてください……さて、どうやら、街の方も静かになってきましたね」

テラスから見える市街地には、ときおり爆発《ばくはつ》や銃火《じゅうか》らしい光芒《こうぼう》が煌《きら》めくものの、先は見えてきている。落ち着きを取り戻《もど》したというにはまだまだ遠いが、それなりの秩序《ちつじょ》は戻ってきつつあるようだ。

ちょうどそのとき、広間に入ってきた新たな人影《ひとかげ》に向けて、アベルは軽く手をあげた。

「やあ、トレス君。そちらは終わりましたか？」

「肯定《ポジティヴ》。市内に駐留《ちゆうりゆう》する市警軍の九十七パーセントは制圧した」

トレス・イクス神父――派遣執行官《はけんしつこうかん》〝拳銃使い《ガンスリンガー》〟の声は相変わらず抑揚《よくよう》に乏《とぼ》しかったが、回答は機械的なまでに正確だった。

「本部が吹《ふ》き飛んだ後は、ほとんど戦意を喪失《そうしつ》して投降を始めた。パルチザン側への一般《いっぱん》市民の参加もあり、戦闘《せんとう》そのものはほぼ問題なく進行した。現在は、〝アイアンメイデン〟がパルチザンと協力して残敵の掃討《そうとう》にあたっている。教皇庁《ヴァチカン》軍の到着《とうちゃく》までには完了《かんりょう》するだろう」

「それはよかった」

少なからぬ犠牲《ぎせい》は払《はら》ってしまったが、なんとか市街戦は避《さ》けられた。それに、近隣《きんりん》諸国への手前、教皇庁《ヴァチカン》は占領後《せんりようご》のイシュトヴァーンに気前よく振《ふ》る舞《ま》って見せねばならない。復興は急ピッチで進められるだろうし、食糧《しょくりょう》の供出もあるだろう。疲弊《ひへい》した市民が無事にこの冬を越《こ》せるよう、様々な手が打たれるはずだった。

アベルはもう一度テラスの方に目を向けた。宮殿《きゅうでん》にもパルチザンが到達《とうたつ》したものか、微《かす》かに叫《さけ》び交わす声が風に乗って聞こえてくる。

「では、我々も引き上げますか。あとはパルチザンの皆《みな》さんに任せて――」

「……てめえらだけは絶対に逃《に》がさねぇ、クソ坊主《ぼうず》ども！」

テラスの向こう、中庭に立った巨大《きょだい》な影《かげ》が咆哮《ほうこう》した。

巨体にまとったダークブルーの軍服は血と泥《どろ》で見る影もない。しかし、肉食魚じみた牙《きば》を剝《む》き出した凶相《きょうそう》はその場の誰《だれ》もが見間違《みまちが》えようもなかった――ラドカーンだ。敗残の身をパルチザンの手に委《ゆだ》ねられていたはずだが、どこをどうやって逃《のが》れてきたのだろう？　血塗《ちまみ》れのその姿は、いまだ息があるのが不思議なほどだ。

だが、憎悪《ぞうお》と妄執《もうしゅう》に突き動かされる動死体《ゾンビー》のように、血塗れの巨漢は中庭に仁王立《におうだ》ちになっていた。そしてその手には、見覚えのある石弓が構えられている。

「死ねえっ！」

とっさのことに避けることもままならぬ。硬直《こうちょく》したエステルに向けた彼女自身の石弓の引き金を、巨漢は雄叫《おたけ》びとともに引き絞《しぼ》った。

そのときには、後ろも見ずに抜《ぬ》き放たれたトレスのM13が肩越《かたご》しに咆哮している。直径十三ミリの強装弾《きょうそうだん》に両目の間から延髄《えんずい》を正確に撃《う》ち抜かれた巨漢は、後頭部から脳漿《のうしょう》をぶちまけて後方へと吹っ飛んだ。

だが、放たれた矢は――

「ハ、ハンガリア侯《こう》！」

エステルは悲鳴にも似た声をあげた。彼女の前に、右腕《うで》のない影が、壁《かべ》のように立ちはだかっていた。その胸に突き立っているのは、硝酸銀《しょうさんぎん》溶液を矢柄《やがら》に仕込んだ太矢《クオレル》だ。

「………」

肉の溶《と》ける異臭《いしゅう》とともにゆっくりと一歩後ずさると、ジュラの体は再び床《ゆか》に頽《くずお》れた。反射的に跪《ひざまず》いたエステルに抱《だ》き上げられたときには、既《すで》に短い痙攣《けいれん》が始まっている。

「なんで？　なんで、あたしを⁉」

「さ、さあ、なぜかな……」

硝酸銀《しょうさんぎん》入りの太矢《クオレル》で心臓を撃《う》ち抜《ぬ》かれては、いかに長生種《メトセラ》の生命力といえど堪《た》えることはできぬ。ごぼごぼと血泡混じりの声を絞《しぼ》り出すジュラの瞳《ひとみ》には早くも白い膜《まく》が落ち始めていた。

「俺《おれ》はお前たちを憎《にく》んでいるはずなんだがな……なんで、短生種《テラン》を、それも尼僧《にそう》などを庇《かば》ったりしたのやら……」

「喋《しゃべ》らないで！」

苦笑している吸血鬼《ヴァンパイア》を、エステルは慌《あわ》てて制した。しかし、制してみたところで、彼女にもどうしてよいかわかろうはずもない。二人の神父をすがるように見上げたが、一人は冷然と、一人はおろおろと首を振《ふ》っただけだ。

「どこで間違《まちが》えたのだろう？　どうして俺は……」

すでに見えなくなっているはずの瞳でエステルを見上げ、ジュラは囁《ささや》いた。もうその表情に苦痛の色はない。むしろ、青ざめた顔は安らかでさえあった。

「俺は君の喜ぶ顔を見たかっただけなんだ、マーリア……それがどこでこんなことに……」

「…………」

エステルは、男のすでに見えぬ目に映っているのが、ここ以外のどこかであることを悟《さと》った。彼が話しているのが、自分以外の誰《だれ》かであることも。

「……ありがとう、あなた」

不思議なほど、嫌悪感《けんおかん》はなかった。

気づいたときには、抱《だ》きしめた血まみれの頬《ほお》に自分の頬を寄せて、優《やさ》しくエステルは囁《ささや》いていた。

「ありがとう……だけど、もう十分です。本当にありがとう」

「…………」

最後にジュラは笑ったようだった。

微《かす》かに唇《くちびる》が動いたような気がしたが、それはエステルの気のせいだったかもしれない。穏《おだ》やかに落ちた瞼《まぶた》は灰色の瞳《ひとみ》を隠《かく》し、そして二度とは開かなかった。

「……主《しゅ》よ、どうかこの魂《たましい》に安らぎを」

どうして自分は泣いているのだろう──瞳からこぼれた温かい雫《しずく》が自分の頬と死んだ男の顔《かんばせ》を濡《ぬ》らしてゆくのを不思議に思いながら、エステルは死者のために、死者だけのために十字を切った。

「彼が愛する者と巡《めぐ》り会えますよう、慈悲《じひ》もておはからいたまわらんことを……エィメン」

終　章：狩人たちの午後

——地の上に流された血は、それを流した者の血によらなければ贖うことはできない。

（民数記三五章三三節）


南欧《なんおう》の春は早い。

今年《ことし》は、特に春が早いようだ。謝肉祭が終わって一週間と経《た》ってはいないのに、既《すで》に寒気が緩《ゆる》み始めている。小春日和《こはるびより》に恵《めぐ》まれた広場で午後の散策を楽しんでいるのは、各地からこの聖都に巡礼《じゅんれい》してきた熱心な信徒たちだ。

「もう冬も終わりですね」

法王宮前広場《ピアッツア・サン・ピエトロ》に集《つど》う巡礼者たちを見下ろしながら、窓辺によりかかった法衣《ほうえ》の美女は甘《あま》やかな声で嘆《たん》じた。上品な調度でまとめられたこの執務《しつむ》室も、柔《やわ》らかい日差しに満たされている。

あまり健康に恵まれているとは言えない彼女にとって、春の到来《とうらい》は喜ばしいことらしい。

ここのところ、イシュトヴァーン戦役《せんえき》の後始末で教皇庁中が蜂《はち》の巣をつついたような騒《さわ》ぎだった。それは、国務聖省長官として教皇庁外交を司《つかさど》る彼女——ミラノ公カテリーナ・スフォルツァ枢機卿《すうききょう》とて、無論例外ではない。被災《ひさい》した民への援助《えんじょ》やら、出兵に機嫌《きげん》を損ねた世俗諸侯《せぞくしょこう》への外交やら、多忙《たぼう》を極めた。ようやく一息つけるようになったのも、ここ数日のことである。

「さて、それよりも報告の続きです」

軽い咳《せき》とともに窓辺を離《はな》れると、カテリーナは執務《しつむ》卓《たく》についた。尖《とが》った顎《あご》の下で細い指を組みつつ、卓前に佇立《ちょりつ》する神父に視線を向ける。

「あなたたちの報告にあったローエングリューンとやらいう電脳調律師《プログラマー》ですが、その後の進展は？　足取りは摑《つか》めましたか？」

「否《ネガテイヴ》」

返ってきたのは、およそ抑揚《よくよう》のない平板な声だった。一分の隙《すき》なく僧衣《カソツク》を着込んだ小柄《こがら》な神父は、正確極まる報告を返した。

「現時点では、該当《がいとう》する男の足取り・身元、ともに不明」

「そうですか」

部下の報告にカテリーナは表情を変えなかった。

それは、ある程度予想されたことだった。ディートリッヒとやらが本当にアベルの報告にあった通りの人物であれば、追跡《ついせき》の手がかりなど残してゆくはずもない。しかし、逆に言えば、あれだけ大がかりなトラブルを仕掛《しか》けておいて手がかり一つ残さなかった以上、その男の背景に何が潜《ひそ》んでいるかについてもある程度の推測をつけることができる。

「〝我ら、炎によりて世界を更新せん《イグネ・ナチユラ・レノヴアトール・インテグラ》〟……世界の敵ども《コントラ・ムンディ》は、やはりまだ健在のようね」

片眼鏡《モノクル》の奥《おく》で、剃刀色《かみそりいろ》の瞳《ひとみ》が硬《かた》い光を放った。

本当にあの連中が絡《から》んでいるとしたら、おそらく、このまま調査を続けたところで、何も収穫《しゅうかく》はあるまい。彼らはとてつもなく狡猾《こうかつ》で、考えられぬほどに用心深い。それは過去において幾度《いくど》となく彼らとやりあってきたカテリーナが一番よく知っている。

「Ａｘの人的資源にも限りがある。現在の調査が精一杯《せいいっぱい》だろう――ミラノ公、他の機関に協力を要請《ようせい》することは不可能だろうか？」

「さて、それはどうでしょう？」

トレスの提案に対し、美貌《びぼう》の枢機卿《すうききょう》は首を捻《ひね》った。

今回のイシュトヴァーンの一件も、結局、教皇庁《ヴァチカン》はごくありがちな吸血鬼《ヴァンパイア》事件の一つとして処理した。むろん、ハンガリア侯《こう》が数百年の平和を踏《ふ》みにじってまで、今回、無謀《むぼう》とも思える凶行《きょうこう》に走った動機が解明されることもなかった。彼は吸血鬼――人類の敵だ。人間的な動機などあろうはずがなく、あるはずもないものを解明しようとする愚者《ぐしゃ》は、この教皇庁《ヴァチカン》にはいない。いないはずだ……。

「……ああ、例外がたった一人いましたね」

今はここにいない男のことを、カテリーナは脳裏《のうり》に浮《う》かべた。

神父の身にありながら、〝奴《やつ》ら〟を『ひと』と呼ぶその男は、現在、ローマにいない。まだ冬の中にある町で、三ヶ月前の騒動《そうどう》の後始末に従事しているはずだった。

「そう言えば、ナイトロード神父はいつ帰還《きかん》しますか？」

できるだけさりげない口調で、世界で最も美しい枢機卿《すうききょう》は部下に尋《たず》ねた。


朝から降り始めた雪が、午後になって氷結し始めている。

墓石の上の白いものを丁寧《ていねい》に払《はら》うと、少女は用意してきた冬薔薇《ばら》の花束をそっと載《の》せた。

「司教さま、この前ご報告したことですけど――結局、あたし、行くことに決めました」

墓石に彫《ほ》られた聖母像は、何も語らない。語らぬまま、ただ優《やさ》しい笑《え》みで、墓前に額《ぬか》ずく少女の独白に耳を傾《かたむ》けている。

教会仮堂の裏手、かつては裏庭だった一角に並んだ墓標の群れは、どれもまだ真新しかった。ただ一つの例外もなく慎《つつ》ましやかで、簡素な墓標が等間隔《とうかんかく》で並ぶだけであったが、それだけに雪景色《げしき》の中、ここにだけは死者の休らう侵《おか》すべからざる聖域のような清澄《せいちょう》さが漂《ただよ》っている。既《すで》にあれから三ヶ月以上が経《た》つとは言え、いまだ町の人間には生々し過ぎる記憶《きおく》なのだろうか、墓地に佇《たたず》むのは、少女唯《ただ》一人だった。

「町も随分《ずいぶん》と活気を取り戻《もど》しましたし、怪我《けが》したみんなも、だいぶよくなりました。新しい司教さまたちにはここに残るよう勧《すす》められたんですけど、やっぱり、あたしはローマに行きます。どうして、司教さまやみんなが死ななくちゃいけなかったのか……それを確かめることが今のあたしのやらなくちゃいけない仕事だと思うんです」

少女は首から下がったロザリオをぎゅっと握りしめた。

どうして、自分は家族を助けられなかったのか——今でも、それを考えると、臓腑《ぞうふ》の奥《おく》に氷の塊《かたまり》でも飲み込んだような気分になることがある。いまだに、夜中に悲鳴をあげて飛び起きることはしょっちゅうだ。

だが——

「今は、自分がしなくちゃいけないことを考えたいんです。それが、みんなを想《おも》う一番の方法だと思うから」

静かに、しかし決然と呟《つぶや》くと、少女は遠くに目を転じた。墓標の群れの一番隅《すみ》に、ひときわ小さな墓石が立っていた。そこには、休らう死者の生没年《せいぼつねん》はおろか、名前すら彫られていない。そこに一枚の絵とともに葬《ほうむ》られている死者のことは少女しか知らない。もし、その素性《すじょう》と誰《だれ》がそこに、かの者を葬ったのかを教会が知れば、彼女のローマへの転属通知は、ただちに宗教裁判所への出頭命令に切り替《か》わっただろう。年端《としは》もゆかぬ身でパルチザンを率いて戦ったことを賞《ほ》めそやしている連中が、今度は口を揃《そろ》えて彼女のことを魔女《まじょ》呼ばわりするに違《ちが》いない。

無論、少女は自分のやったことを誤りだとは思っていない。しかし、彼女の属する世界《組織》においては、それが最も深刻な〝罪〟と見なされていることを知らぬほど愚《おろ》かでもなかった。

「あなたが、いえ、あなたたちがどこから来たのか——あたしは、まずそれを知りたい。憎《にく》むかどうかは、それから決めるわ」

今は妻と眠《ねむ》っているはずの男に語りかけたのを最後に、少女は立ち上がった。汽車が出る時刻まであまり余裕《よゆう》がない。粗末《そまつ》なトランクを片手に身を翻《ひるがえ》すと、律動的な足取りで歩き始める。

――糸杉《いとすぎ》の並木を歩いていた少女の足がふと止まった。

ちょうど霊園《れいえん》の入り口をくぐった背の高い影《かげ》に気がついたのだ。向こうも彼女に気がついたのか、冬薔薇《ばら》の花束の向こうで、丸眼鏡《めがね》の奥《おく》の瞳《ひとみ》がおやという形に見開かれた。

「これから、出発ですか？」

「ええ……これから出発です」

のっぽの神父に短く答えて、少女は口をつぐんだ。

神父もそれ以上は語らなかった。軽く目礼して、道を開《あ》ける。少女もまた、軽く会釈《えしやく》して、白雪を踏《ふ》みしめながら、再び歩み始める。その姿が、門前に待っていた馬車の中へと消えてゆくのを見送ってから、神父も墓地の中へと歩き始めた。

双方《そうほう》が、ともに振《ふ》り返ることはない。

再び道が交わることは、互《たが》いによく知っていたから。

ローマで――。

あとがき

妖怪《ようかい》ものや宗教色が強いお話を書いた作家の周りで不思議なことが起きるとよく聞きます。永井豪先生が鬼《おに》に祟《たた》られたというエピソードは有名ですが、この『トリニティ・ブラッド』に携《たずさ》わってからこちら、私の身にも色々と妙《みょう》なことがありました。

いや、エンジェル様が帰ってくれなくなったとか、悪魔《あくま》を召喚《しょうかん》して合体させてるとかそういうのとは違《ちが》いますよ？

私の場合はもっと恐《おそ》ろしいことに——家の中の電子機器が次々と壊《こわ》れてゆくのです。

ハードディスクがクラッシュするのはまだ序の口。担当氏との打ち合わせ中にいきなりPDAの液晶《えきしょう》画面がちぎれるわ、原稿《げんこう》の校正チェックの一枚目をFAXしてもらったところで急にメモリーが飛ぶわ、ついさっきまで順調に動いていたPHSがメールを送ろうとした瞬間《しゅんかん》に壊れるわ、夜中に「ぐわわ、書けぬぅ」などと奇声《きせい》を発してそこらを転がり回るわ、とにかくもうスゴいんです。お陰《かげ》で原稿が遅《おく》れまくってしまって、お待ち下さっていた読者様には多大な迷惑《めいわく》を……すいません、ウソです。あ、いや、電子機器が壊れたのは本当ですが、原稿が遅れたのは専《もっぱ》ら、私の怠《なま》け癖《ぐせ》のせいであります。ごめん。

さて、それはさておき。

前作『ジェノサイド・エンジェル』『FIGHTER《ファイター》』を読んで下さった方々、ならびに『R・A・M・』を応援《おうえん》して頂いている皆様《みなさま》、こんにちは。そしておそらく、ほとんどの方にはお初にお目にかかっているんじゃないでしょうか？ 初めまして。私、吉田直《よしだすなお》と申します。第二回スニーカー大賞を頂いた後、ここ一年ちょっと、隔《かく》月刊誌ザ・スニーカーの方に書かせていただいております者です。

「ん？ 『R・A・M・』って何じゃい？」って方のためにご説明させて頂きますと、この『トリニティ・ブラッド』というお話は、ザ・スニーカー誌上で連載《れんさい》中の『R・A・M・《レイジ・アゲインスト・ザ・ムーンズ》』、ならびに長編書き下ろしの『R・O・M・《リボーン・オン・ザ・マルス》』の二つから構成されております。『R・A・M・』の方が少々先行しておりまして、現在第二クール目の最中。レギュラーがほぼ出《で》揃《そろ》いつつあるところです。位置としては、短編群《エピソーズ》の『R・A・M・』に対し、歴史を語るのが『R・O・M・』と思って下さい。

あ、もちろん、どちらとも読んでなければワケわかんないということはありません。それぞれ独立して楽しめるよう、気合い入れて書いてます。ただ、両方読むと、

「おお、あいつは『R・O・M・』じゃチョイ役だったけど、実はこういう背景があったのか！」

「ここって、あそこじゃん」

「××様、萌《も》え～♡」

などと、さらに味わい深く、どっぷり浸っていただける仕掛《しか》けに……宣伝ですか？　はい、宣伝ですね。すいません。

無論、全《すべ》ての予定は予定であって、売れなければ当然のごとく続刊は出ません。しかも、熱心なASA○AN狂信者《きょうしんしゃ》である担当(猛)氏の陰謀《いんぼう》で、ザ・スニーカー誌上でも『読者アンケートで三位以内に入らないとR・A・M・即《そく》打ち切り』というステキな企画《きかく》が進行中。まさに四面楚《しめんそ》歌《か》なこのサドンデス状態にあっては、読者の皆様の応援だけが唯一《ゆいいつ》の頼《たよ》りであります。ぜひ、ここは一つ助けちゃろと思ってご声援のほどを。「文庫しか買ってねえ」という貴方《あなた》、この機会に雑誌の方も買ってみては……宣伝ですか？　はい、宣伝ですね。すいません。

さて、最後になってしまいましたが、相棒のイラストレーターTHORES《トーレス》柴本《しばもと》氏と担当(猛)氏、いつも頼《たの》もしく裏方に控《ひか》えて下さっている角川書店や印刷所のスタッフの方々、応援して下さっている読者の皆様、そしてなにより、今、この本を手にとって下さっている貴方に言葉にし尽《つ》くせぬ感謝を――どうもありがとうございました。

それでは数ヶ月後、今度は文庫版『R・A・M・』でお会いいたしましょう？

吉田　直　拝

トリニティ・ブラッド
Reborn on the Mars《リボーン・オン・ザ・マルス》
嘆《なげ》きの星《ほし》

吉田《よしだ》 直《すなお》

角川文庫 11870

平成十三年三月　一　日　初　版発行
平成十六年八月　十　日　十五版発行

発行者――井上伸一郎
発行所――株式会社角川書店
東京都千代田区富士見二―十三―三
電話　編集(〇三)三二三八―八六九四
　　　営業(〇三)三二三八―八五二一
〒一〇二―八一七七
振替〇〇一三〇―九―一九五二〇八
印刷所――暁印刷　製本所――コオトブックライン
装幀者――杉浦康平

S 84-3　　ISBN4-04-418403-8　C0193

角川文庫発刊に際して

角川源義

第二次世界大戦の敗北は、軍事力の敗北であった以上に、私たちの若い文化力の敗退であった。私たちの文化が戦争に対して如何に無力であり、単なるあだ花に過ぎなかったかを、私たちは身を以て体験し痛感した。西洋近代文化の摂取にとって、明治以後八十年の歳月は決して短かすぎたとは言えない。にもかかわらず、近代文化の伝統を確立し、自由な批判と柔軟な良識に富む文化層として自らを形成することに私たちは失敗して来た。そしてこれは、各層への文化の普及滲透を任務とする出版人の責任でもあった。

一九四五年以来、私たちは再び振出しに戻り、第一歩から踏み出すことを余儀なくされた。これは大きな不幸ではあるが、反面、これまでの混沌・未熟・歪曲の中にあった我が国の文化に秩序と確たる基礎を齎らすためには絶好の機会でもある。角川書店は、このような祖国の文化的危機にあたり、微力をも顧みず再建の礎石たるべき抱負と決意とをもって出発したが、ここに創立以来の念願を果すべく角川文庫を発刊する。これまで刊行されたあらゆる全集叢書文庫類の長所と短所とを検討し、古今東西の不朽の典籍を、良心的編集のもとに、廉価に、そして書架にふさわしい美本として、多くのひとびとに提供しようとする。しかし私たちは徒らに百科全書的な知識のジレッタントを作ることを目的とせず、あくまで祖国の文化に秩序と再建への道を示し、この文庫を角川書店の栄ある事業として、今後永久に継続発展せしめ、学芸と教養との殿堂として大成せんことを期したい。多くの読書子の愛情ある忠言と支持とによって、この希望と抱負とを完遂せしめられんことを願う。

一九四九年五月三日

いつも「スニーカー文庫」を
ご愛読いただきありがとうございます。
今回の作品はいかがでしたか？
ぜひ、ご感想をお送りください。

〈ファンレターのあて先〉
〒102-8177 東京都千代田区富士見2-13-3
角川書店 アニメ・コミック編集部気付
「吉田 直先生」係

Trinity Blood
Rage Against the Moons
トリニティ・ブラッド R.A.M.
吉田直
イラストTHORES柴本
R.O.M.の秘密はR.A.M.で、
R.A.M.《レイジ・アゲインスト・ザ・ムーンズ》の謎は、R.O.M.で明かされる！
大災厄によって文明が滅んだ遠未来――
人類は、忽然と現れた異種知性体・
吸血鬼との過酷な闘争に突入した！
壮大なスケールで描かれるノイエ・バロックオペラ！
――汝、目をそらすことなかれ！
「ザ・スニーカー」誌上でトリニティ・ブラッドR.A.M.大人気連載中！